사진이 있는 수필 1

삶, 나눔, 배움

엮은이 **김상태**

청주대학교 국어교육과 교수

사진이 있는 수필 1
삶, 나눔, 배움

초판 1쇄 발행 2016년 6월 15일

엮 은 이 김상태

펴 낸 이 최종숙
펴 낸 곳 글누림출판사

책임편집 박지인
편   집 이태곤 권분옥 오정대 문선희
디 자 인 이홍주 안혜진
마 케 팅 박태훈 안현진

주   소 서울시 서초구 동광로46길 6-6(반포4동 577-25) 문창빌딩 2층(우 06589)
전   화 02-3409-2055(대표), 2058(영업), 2060(편집)
팩   스 02-3409-2059
전자메일 nurim3888@hanmail.net
홈페이지 www.geulnurim.co.kr
등록번호 제303-2005-000038호(2005.10.5)

정   가 20,000원
ISBN 978-89-6327-344-0 03810

이 도서의 국립중앙도서관 출판예정도서목록(CIP)은 서지정보유통지원시스템 홈페이지(http://seoji.nl.go.kr)와 국가
자료공동목록시스템(http://www.nl.go.kr/kolisnet)에서 이용하실 수 있습니다.(CIP제어번호: CIP2016013863)

사진이 있는 수필 1

삶,
나눔,
배움

김상태 엮음

글누림

삶, 나눔, 배움

땀내와 사랑내 포근히 품긴
보내 주신 학비 봉투를 받아

대학 노트를 끼고
늙은 교수의 강의 들으러 간다.

이 시는 내가 대학교 1학년 때, 어느 노(老)교수님의 강의를 들으러 가면서 나의 귓전에 맴돌던 윤동주의 <쉽게 씌어진 시(詩)> 일부분이다. 그 당시 나의 부모님은 시골에서 농사를 지으셨고, 나의 학비와 생활비를 매달 보내주셨고, 또한 어느 노교수님의 강의를 들으러 가는 나 자신이 마치 내가 좋아하는 시인(詩人)이었던 '윤동주'와 같은 삶을 살고 있다는 생각에 빠지곤 했던 기억이 떠오른다. 이 시를 되뇌면서 부모님께서 고생하시는 모습을 생각했고, 노교수님의 강의를 들으면서 나의 미래를 꿈꾸던 기억이 있다.

어느덧 대학을 입학한 지도 어언 30여 년이 흘러, 나의 삶에 많은 변화가 있었다. 대학 생활 동안 전공과 교양 모두를 폭넓게 배우면서 지적 영역을 확대할 수 있는 계기가 되었고, 그 속에서 소박한 기쁨을 누릴 수 있었다. 그리고 대학원에 진학하여 깊은 학문적 지식과 애정으로 이끌어 주시는 여러 교수님들 밑에서 앎을 통해 올바르게 살 수 있는 길을 배울 수 있는 시간들이었다. 지금은 어느 노교수의 강의를 듣던 곳에서 내가 <문화기호학> 강의를 하고 있다.

<문화기호학> 강의는 청주대학교에 2016년 1학기 처음 개설된 교양 과목이다. 작년 여름 미국 시카고대학교에서 열린 'The 19th International Conference on Korean Linguistics & The 16th Harvard International Symposium on Korean Linguistics'에서 'The Semiotic Relationship between Liu-shu and Hunminjeongeum'으로 발표를 했던 적이 있다. 이 글은 한자 육서(六書)와 훈민정음과의 관련성을 기호학적으로 고찰한 글이었다. 이 글을 준비하면서 언어의 기호적 성격에 대해서 다시 한번 살펴보게 되었고, 우리의 주변 세계에 흩어져 있는 여러 사상(事象)들에 대하여, 특히 '문화(文化)'에 관심을 갖는 계기가 되었다. 그러던 중 학교에서 새로운 강좌 개설 신청을 받는다는 소식을 접하고, <문화기호학>을 신청하여 개설하게 되었다. 이 자리를 통해 과목을 채택해 준 학교 관계자분들께 감사의 마음을 전하고 싶다.

우리는 수없이 많은 기호들의 세계에 살고 있다. 그리고 그 기호들의 의미를 만들고, 그 기호들의 의미들이 추구하는 방향으로 우리의 삶을 영위해 나가고 있다. '문화기호'는 자연 상태에서 벗어나 일정한 목적 또는 생활 이상을 실현하고자 만들어 낸 물질적·정신적 산물을

통틀어 말한다. 즉, 문화기호는 인간이 만들어낸 모든 산물로 매우 복합적이고 통합적인 산물이다. 최근 우리 주변에서 문화에 대한 관심이 부쩍 높아진 이유는 '융합, 복합, 통합'이라는 시대적 조류에 가장 적합한 것이기 때문이다. 우리를 둘러싸고 있는 문화기호의 다양한 의미를 해석하는 것이 <문화기호학>의 핵심이며, 이것은 우리의 '삶'을 더욱더 의미 있는, 또한 가치 있는 삶을 위한 초석(礎石)이 아닐까 싶다.

이 책은 <문화기호학>을 수강하는 학생들이 직접 사진을 찍고, 사진에 대한 의미를 '수필' 형식으로 쓴 글을 엮은 것이다. 학생들에게 어떤 특정 주제도 제시하지 않았고, 자기 자신에게 의미 있는 것을 포착하고, 그 장면의 의미를 글로 나타내 보도록 하였다. 학생들의 사진에는 수많은 소재들, '여행, 가족, 학교, 일상, 친구, 자연 등'과 다양한 기호들이 등장한다. 그리고 같은 소재라도 학생들 개인 스스로 겪었던 경험담과 느낌을 자유로운 형식으로 풀어쓰고 있다. 이 글을 읽으면서 마치 이 글에 있는 학생들의 감정과 생각을 내가 경험하는 듯한 착각이 들기도 했다. 또한 우리가 살고 있는 시대의 화두(話頭)인 '소통(疏通)'에 대해서 생각해 보는 계기가 되었다. '과연 진정한 소통은 무엇일까?'라고 묻는다면, '나'라는 공간을 다른 사람과의 '나눔'이라고 말하고 싶다.

이번 학기 <문화기호학> 강의는 매주 2시간으로 이루어졌다. 1시간은 매주 주제에 따른 이론적인 배경을 강의했고, 1시간은 학생들이 조를 편성해서 다양한 문화기호들의 의미에 대해 발표와 토론으로 이루어졌다. 이번 학기 다룬 주제는 문화의 가장 기본인 의, 식, 주를 비롯하여 디자인, 자동차, 음악, 영화 등이었다. 처음에는 학생들의 발표가 미숙했지만 점점 조별 발표의 완성도와 토론의 질이 높아지는

7

것을 보면서, 학생들 스스로 문화에 대한 의미를 깨닫고 있다는 것을 느꼈다. 즉, 스스로 '문화'에 대한 의미를 찾아내고, 이를 통해 삶의 의미를 찾아내 삶의 가치를 스스로 세워가는 과정을 보면서, 이것이 진정한 '배움'의 가치가 아닐까 생각해 보았다.

이 책은 한 학기 동안 문화에 대해 같이 고민한 학생들과 의미 있고, 추억이 될 수 있는 것을 만들어 보고자 기획하게 되었다. 이 책에 담겨진 사진과 글, 그리고 학생들 개인 사진과 자기소개는 앞으로 다시 오지 않을 이 순간을 오래도록 간직하고, 먼 훗날 회상할 수 있는 '젊은 날의 한 장의 페이지'가 되었으면 하는 바람이다. 아직까지는 학생들에게 '늙은 교수'로 비춰지지는 않겠지만, 시간이 흘러도 '늙은 교수'가 아닌 '인생의 동반자, 안내자'로서 기억되고 싶은 생각이 든다.

아직은 많이 부족하지만 『삶, 나눔, 배움』으로 많은 이들에게 펼쳐 보이게 되었다. 좀 더 완성도를 높이기 위해 학생들 스스로 많은 고민과 노력한 모습을 좋게 보아주었으면 하는 바람이다. 마지막으로 흔쾌히 출판을 허락해 주신 글누림출판사의 최종숙 사장님, 그리고 이홍주 국장님, 박태훈 부장님께 더없이 고마운 마음을 전하고 싶다. 그리고 많이 늙으신 부모님께서 더욱더 건강하게 오래오래 사시기를 기원해 본다.

녹음이 짙어가는 우암산 캠퍼스에서
김상태

차례

20살, 여행

고은희

　저는 20살이 되기 전까지 한 번도 외박이나, 친구들과의 여행을 간 적이 없었습니다. 20살이 끝나갈 무렵 부모님께 친구들과의 여행을 가고 싶다고 말씀드렸고, 부모님은 저의 의견을 존중해 여행을 허락해 주셨습니다. 그렇게 해서 저는 처음으로 가장 오래된 친구들과 함께 가평으로 여행을 갔습니다. 고등학교에서 가는 수학여행이 아닌, 대학교에서 가는 엠티가 아닌 우리들이 계획해서 가는 여행이라 설레고 들떴습니다. 달리는 버스 안에서 친구들과 사진도 찍고 이야기도 나누고 심심할 틈도 없이 그렇게 목적지를 향해 가고 있었습니다. 가장 오래된 친구들과 집에서 멀리 떨어진 곳에서 하룻밤을 보낸다고 생각하니 설레는 마음이 전부였습니다. 하지만 여러 명이서 함께하는 여행은 순탄치만은 않았습니다. 서로 먼저 가보고 싶은 곳이 달랐고, 의견을 조율해가는 과정 또한 매우 어려웠습니다. 그러한 상황에서 '괜히 여행을 왔나?' 하는 생각이 들기도 했고 집으로 가고 싶다고 생각을 하기도 했습니다.

그러나 저는 누군가와 함께 여행을 한다는 것은 경험하지 못했던 곳에서 또 하나의 추억을 쌓아가는 것이라고 생각했습니다. 사람의 의견은 누구나 있기 마련이고 그 의견 또한 존중해야 한다고 생각했기 때문에 최대한 친구들의 말을 들어보고 의견을 좁혀 합의점을 찾았습니다. 저녁에 가서 구경한 곳은 불빛이 들어오는 한 정원이었습니다. 그곳에서 저희는 소원을 적는 곳을 발견했습니다. 그날의 날짜와 저희의 이름을 한 자씩 써 내려 가는데 그때 '내가 정말 이 친구들과 여행을 왔구나!'라고 느꼈습니다. 숙소로 돌아와 한 상에서 밥을 먹고 이불 속에서 이야기를 하는데 사람들이 왜 여행을 오는지 느꼈습니다. 이 여행을 계기로 친구들과 더 가까워진 기분이 들었습니다.

다음 날 사진의 장소인 남이섬에서 또 다른 추억을 만들고 집으로 오는 길에 1박 2일 간의 여행이 몇 시간 만에 끝난 기분이 들었습니다. 여행을 다녀 온 뒤로 친구들과의 추억을 기억하고자 사진을 뽑아 사진첩을 만들어 보관했습니다. 가평을 다녀와서 여행에 대해 흥미를 느꼈습니다. 여행을 다녀오고 <꽃보다 청춘>이라는 여행 프로그램을 보면서 혼자 여행을 온 여성이 'YOLO'라는 말을 했습니다. 그 말을 듣고 저는 큰 감명을 받았습니다. 그 뜻은 "You Only Live Once" 인생은 한 번뿐이라는 뜻이었습니다. 친구와의 여행, 가족과의 여행뿐만 아니라 혼자 떠나는 여행도 언젠가 기회가 된다면 해 보고 싶다고 생각했습니다.

안녕하세요. 저는 청주대학교 신문방송학과 15학번 고은희입니다.

이 사진에서 보시다시피 저는 카페에서 친구들과 함께 이야기하는 것을 좋아합니다. 그리고 단 것을 좋아해서 초콜릿이 들어있는 음식을 좋아합니다. 꽃도 좋아해서 꽃 사진을 찍는 것도 좋아하고 받는 것도 좋아합니다.

저는 평소 영화 보는 것을 좋아합니다. 가장 감명 깊었던 영화는 레이첼 맥아담스 주연의 '노트북'이라는 영화입니다. 사람을 볼 때 감정을 중요시하는 편인데 이 영화에서 그 감정이 잘 표현된 것 같아서 가장 기억에 남는 영화 중 한 편입니다. 영화를 좋아하다보니 직접 영화를 제작하고 싶은 생각이 들었습니다. 신문방송학과에 입학 후에 영화제작 동아리가 있다는 이야기를 듣고 학과 동아리인 영화제작 동아리에서 활동하고 있습니다. 또한 동아리에서 총무 역할을 하며 맡은 바에 최선을 다하고 있습니다. 총무의 역할을 맡으면서 책임감이 늘었고 회장 옆에서 도움을 주는 역할을 하면서 사람을 이끄는 리더십도 늘게 되었습니다. 영화 보는 것 이외에도 음악을 좋아해 기타를 배웠습니다. 그리고 평소 음악방송을 자주 시청하는데 항상 볼 때마다 똑같은 포맷이라고 생각해서 저만의 음악방송프로그램을 만들고 싶다고 생각했습니다. 제가 30살이 되기 전에 꼭 이루고 싶은 꿈은 음악방송을 만드는 피디가 되는 것입니다. 후에 부모님과 함께 음악레코드샵을 운영하는 것이 저의 목표입니다.

겨울나무를 보며...

김준한

이 사진은 눈에 덮인 겨울나무들을 찍은 사진이다. 이것을 보고 많은 사람들이 앙상하다고 느낄 수 있을 것이다. 그러나 나는 꼭 그렇지만은 않다.

마치 어느 영화 속에 나오는 숲 같았다. 어느 멜로영화 속 주인공들이 거닐어서 로맨틱한 분위기를 연출하던 겨울 숲이거나 또는 어느 판타지영화 속에 나와서 몽환적인 분위기를 연출하던 겨울 숲 같은 느낌을 받았다.

거의 대부분의 사람들한테 앙상하다는 느낌을 주는 겨울 숲은 봄, 여름, 가을에는 어땠을까?

봄이었을 때, 가늘고 긴 가지 위에 쌓인 눈이 녹고 그 자리에 연둣빛 새싹이 나타나더니 온 가지를 무성히 뒤덮었을 것이다. 헐벗은 나무가 연둣빛으로 뒤덮이고 그 곳에 새들이 날아와 자리를 잡았을 것이다.

여름이었을 때, 연둣빛 새싹이 자라 진한 녹색의 잎이 되어 나무를 뒤덮었을 것이다. 이 나무에 새들 말고 수많은 생명체가 같이 어울렸을 것이다. 특히 매미는 나무에 붙어 맴맴 소리를 내어 조용한 숲의 적막을 깨뜨렸을 것이다.

가을이었을 때, 나무는 찬란했던 시간들을 정리했을 것이다. 그리고 나무는 겨울을 견뎌내기 위해 잎 색깔을 빨간색, 주황색, 갈색, 노란색으로 물들였을 것이다. 그래서 자신의 잎을 떨어뜨렸을 것이다. 나무에 살던 수많은 생명체들도 각자 갈 곳으로 향하고 나무와 잠시 작별을 고했을 것이다. 이러한 소동이 끝나면 다시 헐벗은 나무가 된다.

바람이 분다. 오로지 혼자 그 바람을 받는다. 그리고 또 바람이 온다. 흰 눈이 내린다. 나무는 그 눈을 맞는다. 온몸으로 그 눈을 맞는다.

쓸쓸한 마음이 든다. 왠지 그리운 시간을 회상하고 있을 것 같다. 봄에 보았던 연둣빛 새싹이 그리울 것이다. 여름에 즐거웠던 시간들이 아련하게 떠오를 것이다. 가을엔 이미 이렇게 될 줄 알았을 것이다. 늘 그랬으므로…… 어찌 보면 쓸쓸할 것도 아니다. 곧 봄이 온다는 것을 나무는 안다. 여름에 얼마나 즐거울 것인지 나무는 안다. 가을에는 겨울이 온다는 것을 알고 쓸쓸할까? 아마 그렇지 않을 것이다. 겨울, 그 뒤에 시간이 있다. 봄, 여름, 가을이 온다. 쳇바퀴 돌듯 도는 나무의 시간들 그래서 겨울이 쓸쓸하지만은 않다. 끝이 아니기 때문이다. 겨울나무의 사진을 보면서 나의 시간들을 돌아본다.

  내 인생에서 기억나는 제일 처음은 언제인가? 몇 살인지는 모르는 그날 베란다 창을 통해 본 세상이다. 그 창으로 본 풍경이 이 세상의 전부라고 생각했다. 나와 나의 가족 그리고 그날의 풍경. 그리고 점점 사람들을 알아가고 그 사람들과의 관계가 생기고 이야기가 생기고 나도 나무와 같이 봄, 여름, 가을, 겨울을 보낸다. 난 나이를 먹고 모습이 변하고 생각도 자랐다. 나무도 나이를 먹고 모습이 변하고 생각도 자랐을까? 흰 눈을 덮고 있는 나무를 보며 나무의 시간을 거슬러 보고 변해 갈 나무을 상상해 본다. 앙상한 가지의 겨울나무 사진을 보며 끊임없이 가는 시간 속에서의 나의 인생을 되돌아보고 앞으로의 시간을 기다리며 어떤 모습의 내가 될 것인가 궁금해진다.

내 이름은 김준한이다. 1997년에 태어났다. 나는 충청북도 청주에 태어났으며 그곳에서 자랐다. 나의 가족은 아버지, 어머니, 여동생으로 이루어져 있다. 나는 영화와 음악, 책, 보드게임을 좋아한다. 고등학교 2학년 겨울방학 때 수학에 잠깐 나오는 통계를 공부하면서 통계에 재미를 느꼈다. 그래서 통계학과에 지원하게 되었다. 나의 꿈은 통계청에 들어가는 것이다. 통계청에 들어가는 것이 물론 쉽지 않겠지만 열심히 노력해서 들어갈 것이다.

나는 어릴 때부터 음악 듣는 것을 좋아했다. 모든 장르를 가리지 않고 다 듣는다. 초등학교 때까지는 클래식 음악을 많이 들었고, 중학교 때부터 힙합을 즐겨 들었다. 고등학교 때는 발라드와 록음악을 많이 좋아했다. 그래서 실용음악과를 지원할까 고민도 많이 하였다. 그런데 통계가 좋아져서 진로를 바꿨다. 그러나 지금도 꾸준히 피아노를 친다. 요즘 연습 중인 곡은 '어쿠스틱카페'의 'Last Carnival'이다. 피아노를 칠 때 마음이 편안해지는 것을 느낀다. 그리고 행복한 기분이 든다. 영화 보는 것도 좋아한다. 그래서 초등학교 때 꿈이 영화감독이었다. 내가 보았던 영화 중에 가장 기억에 남는 것은 '내부자들'이다. 이 영화는 내가 수능을 치르고 아버지랑 같이 본 영화다. 내가 아는 세상은 학교 안과 학교 밖이라는 곳이었는데, 그 영화를 통해서 세상에서 발생하는 사건과 사고가 우연적인 것만이 아니라 누군가의 각본에 의한 것일 수도 있다는 사실을 알게 되어 많이 당혹스럽고 세상이 무섭게 느껴지는, 지금까지 영화를 보면서 느껴 보지 못한 감정이 생겨 인상 깊었다. 그 영화를 보고 내가 어른이 되어 가는 느낌이 들었다. 나는 남에게 피해를 주는 삶이 아니라 도움을 주는 성실하고 진실한 삶을 살고 싶다. 내가 좋아하는 음악과 영화를 즐기며 통계청에서 일하는 나를 위해 열심히 매 시간을 살아가겠다.

경계

범수민

위 사진의 제목을 '경계'라고 지은 이유는 사진만 보아도 짐작하실 수 있을 것입니다. 왼쪽에 빼곡히 심겨진 소나무들과 자그마한 진달래들이 겨우 자랄 만한 공간에 우리의 현대문명을 나타내는 보도블록과 자동차도로가 존재하는 공간이 경계를 이루고 있기 때문입니다. 이 거리를 걸으며 생각했습니다. 이 꽃들과 나무들도 원래는 이곳에 있던 것들이 아니겠지, 보도블록이 깔려 있던 이 공간도 예전에는 숲이나 들이었겠지 하고요. 위 사진 속의 여러 가지 것들을 바탕으로 하여 임의로 사진기호학적인 해석을 시도해 보았습니다.

깔려 있는 보도블록은 단조롭고 같은 모양과 연속되는 배열의 색을 가진 블록들의 집합으로서 발달한 우리 문명의 증거이자 개성을 잃은 현대의 것들, 자연의 공간을 침범하고 뺏은 요소입니다.

서 있는 사람들 및 이 사진을 찍은 저 자신은 이러한 현대문명에서 살아가는 우리들을 나타냅니다.

또한 자동차나 아파트 도로와 같은 것들은 보도블록과 마찬가지로 현대문명으로 인해 생겨난 것들입니다. 보도블록과 잔디 사이의 돌블럭은 위 사진에서 자연과 현대문명을 갈라놓는 경계선 역할을 하고 있습니다. 자그마한 잔디밭은 현대문명에 대조되는 요인으로서 자연의 느낌을 줍니다. 일자로 정렬된 소나무들은 보통 장수, 기개, 지조 등으로 해석되곤 하지만, 저는 이를 다른 '자연'이란 공간에서 살아가는 우리 자신들과 대조되는 요소 같다고 생각합니다. 왜냐하면 겉보기엔 단지 자연의 요소일 뿐이지만 이 소나무들도 우리처럼 인공적으로 가꿔진 틀 속에서 일자로 배치하고 있으며 사라져 버린 개성이 특징입니다. 이처럼 현대사회에 살아가는 우리들과 닮은 점이 많기 때문입니다. 잔디밭에 핀 진달래들은 현대사회에서 한껏 치장하거나 꾸미고 다니지만 서로 비슷한 얼굴을 한 사람들을 나타냅니다. 마치 성형수술이나 화장처럼.

　마지막으로 하늘은 보도블록과 잔디 사이의 경계를 둔 돌블럭이지만 두 자연과 현대문물을 이어주는 유일한 요소이며 둘 다 한 하늘 아래에서 서로 공존하며 살아간다는 공통점이 있습니다.
　위와 같이 사진을 기호학적으로 해석해 보니 제가 찍은 사진이 마치 하나의 작품이 된 것 같았습니다. 두 하늘 아래서 살아가는 우리들과 소나무들의 공통점도 꽤나 흥미로웠습니다. 바쁜 일상을 살아가느라 서로 간의 개성을 잃어버린 우리들처럼 배열된 이 나무들에게 왠지 모를 동질감과 동정심이 들었고, 인간이 자연에게 한 짓(자연파괴)들이 있어서 우리가 편하게 살 수 있는 것이지만 다시 한 번 자연에 대해서 생각해 보게 되는 계기가 된 것 같습니다.

청주대학교 물리치료학과 1학년 범수민

좋아하는 것은 한결같은 사람입니다.

웨이터법칙이란 것을 아시나요? 당신에게는 친절하지만 웨이터에게 무례한 사람은 절대 좋은 사람이 아닙니다. 이는 사람을 보아 가면서 대하는 것이 달라지는 사람을 나타냅니다. 가꿔진 인격은 언젠가 탄로 나게 되어 있죠. 저는 한결같이 누구에게나 친절한 사람이 좋고 또 그런 사람이 되는 것이 삶의 목표이기도 합니다.

싫어하는 것은 익명이라는 가면 뒤에서 마구 험담을 말하는 사람들입니다. 최근 이런 일들로 인해서 문제가 많을 뿐더러 뒤에서 험담하는 것과 다를 것이 없습니다. 막상 현실세계에서 눈을 마주치고 욕할 수 있는 사람은 얼마나 될까요? 이런 부류의 사람들이 많아진 것은 기술의 발달로 인터넷이 보급, 상용화된 것도 있지만 마음의 병이 든 사람이 많은 것도 한몫하는 것 같습니다.

관계

한정아

이제 봄이 천천히 시작되는 4월이다. 사람들의 옷차림이 하나 둘 가벼워지고 꽃을 보겠다며 나서는 사람들도 많아졌다. 그런 사람들은 항상 웃으면서 거리로 나선다. 서로 같이 찍자며 놀고 있는 고등학생들도 보이고, 가족들도 보이고, 심지어 강아지도 길거리로 나서서 꽃을 구경한다. 물론 커플들도 있다. 그래서 나는 요즘 문득 '봄은 왜 오나' 그런 생각을 자주 하긴 한다. 하지만, 꽃은 그런 말까지도 미안해질 만큼 너무 예쁘다. 옆에서 솔로인 친구들은 장난으로 꽃들을 다 태워 버리자곤 한다.

외로움을 달래기 위해서 친구들과 저녁쯤, 술 약속을 잡는다. 술자리가 점차 생기고 먹자골목에 사람들은 점차 많아진다. 화려한 전광판과 네온사인 그리고 화려하게 옷을 입은 사람들도 보이고 대학근처라 그런지 과잠바를 입고 있는 사람들도 보인다. 나는 그냥 대충 추리닝 차림으로 약속 장소로 나선다. 약속 장소에 하나, 둘 도착하고 술자리에 점차 사람들이 모이고 자리에 앉는다.

나는 2월까진 술을 좋아하진 않았다. 사실 내가 술을 배우게 된 것은 중학교 때 부모님께 배웠는데 마실 때마다 '술은 쓴데 왜 먹지? 약이 쓴 것도 같은 원리인가?' 생각하게 된다. 그런데 항상 주위에서 "금주해야 된다"라고 하는 것을 보면 술이 좋은 것이 아닌 것도 알고 있었다. 그냥 왜 마시는지 궁금했다. 그랬던 나였는데, 지금 오히려 술자리를 즐기고 있는 듯하다. 사실 술을 좋아한다고 말하기보다는 그냥 술자리를 즐겁게 생각하고 있다. 기껏해야 2월 아니 수능이 끝난 11월부터 친구들과 가볍게 시작한 술자리가 4월이 된 지금 매일 마신다고 할 만큼 자주 마시고 있다. 3월에 처음 숙취라는 것도 느껴 보았다.

나는 술을 마시면서 항상 쓰다고 생각했는데 요즘에는, 과일맛 소주도 있고 도수 낮고, 단 술이 굉장히 많았다.

상품명이 '이슬톡톡'이었는데 이게 술인데도 불구하고 진짜 음료수 같은 맛에 무겁지 않고 도수가 낮아 요즘 굉장한 인기몰이에 있는 술이다. 출시된 지 얼마 지나지 않았을 때는 어려웠는데 요즘에는 없는 곳이 없을 정도다. 내가 아직 '안 취하는데 왜 마셔?'라는 생각을 가지고 있지만 나중에 먹어 보니까 맛있긴 맛있더라. 비싼 단 음료수 느껌이다.

하지만 나는 아직까지는 술의 쓴맛을 이해하지 못하기 때문에 가끔 음료수랑 섞어 먹어 보기도 한다. 술을 마실 때는 분위기를 보아  가면서 마시는데 술을 먹는다는 것이 아직까지는 조절이 어려운 것 같다. 기분 따라 취하면 술을 그만 먹기가 싫어지더라. 고쳐야 된다고 생각은 하는데 마음처럼 쉽지가 않다. 선배들과 동기들과 고등학교 친구들과 술자리를 나누다 보면 괜히 더 친해진 것 같다고 느낀다. 가끔씩 다른 사람들은 분명 술자리에서 친해졌다고 느끼는데 리셋되는 경우를 보인다. 그럴 때는 무안하기도 하고 '이 사람하곤 친해지기 어렵구나!'라고 생각할 때가 있다.

나는 현재 '이디야'라는 카페에서 아르바이트를 하고 있다. 이 이야기를 왜 하냐면 그곳의 사장님과 직원분들이 술을 진짜 좋아하신다. 아르바이트가 끝나는 토요일 마지막 마감이 끝날 때쯤이면 사장님이 치킨과 맥주를 사 가시고 오신다. 처음에는 내가 사장님과 술을 마신다는 부담감에 몇 번 거절했지만 부담감을 이겨내고 사장님과 직원 두 분과 술을 마시게 되었다. 정말 어른들과 마시는 술자리는 부모님 이후로 처음이었는데 술자리 예의를 지키려고 애먹은 기억이 난다.

그 덕분에 사장님께 예의 바르고 일 잘하는 알바생이 되었다. 시급도 올려주셨다. 취기에 말씀하신 것 같았는데 정말 올려주실 것이라고 생각하지도 못했다.

술이 정말 사람과 사람을 이어주는데 좋은 계기를 갖게 해 주는 것이라고 생각한다. 옛날에 드라마나 영화를 볼 때. 사람들이 술을 마실 때는 신세한탄이라고 해야 되나, 그러니까 혼자라고 느낄 때 외로움에 지칠 때 사는 것이 쉽지 않고, 바쁘고 '왜 이렇게 하나' 싶을 때 사람들은 모여서 술을 마셨는데 아직까진 우린 그런 무거운 주제는 맞지 않는 것 같다.

그리고 소주를 마시게 되면 술 뚜껑으로 장난을 치기도 한다. 소주 뚜껑의 꼬리를 가지고 다른 모양을 만들면서 놀기도 한다. 한때 SNS를 보았을 때는 그 뚜껑으로 자기 이름을 정자로 딱 만들어 놓은 사람이 있었는데 정말 섬세하게 잘했었다. 술자리를 즐기는 방법이 다양하다고 생각했다. 그렇게 놀고 술을 먹게 되면 친구들의 취한 모습을 볼 수 있는데 말이 없다가 술이 먹으면 말이 많아지고, 말이 격해지고, 애교가 많아지고 자신의 SNS에 오글거리는 말을 올리거나 전화를 돌리는 주정 등 정말 많은 주정을 보게 되는데 가끔씩 이 주정이라는 것이 도를 넘게 된다면 그 친구와는 '이 친구랑은 술 먹으면 안 되겠다…'라는 생각을 하게 만든다. 내가 술 먹고 무슨 짓을 하는 친구까지 보게 되었냐면, 소변을 바지에 실례하는 친구까지 보았다. 그런 것들을 볼 때마다 '술은 진짜 많이 하면 안 되겠구나!'라는 생각을 들게 한다. 그런데 막상 가게 되면 분위기 때문에 그런 생각은 또 안 나기 마련인 듯하다.

그래도 이제 나도 나를 걱정하고 다른 사람 걱정도 해서 적당히 먹어야겠다.

청주대학교에 재학 중인 한정아입니다.

오창에서 살고 있습니다. 고향은 대구입니다. 먹는 것을 정말 좋아합니다. 싫어하는 것이 따로 없습니다. 모자를 자주 씁니다. 웃음이 많습니다.

교복

박은진

　교복이란 학교에서 학생들이 입도록 정한 제복이다. 학생이었을 때
는 학교에서 정해준 교복이 맘에 들지 않아서 괜히 사복을 더해 입거
나, 학교 규칙에 어긋나게 교복을 수선해서 입었을 것이다. 하지만 교
복을 입지 않는 지금은 오히려 교복 입던 학생 때를 그리워한다. 교

복 입고 지나다니는 학생들을 부러워하거나, 4월 1일 만우절이 다가오면 괜히 '교복 입어 볼까?'라는 생각을 하게 된다. 때론 오래된 친구들과 교복을 입고 추억여행을 떠나기도 한다. 그만큼 교복은 그 자체만으로도 학생 때의 기억을 떠오르게 해주는 매개체이다.

누구에게나 중·고등학교 시절이 있듯이 나에게도 그때에만 경험할 수 있는 그때의 추억들이 있다. 중학교 때에는 바로 옆에 있는 초등학교 덕분에 6년 동안 보아오던 친구들과 교복입고 생활하는 학교생활이 재미있었고, 높아진 책상과 의자와 식당에서 급식을 먹는 것이 신기했다. 또한 처음 겪는 학생부 선생님들은 무섭게만 느껴졌고, 초등학교 때보다 많아진 수업시간에 적응하기 힘들었을 때도 있었다. 중학교 3년을 모두 마치고 고등학교에 입학했을 때에는 새로운 친구들을 많이 사귀게 되는 계기가 되었다. 새로운 친구들과 처음으로 학교에서 밤 9~10시까지 하는 야간자율학습은 마치 수련회에 온 것만 같은 기분을 주었다. 가끔은 하루쯤이야라는 생각으로 다 같이 도망가서 노는 재미도 알아갔었다. 고등학교 3학년 때는 진지하게 진로고민을 해주고 서로의 자기소개서도 봐주며 고3이라는 이유 덕분에 점점 더 허물없이 친구들의 꾸미지 않은 맨얼굴도 보면서 더 가까워졌다. 그렇게 고등학교의 3년은 중학교 때보다도 금방 지나갔다. 빠르게 지나간 학창시절은 다시는 돌아올 수 없는 추억이다. 그때에 좋은 친구들을 만나 다양한 경험을 했던 것은 정말 잊지 못할 것이고, 잊어서는 안 되는 소중한 기억이다. 이렇게 나도 그렇고 일반적인 다른 사람들에게도 교복이란 이미지, 단어는 교복을 입고 생활했던 학창시절의 다양한 추억을 떠오르게 한다.

하지만 나에겐 교복하면 떠오르는 것이 하나 더 있다. 나는 맞벌이하시는 부모님 덕에 할머니 손에 자랐고, 할머니와 같이 살았었다. 할머니께서는 매일 새벽 일어나셔서 가족들의 밥을 챙겨주셨고, 나와 동생 뒷바라지도 하셨고, 일이 다 끝나시면 노인정에 가서 많은 할머니들과 어울리셨다. 어렸을 때 할머니에 대한 나의 기억은 똑 부러지시고 가끔은 무섭지만 부지런하시고 정 많으신 분이었다. 하지만 이런 내 기억이 바뀌게 된 계기는 내가 초등학교 6학년이 끝나갈 무렵이다. 할머니께서 갑자기 아프셔서 아무것도 하지 못하신 채 힘없이 누워만 계시게 되었었다. 매일 이모들께서 돌아가면서 집에 찾아와 할머니를 간호하셨고, 나와 동생 또한 자연스럽게 할머니를 간호하게 되었다. 그런 생활이 반복되던 중 할머니를 좀 더 지속적으로 간호할 수 있도록 간병인이 있는 병원으로 모시게 되었다. 집과 많이 떨어진 병원이었기 때문에 나는 할머니가 계신 병실조차 가보지 못했었다. 2009년 1월 13일 할머니께선 병원으로 모신 지 얼마 지나지 않아 돌아가셨다. 그때 나는 다른 곳에 있었고 그 소식을 들었을 때도 마음에 전혀 와 닿지 않았다. 그런 마음으로 할머니의 장례식장을 모두 치르고 어느 때보다도 긴 겨울방학이 끝나 나는 중학생이 되었다.

할머니가 편찮으시기 전부터 나에게 하시는 말이 있었었다. "너 교복 입는 모습은 보고 죽어야지"라는 말씀을 많이 하셨다. 그때는 왜 중학교 교복만이냐고 장난치면서 넘겼는데 막상 첫 교복을 사고 집에 와보니 할머니께 보여드릴 수가 없었다. 그래서 나는 중학교 교복을 보면 자연스럽게 할머니 생각을 하게 된다. 할머니께서 내가 중학교, 고등학교 졸업하는 모습까지 보셨으면 어땠을까? 아니면 처음 교복입고 중학교 입학했을 모습이라도 보셨으면 어땠을까? 학교 규정에 따라 턱밑까지 짧게 자른 머리에도, 3년 동안 입을 것이라면서 내 몸에 맞지 않는 큰 교복에도 할머니께서는 분명 잘 어울린다면서 벌써 중학생이 되었냐며 좋아하셨을 것이다.

엄마는 가끔 동생과 나한테 "너네는 할머니 생각 많이 하니?"라고 묻는다. 그때마다 나는 괜히 먹먹해지는 분위기가 싫어서 웃으면서 "생각하지"라고만 대답한다. 사실, 외할머니에 대한 기억도, 글로 쓰진 않았지만 친할머니에 대한 기억도, 생각보다 많이 떠오른다. 아파트 입구 노인정을 지나갈 때도, 가족들끼리 모이는 날에도 특히 어렸을 때 생각을 할 때에 생각이 많이 난다. 두 분 모두 나를 좋아해 주시고 아껴주시고 돌봐주신 분들이셨다. 두 분 다 같은 시기에 갑자기 돌아가셔서 할머니 두 분 다 갑자기 잃었다는 사실이 정말 슬펐었다. 나는 두 분 덕분에 사랑받는 것이 무엇인지 제대로 느낄 수 있었고, 정 많은 아이로 올바르게 자랄 수 있었다. 나에게 할머니란 존재는 지금도, 앞으로도 절대 잊어서는 안 되는 분이시다.

저는 청주대학교에 재학 중인 호텔
경영학과 2학년 박은진입니다. 제
전공은 호텔경영학과이지만 호텔경
영이란 전공 말고도 언어와 문학을
좋아합니다. 그래서 전공과는 다른
분야의 수업을 찾아서 듣습니다.
예전에는 하고 싶은 것이 없어서 고
민을 했었을 때가 많았는데 지금은
여러 분야에 도전하고 싶은 일이 많
아져서 고민을 하고 있습니다.

구두

정부영

이 사진은 구두입니다. 가죽을 이용해 만드는 신발이며, 유럽에서 기원했으나 현대적 구두의 등장 기원은 불분명합니다. 한국에 처음 구두가 전파된 시기는 19세기경으로, 외국에 다녀온 사람들이 구두를 신고 들어온 것이 시초로 여겨집니다. 구두라는 말의 어원은 분명치 않습니다. 국립국어원에서는 구두의 어원을 일어 Kutsu로 보고 있지만 일본에서는 오히려 Kutsu의 어원을 한국어 단어 구두에서 찾고 있습니다. 한국의 구두와 일본의 '구츠'의 차이가 있다면, 한국의 구두는 가죽신발만을 이야기하지만 일본의 '구츠'는 모든 신발을 통틀어 이야기하는 것입니다.

구두에는 다양한 종류가 있습니다. 끈이 없어 간편히 신을 수 있는 것을 로퍼, 일반적인 스타일의 구두를 옥스퍼드, 해군들이 신던 신발에서 유래한 더비 슈즈 등등, 오래된 역사만큼이나 종류 또한 다양합니다.

국내에서는 일정 나이 대 이하의 남성 혹은 여성들은 쉽게 접하기 어려운 물건이기도 합니다. 고등학생 때, 대학생 때까지도 특별한 일이 있지 않은 이상 불편하고 값비싼 구두를 신을 일이 흔치 않기 때문이지요. 오히려 직장 생활을 하는 사회인들은 지겹도록 신을 신발이기도 합니다. 따라서 저는 구두를 보며 어른, 사회생활을 떠올립니다.

또한 구두 자체가 가지는 의미는 발에 신을 수 있는 가죽으로 된 신이지만 이 단어가 가지고 있는 심리적 의미는 격식에 맞는 일정한 방식이라고 생각합니다. 구두는 편한 자리보다는 예절을 갖추어야 하는 자리에 어울리니까요.

개인적 연상 공시를 덧붙여 보자면 멋, 동경이라고 할 수 있겠네요.

의복에 관심을 가지게 되고, 많은 정보를 접하며 구두에 관심을 가지게 되었습니다. 하지만, 가격도 만만치 않고, 학생이라 신을 일도 없는 구두를 사기란 쉽지 않았습니다. 어른으로서 사회생활을 하며 제 힘으로 번 돈으로 좋은 구두를 사고 싶다는 생각을 많이 했습니다. 종류 또한 다양하고, 운동화에서는 찾아볼 수 없는 중후한 이미지, 빈티지하면서도 세월과 역사의 흔적이 느껴지는 구두를 멋스럽게 여겨 멋과 동경이라는 단어로 구두를 나타내게 되었습니다.

청주대학교 무역학과에 재학 중인 12학번 정부영이라고 합니다. 유기농 농업을 하는 부모님과, 두 여동생이 있습니다. 어려서부터 시골 마을에서 친척들과 동생들과 친구들과 즐겁게 뛰어놀았던 기억이 많습니다. 취미는 운동과 인터넷 노래듣기이고 음성군 장애인 복지관에서 복무를 마친 후 현재 복학하여 대학교 생활을 하고 있습니다. 가만히 앉아 있는 것보다는 활발하게 움직이고 사람들 만나는 것을 좋아하는 편입니다. 사진동아리에서 부회장을 맡고 있고 많은 동아리 활동이 스트레스 해소에 도움이 되는 것 같습니다. 성격은 신중한 편이고, 마음은 많이 여린 편이나 첫인상이 차갑다는 얘기를 많이 들었습니다.

군항제에 몰린 인파

이호중

4월 2일 진해에서 벚꽃축제인 군항제가 열렸다. 본래 군항제는 진해 북원로터리에 충무공 이순신 장군의 동상을 세우고 충무공의 얼을 기리기 위해 거행된 추모제가 축제의 시초이다. 이후 11년 동안 거행되어 오던 추모제는 1963년 충무공의 호국정신을 이어가고 향토 문화예술의 진흥을 도모하고자 명칭이 군항제로 변경되었다.

진해의 벚나무는 일제 강점기 진해에 군항이 건설되면서 도시미화용으로 심어진 것인데, 이 때문에 광복 후

시민들은 일제의 잔재로 여겨지는 벚나무를 잘라 버렸다. 당시 시민들의 출입이 불가능했던 해군 작전사령부 내에 벚나무가 남아 있었는데, 1962년 식물학자들에 의해 왕벚나무의 원산지가 일본이 아닌 제주도로 밝혀지면서 벚나무 살리기 운동이 시작되었다. 이후 진해는 화려한 벚꽃 도시로 거듭나게 되었다. 벚꽃 축제는 진해뿐 아니라 영등포, 청주, 종로 등 전국 여러 도시에서 열리지만 그 어느 곳도 군항제만큼 많은 인파가 몰리지는 않는다. 진해는 매년 군항제를 실시하는 4월마다 많은 인파로 9시뉴스에 보도된다. 실제로 올해 4월 2일 진해에 갔을 때에도 엄청난 인파가 몰렸었다. 진해구에 진입하기 전에 경찰들이 교통통제를 해서 진해구민이 아닌 차량은 진입하지 못하고 셔틀을 이용해야 했다.

하지만 나는 교통통제를 무시하고 차량을 이끌고 군항제의 중심인 '로망스다리'로 진입했다. 곧 나는 내 선택이 틀렸음을 통감했다. 차량은 모두 도로에 멈춰서 있었고 우리 차는 걸어가는 어르신 속도보다도 느렸다. 3km 거리를 2시간을 걸려 로망스다리에 도착했지만, 인파는 더욱 많았다. 강을 둘러싼 다리 전체에 사람이 북적거려 낯선 사람들과 계속 부딪혀야 했고 사진 구도가 좋은 다리 위에서 사진을 찍기 위해서 길게 늘어선 줄은 줄어들지 않았다. 저녁때가 되자 모든 식당이 자리가 없었고 바로 옆 친구와 대화하기 위해서 귓속말을 해야 했다. 후에 뉴스를 보니 4월 2일 하루에만 진해구청 추산 45만 명이 몰렸다고 한다. 나는 문득 궁금해졌다. '왜 유독 진해 군항제에만 사람들이 몰릴까?'

첫 번째로 떠오른 생각은 다른 지역에 비해 조명의 효과를 잘 이용했다는 것이다. 진해 여좌천의 로망스다리에는 여러 가지 색의 조명을 설치해 은은한 여러 색의 벚꽃을 볼 수 있다. 두 번째로 벚꽃이 정말 많다. 내가 사는 청주에 무심천에도 벚꽃이 많은데 진해는 비교할 수 없을 정도로 벚꽃이 많다. 도시 어디를 가도 항상 벚꽃이 있을 정도다. 세 번째로 벚꽃 특유의 아름다움이다. 벚꽃은 흰색이라서 낮보다 밤에 색 대비가 확연하게 드러나 더 아름답다. 그리고 진해의 지리적 특성상 남쪽에 위치하기 때문에 개화 시기가 빨라 첫 벚꽃을 보기 위해 인파가 몰리는 것이 아닐까 추측된다.

위 사진은 여좌천 맞은편 거리에서 10초 동안 지나가는 사람들을 찍은 것이다. 뉴스에서는 많은 인파가 몰려 부정적인 쪽으로 보도했지만 나의 생각은 다르다. 그만큼 그 시기에 가장 예쁘게 개화하고 365일 중에 하루 이틀뿐이기에, 불편을 감수하고 올 만큼 가치가 있다. 많은 인파로 불편했던 것은 사실이나, 사람 구경하는 재미도 있었고 사진 찍기가 어렵기도 했지만 그만큼 힘들게 찍은 사진이라 가치가 더 크게 느껴졌다. 하지만 무엇보다 가장 높은 가치는 '야간에 보는 벚꽃'이었다. 낮에는 '이런 곳에 이렇게 많은 인파가 올 만한가?'하는 생각이 들었지만 밤이 되어 어두워지고 형형색색의 조명이 들어오자 '이래서 오는구나!'하고 느꼈다. 빛과 어둠이 만들어낸 아름다움이랄까? 나는 이 감정을 다시 느끼기 위해 내년에도 진해에 갈 것이다. 군항제에 다시 오는 사람들의 마음이 나와 같을 것이다. 벚꽃을 느끼려면 진해로 가자.

청주대학교 신문방송학과에 재학 중인 12학번 이호중입니다. 취미는 사진 찍기, 기타연주이며 바이크 타는 것을 좋아합니다. 말을 중간에 끊는 것과 시끄러운 것을 매우 싫어합니다. 요즘 싫어하는 것이 하나 추가되었는데 '반오십'이라는 단어가 너무 거부감이 듭니다.

그 명찰의 의미

안성찬

　보통 '명찰'하면 어떤 말이 떠오르는가? '명찰'의 사전적 의미는 '성명, 소속 등을 적어서 달고 다니는 헝겊 또는 종이나 나무쪽을 이르는 말'이다. 기호학의 관점에서 사전적 의미는 외시이다. 공시는 그단어가 내포하고 있는 2차적인 의미이다. 해병대에서의 '명찰'은 매우 특별한 공시를 가진다. 해병대 명찰은 붉은색 바탕에 황색 글씨가 새겨져 있다. 붉은 명찰에서 붉은 색 바탕은 '피와 정열'을 상징하며, 황색 글씨는 '땀과 인내'의 상징이다. 이 '붉은 명찰'은 곧 해병대의 상징이다. 하지만 해병대에 지원하는 장병들 모두가 바로 이 '붉은 명찰'을 달 수 있는 것은 아니다.

해병대는 국가전략기동부대로서 유사시 적지에 기습·상륙하여 작전을 수행하는 부대이다. 영화 '라이언 일병 구하기'에서 나오듯 대규모 상륙돌격 작전은 생존율이 30%도 되지 않을 정도로 처절하고 위험하다. 또한 현재 해병대가 주둔하고 있는 지역은 서해5도, 연평도, 제주도, 울릉도에 이르기까지 북한의 기습 공격에 노출되어있는 대한민국 최일선이다. 이러한 특수성을 지니기 때문에 해병대는 100% 모병제로써 자원하는 인원 중에서 정신적, 신체적으로 뛰어난 자를 선별하여 입대시킨다. 이러한 위험성과 악명 높은 특유의 교육훈련에도 불구하고 지원율은 평균 4 : 1에서 10 : 1까지 높은 편이다. 지원자들은 신체검사, 체력평가, 면접 등을 통해 엄격한 선별과정을 거치며, 기준에 부합한 소수만이 해병대 합격 통지서를 받게 된다.

이런 과정을 거쳐 해병대에 입대한 장병들은 7주간 '훈련병'의 신분으로 기초교육훈련을 받는다. 훈련병 기간에는 '붉은 명찰'을 달 수 없으며, '해병'이라는 명칭도 사용할 수 없다. 모든 훈련병은 해병의 상징인 '붉은 명찰'을 갈망하며 훈련에 임한다. 이 기간 중에도 혹독한 교육훈련과정을 통해 많은 훈련병들이 귀가조치 된다. 정신적, 신체적 결점이 발견되어 조치되는 경우도 있지만, 가혹한 훈련과정을 견디지 못해 자진 퇴소하는 인원도 있다. 모든 훈련병은 7주 동안 군사기초, 화기, 체력, 공수, 격투, 화생방, 전투수영, 생존법, 사격, 유격, 무장 행군, 수류탄, 각개전투, 침투, 상륙기습, 야전취사, 야전숙영, 고

지정복 훈련 등 수많은 훈련을 받는다.

　이러한 훈련을 받을 때마다 훈련병들은 수없이 역경에 처하고, 자신의 한계에 부딪힌다. 하지만 해병대 교관은 한계에 부딪혀 힘들어하는 훈련병을 절대로 포기하지 않는다. '나는 해병이다. 나는 할 수 있다.', '나는 포기하지 않는다. 거의 다 왔다.', '안되면 될 때까지', '힘이 없으면 악기로 독기로'를 외치며 옆에서 끊임없이 몰아붙인다. 훈련병은 늦더라도 교관과 함께 결국 자신 스스로의 힘으로 해내고야 만다. 그러한 과정이 반복되면서 '죽도록 힘들어도 죽지는 않는구나. 힘이 하나도 없어도 악기로 독기로 해내면 할 수 있다'는 것을 알게 된다.

　모든 훈련병이 그랬겠지만, 처음 입대할 때만 해도 내 마음은 '자부심을 가지고 열심히 해보리라'는 포부로 가득 차 있었다. 그러나 그 포부는 며칠도 안 가 산산이 깨졌다. 예상을 뛰어넘는 너무나 힘든 훈련과, 한시도 마음 놓을 수 없는 엄격한 생활 방식이 내 숨을 막히게 했다. 교관은 단 한마디의 농담도 하는 법이 없었고, 한 조각의 미소도 보여준 적이 없었다. 사소한 실수와 잘못에도 서릿발 같은 질책과 연대 처벌이 가해졌다. 훈련시간이 아닐 때에도 자는 시간외에는 마음 편하게 앉거나 쉴 수가 없었다. 정규 일정으로 편성된 훈련시간 외에는 군사기초 훈련을 받거나 미비한 점에 대해 기합을 받았다. 거의 항상 새벽 1시~2시까지 기합을 받다가 지쳐 쓰러지듯 잠들었다. 하루가 한 달처럼 너무나 더디게 느껴졌다. 며칠 생활하지도 않았는데 부모님 생각이 간절하고, 어머니를 떠올리기만 해도 눈물이 복받쳤다. 군대에 오기 전처럼 힘이 없다고 포기했으면 나는 훈련을 반의반도 버티지 못했을 것이다. 그런 힘든 훈련과정을 버텨낸 힘은 육체적 능력에서 오는 것이 아니었다. 나는 '사랑하는 부모님을 위해서 반드시 이겨내겠다'는 생각과 '안 되면 될 때까지', '악으로 깡으로'라는 해병정신을 마음속에 수없이 되뇌며 내 자신을 다잡아 나갔다. 한계에 부딪히고, 그 한계를 이겨내고 넘어서는 과정에서 나는 해병으로서의 긍지를 알게 되었고 해병혼과 해병정신을 마음에 새길 수 있었다.

7주간의 지옥 같은 훈련을 버텨내자, 드디어 '붉은 명찰 수여식'과 '수료식'을 하게 되었다. 그토록 갈망하고 꿈에도 그리던 붉은 명찰. 그 명찰을 가슴에 단다는 사실에 내 심장은 터질듯이 뛰었다. 세상에서 제일 무서우면서도 가장 존경하는 해병대 교관이 그 '붉은 명찰'을 내 가슴에 달아주고 주먹으로 강하게 쳤다. 수고했다고 말해주는 교관의 말에 가슴이 울컥했다. 그동안 죽도록 힘들었던 훈련, 그 훈련을 함께 견뎌낸 동기들, 가슴에 새긴 해병대의 긍지와 정신이 머릿속으로 스쳐지나가며 눈물이 절로 솟구쳤다.

해병대에서는 오른쪽 가슴에 붉은 명찰을 달 수 있을 때 비로소 해병대의 일원이 되었음을 인정받게 된다. 그만큼 붉은 명찰은 해병대 장병들에게 단순히 자신의 이름을 나타내는 표식물이 아니라 '해병대 아무개'라는 해병대에 소속된 한 일원으로서 명예를 지키며, 책임과 의무를 다하라는 명령인 동시에 징표인 것이다. 또한 명찰의 붉은색 바탕과 황색 글자는, 조국을 위해 목숨을 바친 선배 해병들의 희생과 100만 예비역 해병의 피와 땀을 의미한다.

자신을 넘어서는 과정 속에서 얻어낸 이러한 엄청난 의미의 빨간 명찰을, 가슴에 달고 있는 해병은 결코 가볍게 행동할 수 없다. 부대 안에서는 유사시를 대비한 교육훈련에 최선을 다하며, 밖에서는 해병대의 명예를 실추시키지 않도록 행동한다. 버스, 지하철에서 시민이 서 있는데 결코 자리에 앉지 않으며, 무거운 짐을 든 어르신을 봤을 때도 결코 모른 척하지 않는다. 항상 바른 자세로 타군과는 달리 기합 든 모습을 보여주려 노력한다. 이미 전역한 지 한참 된 예비역 해병의 경우도 빨간 명찰이 달린 군복을 입었을 때는 마음가짐부터 달라진다. 이처럼 해병대라는 공동체에서의 명찰은 단순한 외시적 뜻을 넘어서서 사람의 행동과 생각까지 바꿔내는 매우 특별한 공시적 의미를 가진다.

안성찬(Seong Chan Ahn)은 1992년생으로 현재 청주대학교 국어교육과 학부생이다. 해병대에서 병으로 만기 복무했으며, 이후 전문하사로 추가 복무하였다. 현재는 국어과 중등교사를 목표로 공부에 매진하고 있다.

그 이듬해 봄

김슬기

봄이 찾아왔다. 얼마 전까지만 해도 두꺼운 외투를 입고, 주머니에 손을 넣으며 걸었는데 이제는 얇은 옷을 입고, 한 손에는 카메라를 들고 걷는다. 날씨가 따뜻해져 꽃들이 하나둘 피어나기 시작했다. 서로 자랑하듯이 꽃송이가 만개하여 예쁜 모습을 보여주었다. 따뜻한 봄 날씨를 즐기며 걷던 중, 많은 꽃나무들 사이에서 나는 저 작고 앙상한 나무를 발견할 수 있었다. 옆에 있는 큰 나무는 꽃을 피울 준비를 하며 나뭇가지에 분홍빛을 띠는데, 저 조그만 나무는 텅 빈 나뭇가지만을 보여주었다. '아직 옆의 나무만큼 크지 않아서일까, 아니면 원래 저렇게 작은 나무일까?' 나는 아직 어려서 저렇게 작고 꽃도 피울 수 없는 것이라고, 아직 다 크지 않아서라고 생각한다.

나는 이 사진에서 여러 사람들의 모습을 볼 수 있었다. 큰 나무가 작은 나무보다 먼저 세상을 살고 작은 나무의 옆에서 조언과 충고를 해주는 인생 선배로 보이기도 하였고, 옆의 큰 나무가 작은 나무와 대조적인 모습을 보여주며 사람들의 모든 시선을 앗아갈 때, 옆에서 묵묵히 자신을 성장시키고 있는 그 모습에서 가수와 백업댄서의 모습도 볼 수 있었다. 어쩌면 둘은 같은 날 태어난 친구일지도 모른다. 친

47

구와의 성장속도 차이로 자신감을 상실한 청소년의 모습도 보였다. 옆의 큰 나무와 작은 나무의 사이는 단순히 가까운 거리에 있다는 점 말고도 서로에게 영향력을 끼치는 중요한 관계인 것 같았다. 서로 사이가 좋든 나쁘든 나는 잘 알 수 없겠지만, 확실한 것은 앞으로도 상호작용을 하며 서로가 자라는 데에 큰 영향을 미쳐나갈 것이라는 점이다. 저 작은 나무도 지금은 앙상하고 얇은 나무지만 그 이듬해 봄에는 꽃을 피워 옆의 나무보다 더 아름다워져 상황이 바뀌지는 않을까, 아니면 다른 친구들이 더 생겨나지는 않을까 이듬해 봄에 저 나무들은 어떻게 변화되어있을지 궁금하다.

사람이 아닌 것들에게서 사람의 모습을 발견하고, 분석해 내는 것이 재미있기도 했다. 이론적으로 하나하나 분석하는 것보다는 우리 주위에 자연현상이나 행동들을 바라보았을 때 볼 수 있는 것도 기호학이라는 것을 강의를 통해서 배울 수 있었다.

안녕하세요. 저는 김슬기입니다. 나이는 21살이고 청주대학교 간호학과 2학년 학생입니다. 청주에서 태어났고 청주에 살고 있습니다. 중학교 3학년 때부터 간호사를 꿈꿔 왔고 간호학과에 입학한 지금 꿈에 많이 다가왔다고 생각합니다.

취미는 운전이고 특기는 주차입니다. 최근에 운전면허를 따서 주말마다 운전연습을 하며 새로운 취미가 되었습니다. 일학년 때부터 카페알바를 하며 커피를 내리는 방법도 배웠습니다. 여행도 좋아해 방학이면 친구들과 여행도 다니고 있습니다. 저도 지금은 작은 나무이지만 공부도 열심히 하고, 경험도 많이 쌓아가며, 멋진 큰 나무가 되어 멋진 간호사가 되고 싶습니다.

길을 가다 마주친 흰색 길고양이

김은비

　아무 생각 없이 길을 거닐다가, 담장 위나 정차되어 있는 자동차의 바퀴 사이에서 '길고양이'를 보게 된 적이 있었을 것이다. 그 고양이들을 보면 무슨 생각이 드는가? 주변에 물어보니 '가엾다'라거나, 덤벼들까봐 혹은 할퀼까봐 '무섭다'라거나 하는 의견들이 있었다.

　하지만 나의 경우에는 어떨까 생각해 보았다. 나는 요즘 규칙적이고 단조로운 일상에 회의감이 들고 있으며, 어디론가 떠나고 싶다는 생각을 자주 하는데다, 틈만 나면 하늘을 보고 가끔 마주치는 참새나 비둘기마저 부럽다는 생각이 든다. 나도 그들처럼 어디론가 휙 날아가 버리거나 아무것도 생각하지 않고 생존만을 위해 사는 상상을 하곤 했다.

　그런 생각을 가진 내게 어느 날 버려진 것인지, 길고양이가 눈에 들어왔다. 물론 SNS나 다른 신문기사 등을 통해 길고양이의 안타까운 실상이라든가 버려져서 가여운 아이들 등등 길고양이에 대한 수식어가 꽤나 좋지 않다는 것은 알고 있었지만, 나도 고양이가 되어 버리고 싶다는 생각을 했다. 누군가 돈을 벌어오라고 재촉하지도 않고, 낮잠도 자기 마음대로 늘어져라 잘 수 있고, 어디든 마음 놓고 떠나버

릴 수 있을 것 같았기 때문이
다.

그런 이유로, 내가 길고양이
를 보고 느낀 것은 '자유'이다.
나의 현재 감정적인 상태와
빗대어 길고양이의 기호를 파
악했기 때문에 이것은 감정적
의미로서의 기호가 발생한 것
이다. 또한 외시와 공시로도
따져보자. 제1차 언어, 즉 외
시적 언어로서는 단어 '고양이'
와 (1) '고양이의 의미인 고양
잇과의 하나. 원래 아프리카의
리비아살쾡이를 길들인 것으
로, 턱과 송곳니가 특히 발달
해서 육식을 주로 한다. 발톱
은 자유롭게 감추거나 드러낼

수 있으며, 눈은 어두운 곳에서도 잘 볼 수 있다. 애완동물로도 육종
하여 여러 품종이 있다.' 정도가 된다. 제2차 언어, 즉 공시적 언어로
서는 내가 만들어낸 새로운 기호인 '자유'가 도출되는 것이다.

문화기호학을 배우면서 기호학이란 내가 가지고 있는 세계에 의하
여 그 체계와 의미가 부여되고, 달라지는 것이 참 매력적이라고 느꼈
기에 그것에 중점을 두어보았다. 어떤 것을 주제로 정할지 생각하는
것 자체로도 흥미로운 작업이었지만, 우리 주변에 너무나도 많은 기
호들이 자리 잡고 있어서. 또는 거의 모든 것들이 기호들로 이루어져

있어서 주제를 선정하는 것이 꽤나 어려운 점이라고 생각되었다.

하지만 '내가 느끼는 기호'라는 초기 수업에 따라 생각하니 요즘 내가 가장 강하게 느끼고 있는 감정 상태로 발생된 기호를 가지고 리포트를 작성해 보고 싶다고 생각했다. 하면서도 '내가 이런 생각을 가지고 있었구나!' 하는 것을 다시 한번 깨달을 수 있는 좋은 기회였던 것 같다.

김은비
학번 : 시각디자인학과 13612011
좋아하는 것 : 고양이, 단 것
싫어하는 것 : 과제!

꽃보다 청춘

이다슬

중학교 3학년 고등학교 올라가기 전 가족들과 태국으로 여행을 가 본 적이 있었다. 그 후로 계속 가족들과 국내로 바다며 산이며 여러 곳을 다녔지만, 친구와는 해외로든 국내로든 여행을 가 본 적은 없었다. 그이후로 시간이 흘러 나는 대학에 진학을 하게 되었고, 마음이 맞는 친구들을 만났다. 2학년 여름 방학 중 어느 날 우리들 중 누군가가 즉흥적으로 우리도 해외여행을 가자고 했다. 처음에는 단순히 다른 동기 친구가 유럽으로 여행을 떠나는 것이 부러워 비행기를 타고 싶었기 때문이다. 그 대답에 나도 그러자고 했지만, 흔히 친구들끼리 뭐뭐 하자 하면 흐지부지되는 경우가 대다수이고, 나도 우리 여행이 그렇게 될 것이라고 생각했지만 며칠 사이에 우리는 호텔과 비행기 예약과 여행 루트, 그리고 안 될 것 같았던 부모님의 허락도 받아냈다. 하루 밤에 그저 장난스럽게 말 한 것들이 모든 일이 일어나다니 믿겨지지가 않았다.

친구들과 해외여행이라니… 우리가 길을 알아가며 모든 것을 스스로 체험하는 자유여행이라니… 여행사에 이리저리 열심히 물어가며 예약을 했을 때는 초여름이었지만 여행이 시작될 8월 한여름 동안 머릿속에는 '일본여행'이라는 단어가 계속 맴돌고 있었다. 지금 생각해 보면 티비 속에서만 보았으며 언젠가는 꼭 가고 싶은 나라, 그리고 친구들과의 첫 여행이라는 것 때문에 그 오랜 시간 동안 설레어서 방학 내내 머릿속에 떠나지 않고 계속 '일본 여행'이라는 단어가 계속 맴돌고 있었던 것일지도 모른다.

친구들과 여행을 가면 흔히들 싸운다, 친구의 본 성격이 나오기 때문에 "친구들이랑 여행을 가면 안 된다."라는 말을 많이 접해 보았다. 하지만 내 생각과 다르지 않게 우리는 역시나 싸우지 않고, 길다면 길고, 짧다면 짧은 4박 5일의 여행 기간 동안 내내 재미있게 보냈으며 알차게 많은 음식들을 먹었고 많은 것들을 보고 느꼈다.

지금 이 글을 쓰고 있는 와중에도 캐리어를 끌며 인천공항에 첫 발을 디뎠던 느낌이 아직도 생생하며 친구들과 처음 발을 디뎠던 일본의 공항의 느낌이 아직 생각이 난다. 만약에 여행을 친구들과 다시 갈 수 있는 기회가 있다면 이 친구들과 다시 한번 가보고 싶다.

현재 청주대학교 회계학과에 재학 중이며, 전공에도 관심이 있지만 다른 분야에 관심이 많아 이것저것 해 보려고 시도하는 중이다. 취미는 나노 블록 맞추기와 피규어를 모으는 일이다. 그리고 게임을 좋아하고, 책을 읽는 것도 좋아한다. 특기는 운동이다. 어릴 때부터 여러 가지 운동을 해서인지 운동을 좋아하고 잘 한다고 말 할 수 있다. 여러 가지 취미가 있다. 방학에는 돈을 모아서 해외로 여행을 떠나는 것도 좋아한다. 처음으로 돈을 모아 떠난 여행은 일본 여행이고, 이듬해 여름 방학에도 돈만 모이면 해외로 떠날 것이다. 그리고 좋아하는 음식은 치킨, 고기 종류이다. 하지만 음식만 있으면 뭐든 잘 맛있게 먹는다. 현재 듣고 있는 수업 중에 문화 기호학과, 생명의 신비라는 수강 과목에 제일 흥미를 가지고 있다. 이런 수업을 들으면서 '내가 이런 분야에 관심을 가지고 있었구나!' 이런 것을 발견하게 되어서 좋은 것 같다.

끝과 시작

백지수

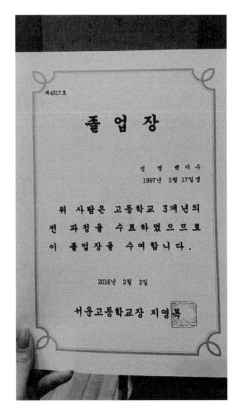

이 사진은 제가 고등학교 졸업식 때 받은 졸업장을 찍은 사진입니다. 누군가가 저의 12년 학창시절 중에서 가장 기억에 남는 시기를 꼽으라면 고등학교라고 얘기할 수 있을 만큼 의미 있는 추억이 많은 시절입니다.

2013년 2월 고등학교 입학식 날, 중학교와 멀리 떨어진 고등학교에 배정되었기 때문에 친한 친구들보단 낯선 친구들이 많았습니다. 처음 보는 교실, 책상, 칠판 그리고 친구들과 선생님. 모든 것이 새로웠습니다. 낯을

57

많이 가렸던 저에게 친구들이 먼저 다가와 주었기 때문에 예상했던 것보다 더 빠르게 친해졌고 학교에 쉽게 적응할 수 있게 되었습니다.

시간은 생각보다 빠르게 흘러갔습니다. 고등학교 2학년이 되고 문과 중국어 반을 들어가게 되었습니다. 문과 중국어 반은 두 반뿐이었기 때문에 3학년 때도 같은 반인 친구들이 또 같은 반이 될 확률이 높았는데 2학년 때에는 매일 매일이 재미있었고 마음이 맞는 친구들도 많았기 때문에 '이대로 3학년 반을 배정받았으면 좋겠다.'라는 생각을 했습니다. 그렇게 친구들과 수업도 자투리 시간도 전부 행복하게 보내왔습니다.

하지만 '호사다마'라는 말처럼 좋은 일만 있는 것은 아니었습니다. 3학년이 되어 반이 나뉘고 친한 친구들 중 각각 5명, 6명으로 갈라지게 되었지만 그래도 바로 옆 반이었기 때문에 쉬는 시간 틈틈이 놀러가 평소와 다름없는 생활을 했습니다. 그러나 1학기 말쯤에 서로에 대한 오해가 생겨 몇몇 친구들끼리 사이가 틀어지게 되었습니다.

그때 배우고 있었던 시가 있었는데 그 문학 작품은 안도현 시인의 '간격'이라는 작품이었습니다. 사람과 사람 사이의 거리를 숲의 나무 사이 거리에 비유해서 쓴 작품인데 바람직한 공동체를 형성하기 위해서는 적당한 간격이 존재해야 함을 알려주는 시였습니다. 저는 여태까지 사람과는 되도록 친하고 가깝게 지내야 좋다는 생각을 하며 살아왔는데 그 시에서 이야기하는 '간격'이 있어야 한다는 점에서 신선한 충격을 받았습니다. 하지만 곰곰이 고민해보니 옳은 말로 들렸습니다. 가까운 사이라고 생각하면 친구에게 함부로 대하고 실수를 해서 소중한 인연을 잃을 수도 있다고 생각했기 때문입니다. 위의 시가 말하는 것이 그 당시 제가 겪고 있던 상황을 이야기해 주는 것 같아 더욱 공감이 되었을 수도 있지만 그 때문에 저는 그 시가 아직도 인상적입니다. 하지만 이미 엎질러진 물이었고, 친구들과의 사이는 수습할 수 없을 만큼 벌어졌습니다. 서로 존중하고 배려해주어야 할 시간도 모자란 고3 시절에 그렇게 싸우게 되어 몹시 안타까웠습니다.

이렇게 친한 친구들 몇몇과 멀어지는 일도 있었지만 그 이상으로 재미있었던 추억이 더욱 많기 때문에 그것에는 더 이상 연연해하지 않기로 다짐했습니다. 신경 써 보았자 저 자신만 손해라고 생각했기 때문입니다.

우여곡절 끝에 수능을 마쳤습니다. 모의고사 성적보다 등급이 잘 나오지 않아서 낙담하긴 했지만 그래도 후련한 기분이 더 커서 금방 털어냈습니다. 수능 직후부터 졸업식까지는 정말 놀기만 했던 것 같습니다. 추운 교실에서 마음껏 드러눕고 친구들과 놀고 떠들고 영화 보고…. 하지만 졸업식 생각만 하면 아이들과 함께 그 날이 오지 않았으면 한다며 슬퍼했습니다. 다들 만날 약속을 잡지 않아도 저절로 학교에서 만나기 때문에 매일매일 볼 수 있었는데 졸업을 하게 되면 매일 볼 수 없게 되는 것이니까요.

겨울방학이 끝나고 졸업식 날이 되었습니다. 졸업식이 시작되기 전에 친구들과 친했던 선생님들께 인사드리고 같이 찍은 사진도 많이 남겼지만 아쉬운 마음은 가시지 않았습니다. 졸업식이 시작되고 내빈들과 수많은 학부모님들, 그리고 학생들이 강당을 가득 채웠습니다. 교장 선생님이 훈화 말씀을 해주시고 음악부원 친구들이 졸업 노래를 불러주는데 점점 제가 졸업한다는 것이 실감이 되었습니다. 울지 않으려고 했었지만 친한 학원 친구가 우는 모습을 보니까 갑자기 울컥하면서 눈물이 났습니다. 그렇게 제 고등학교 졸업식은 아쉽고도 아쉬웠고 마지막까지 잊지 못할 기억입니다.

졸업식을 마치고 그렇게 제 10대도 완벽히 끝이 났습니다. 그러나

20대가 시작되었기 때문에 그에 따른 노력을 하며 지낼 것입니다. 에세이를 작성함으로 인해 제 인생의 약간의 갈피를 잡은 것 같아 의미 있는 일이었다고 생각합니다.

저는 2016년에 청주대학교 보건의료대학 치위생학과에 입학한 백지수입니다. 먼저 저는 치위생학과에 진학하였기 때문에 4년 동안 전공 수업과 실습으로 실력을 쌓고 4학년 때 국가고시에 합격하여 졸업을 한 이후에 치과위생사가 될 것입니다. 치과위생사는 치료, 스케일링뿐만 아니라 예방교육과 정기적인 상담도 하는데 이 때문에 치과위생사는 전문성도 띄지만 봉사 정신 또한 필요합니다.

제가 치과위생사가 되기로 결심한 큰 계기가 있습니다. 저희 친할머니께서 틀니를 하실 때 같이 따라간 적이 있었는데 동네 시골 치과인데도 불구하고 노인분들을 굉장히 친절하고 편안하게 대해 주시는 치과위생사 언니를 보았을 때 '너무 멋있다. 나도 저렇게 되고 싶다.'라는 생각을 했습니다. 그리고 저 또한 봉사하는 것을 좋아하고 어려움에 처한 사람들을 그냥 지나치는 것이 힘들기 때문에 제 성격과 맞겠다는 생각을 했습니다. 비록 아직 모든 것이 서툰 1학년 새내기지만 주위 선배님과 동기들의 조언을 들어가며 이것저것 해내보려 노력하는 중입니다.

나만의 견문록, 유럽을 다녀와서

송주헌

평소 여행을 좋아하여 여기저기 많이 다니지만, 사진을 별로 찍지 않아 남긴 사진도 없었는데, 그러다가 문득 재작년 겨울에 다녀온 유럽에서 찍은 사진들을 찾아보았다. 그 중에서 가장 기억에 남는 사진이라, 사진들을 보는데 이런 적도 있었지 이런 곳도 다녀갔었지, 방금

어제 갔다가 온 것처럼 기억이 생생하게 남았다. 여행에서 남는 것은 사진이라 했던가? 이제부터라도 여행을 가거나 특별한 일이 있으면 사진으로 남겨놓는 습관을 들여야겠다는 생각이 들며 사진들을 고르고 골라 이 사진으로 하게 되었다.

여기는 이탈리아 로마의 콜로세움이라는 곳이다. 유럽여행 중 중간 지점인 이탈리아로 왔을 때 일주일 중 3일을 로마에 있었는데, 마지막을 콜로세움으로 잡고 갔을 때 찍은 사진이다. 이 사진을 고르게 된 이유는 우연치 않게 만난 연예인과 찍었기 때문인데, 이 날은 날씨가 좋지 않아 유난히도 비가 내리던 날이었다. 비도 내리고 구경하기에는 좋지 않은 날씨여서 도착하였을 때에도 친구랑 날을 잘못 잡았다며 투덜대면서 구경했던 곳이다. 그래도 온 김에 다 보고 가자며 둘러보던 중, 내 눈에 낯이 익은 얼굴이 내 옆을 지나갔다.

그 주변에는 여러 낯이 익은 사람들이 있었는데, 나는 보고 바로 친구에게 내가 연예인을 본 것 같다고 말을 했는데 친구는 그 말을 믿지 않았다. 친구가 자기도 보았는데, 연예인이 아니라는 소리다. 그 말에 나는 아니라고 필시 분명히 연예인이다. 그런데 누군지를 모르겠다고 일요일 요리프로그램에 나오는 사람이라고, 내 눈은 못 속인다고 한번만 쫓아가 보자고 친구를 설득하였다. 그 말에 친구도 밑져야 본전이라는 생각에 같이 가보기로 했는데, 가까이 갔을 때는 내 의심은 확신이 되었다.

친구도 보고서는 연예인이라고 어떻게 찾았냐고 나에게 들뜬 마음으로 물었다. 그런데 거기에 문제점이 있었는데, 사진을 같이 찍고 싶은데, 누군지를 몰라서 계속 친구랑 그 주변을 맴돌다가 같이 온 친구 동생이 '김호진'이 아니냐며 말을 하였는데 그 말에 친구랑 나는

맞아 맞아 하며 바로 가서 연예인 김호진 씨 아니냐며 같이 사진을
찍고 싶다고 하였다.

비도 오고 주변 사람들도 많았지만 흔쾌히 같이 찍자고 하여서 얻
게 된 사진이다. 찍으면서 다음 여행지는 어디로 가는지 여기는 누구
랑 왔는지에 대한 소소한 대화를 하고는 헤어지게 되었는데. 여행지
에서 연예인을 보게 되어 신기해하며 여행했던 기억이다.

저는 체육교육과에 다니는 송주헌이라고 합니다.
체육교사가 되고 싶어 남들보다 조금은 긴 수험생활을 하게 되었는데, 예비 교사로서 많은 경험을 하고 배우고 나누어 주고 싶습니다.

내만의 인생사진, 그리고 광복 70주년

김레지나

　　건물에 걸려 있는 태극기, 태극기 문양을 새긴 우산, 이순신 장군 동상. 이것들은 대한민국, 광화문이라는 것을 나타내는 상징물이다. 또한 국경일이라는 것을 추측할 수 있다. 이 사진 속에 나타난 것들을 보고 충분히 알 수 있다고 생각한다. 그렇다면 기호학적인 요소가 있는 사진이라고 느낀다.

나는 신문방송학과 학생이다. 그리고 대학교 보도사진과 동아리에 속해 있다. 2015년, 2학년이었던 나는 동아리에서 연말에 여는 보도사진 전시회 준비를 하기 위해 출사를 다니고 있었다. 보도성이 있는 사진을 찍으러 다녔다. 신문방송학과로서 신문에 보도할 때 어떤 사진이 간단하면서도 기사의 내용을 뒷받침할 수 있을지, 독자들에게 강한 인상을 줄 수 있을지 대한 고민을 했다. 한 장의 사진에 많은 것을 담는 것은 어려웠다. 지금 듣고 있는 '문화기호학'이라는 수업을 미리 들었다면 쉽게 깨달음을 얻었을지도 모른다. 어찌되었든 그때의 나는 좋은 사진을 찍기 위해 많은 곳으로 출사를 다녔고 다양한 사진을 찍었다. 사진을 찍으며 여러 사건들도 있었다. 사진을 잘 찍지 못하는 나에게 많은 실망도 했다. 사진에 대한 용기가 생긴 날, 또 가장 기억에 남는 날은 전시회 때 내 이름을 걸고 전시했던 바로 이 사진을 찍은 날이다.

1945년 8월 15일, 그로부터 정확히 70년이 지난 2015년 8월 15일 광복절이었다. 이것을 기념하여 광화문에서 다양한 행사를 했다. 뒤편에서는 학생들이 광복절을 축하하는 다양한 공연을 했고, 태극기 우산이 지붕인 조그마한 터널을 만들어 두기도 했다. 덥지만 많은 사람들이 광화문으로 나와 함께 광복절을 기념하며 즐겼다. 그 모습들을 보니 더워서 지친 상태였지만, 나는 힘을 내서 사진을 찍을 수 있게 되었다. 아이들 사진도 많이 찍었다. 광복절이라는 것을 모르는 어린 아이들도 즐겁게 뛰노는 모습을 보니 많은 생각을 하게 되었다.

광복을 위해 애쓰신 조상님들을 한 번 더 떠올릴 수 있는 계기가 되었다. 만약 그들이 없었다면 이 아이들이 그리고 우리가 이렇게 즐거울 수 있었을까 하는 생각도 들었다. 사실 우리는 광복의 기쁨을 상상도 할 수 없다고 생각한다. 이렇게 자유를 누리며 편하게 살고 있는 우리가, 그 당시 우리 조상들의 나라를 빼앗긴 아픔과 슬픔을, 나라를 되찾은 기쁨을 감히 어떻게 알 수 있을까?

사진을 평가받을 때 선배들은 내가 따로 설명하지 않아도 광화문이라는 것과 국경일이라는 것을 알았다. 또한 사진에 대한 칭찬도 받았다. 결론적으로 나는 이 사진을 통해 사진 찍는 것에 대한 자신감을 가질 수 있었다. 그리고 다시 한번 대한민국이라는 주권을 가진 나라가 있다는 감사함을 느낄 수 있었다.

저는 청주대학교 신문방송학과 14학번 김레지나입니다. 1995년 8월 22일에 서울에서 태어났습니다. 1남 1녀 중 막내입니다. 음악듣기를 좋아합니다. 그리고 예능 TV 프로그램 모니터링하는 것을 자주 합니다. 또한 풍경사진을 찍고 보정하는 것을 좋아하고 잘합니다.

저의 장점은 다른 사람의 이야기를 잘 들어주는 것입니다. 그리고 활발하다는 것입니다. 단점은 싫은 티를 내지 못하는 것입니다. 그래서 많은 손해를 보기도 합니다.

'나의' 살균된 세계

유나래

"사람은 살균된 세계 속에서는 행복할 수 없는 법이지요. 그 세계
에 생명을 이끌어 들이기 위해서는 미생물들을 들끓게 해야 했습니
다. 상상력을 회복시키고, 시를 발견해야 했던 거지요."

　　　　　　　　　　　　　　　　　　　　　　　　—가스탱 바슐라르

프랑스 과학 철학자이자 문화 비평가 바슐라르는 디종의 한 대학에서 학생을 가르치던 시절 살균된 세계에 대한 깨달음을 얻었다. 바슐라르는 사람이 행복하기 위해서는 정제되고 평면적인, 살균된 실험관 속의 삶이 아닌 상상하고, 표현하며 미생물을 들끓게 하고 이를 향유하는 삶이야말로 진정한 행복으로 가는 길이라 주장하였다. 그는 우리에게 되묻는다. 현재의 삶은 어떠한가?

　바야흐로 범람하는 콘텐츠의 시대이다. 아날로그를 넘어 디지털의 시대로 도래하면서 콘텐츠, 대중에게 향유되는 문화는 우리의 삶 깊숙이 자리 잡게 되었다. 일어나자마자 확인하는 SNS의 소식들, 이동하는 길에 듣는 음악, 데이트 코스에 빠지지 않는 영화, 하루 종일 손에서 떨어지지 않는 스마트폰까지 모두 우리 삶 속 깊숙이 자리한 콘텐츠들이다. 콘텐츠는 기획자와 제작자의 상상력과 기술 그리고 사회의 문화적 관습의 결합으로 탄생한다. 우리의 세계는 상상력을 발휘하는 자 그리고 이를 소비하는 사람들의 역동으로 들끓고 있다.

　나 또한 들끓고 있는 이 세계에서 문화를 열심히 향유하고 있는 사람이다. 책을 읽고 영화를 보고 노래를 듣는다. 누군가의 상상력에서 발현된, 들끓는 미생물 사이를 헤엄친다. 10년을 넘어 끊임없는 대 서사 속 여행을 하는 오다 에이치로의 원피스, 꿈의 무의식 속을 헤엄치던 프로이트, 어릴 적 무한한 상상력의 세계를 보여준 미하일 엔데의 동화들, 감성을 건드린 AHC의 광고들을 보며 감탄을 연발한다. 보면 볼수록 더욱 다채롭고 훌륭한 콘텐츠들이 나타났다. 더 많은 공부를 하며 콘텐츠를 소비할 때 나는 감탄하고 즐거워했지만, 어쩐지 공허한 느낌을 지울 수 없었다. 학문의 깊이는 끝이 없고 새로운 콘텐츠들은 끊임없이 재생산된다. 어느 순간, 나는 무엇을 배우고 소비하는 것에 흥미를 잃고 감탄은 멈추었다.

나는 갑자기 찾아온 무기력함의 원인을 우연히 듣게 된 한 구절에서 찾게 되었다.

"소비를 통하여 자기 정체성을 만들어 낼 수는 없다. 인간의 정체성은 생산을 통해 형성된다."

—신영복, 『담론』

다른 사람의 창작물을 소비하면서 감탄하고 즐거웠지만 그것이 나의 정체성을 표현하는 행위가 아닌 1차원적인 소비로 끝났기에, 정작 나의 것은 남지 않았기에 그 이상의 흥미를 끌어내지 못했던 것이다.

이후에 나는 단순히 감탄으로 하루를 끝내는 지난날과는 조금 다른 행보를 시도해 보기로 했다. 작은 수첩을 하나 샀다. 순간순간 나의 생각들을 지나치지 않고 기록하고자 하고, 무엇이든 1차적인 소비가 아닌 나의 생각을 더하고자 한다. 그리고 사진을 기록하는 SNS계정을 만들었다. 위의 사진은 저번 주에 업로드한, 직접 만든 쿠키의 사진이다. 나의 정체성을 직접 찾고자 한다. 다채롭고 역동적이던 세계 속, 살균되어 있던 나의 세계에 생명이 들끓게 하고자 한다. '나의' 살균된 세계에서 탈피하고자 한다.

유나래 / 문화콘텐츠학도
비난이 아닌 비판을, !가 아닌 ?를, 이해가 아닌 존중을

나의 성장을 기준으로 한 휴대전화의 발전에 대해

이요셉

▲ 현재 사용 중인 휴대전화

　요즘 시대에 휴대전화는 현대인에게는 없어서는 안 될 존재로 발돋움하게 되었다. 휴대전화를 주로 많이 사용하는 10대에서 30대까지만이 아니라 요즘에는 40대, 50대의 부모님세대부터 그 윗세대의 어르신들까지… 지금의 휴대전화는 스마트폰이라는 새로운 개념의 전화로 탈바꿈하면서 큰 진입장벽이라는 것 따위는 없이 세대를 자유롭게 넘나드는, 거창하게 말하자면 초월적인 존재가 되었다고 보면 될 것 같다. 물론 나에게도 TV나 컴퓨터의 존재 유무보다는 휴대전화가 없으면 뭔가 불안하고 손이 허전할 정도로의 존재로 자리를 잡게 되었다. 나는 내가 초등학생 6학년이던 2006년 즈음에 비로소 내 첫 휴대전화를 갖게 되었다. 지금이야 초등학생 때부터 휴대전화를 갖고 다니는 것이 많이 보편화되어 있었지만, 2006년 당시만 해도 반에서 휴대전화를 갖고 있던 친구들이 훨씬 적었고 한편으로는 뭐랄까… 동경의 대상이기도 했다. 지금으로부터 단 10년 전 일이기에 아직도 그 휴대전화에 대해 꽤나 자세히 기억하고 있는데 당시에는 KTF라는 이름을 가졌던 바로 KT의 휴대전화로서 지금은 보기 힘든 슬라이드 방식에다가 빨간색을 띤 휴대전화였다. 당시 휴대전화는 말 그대로 통화, 문자에 집중된 지금의 휴대전화, 주로 스마트폰으로 불리는 휴대전화와는 큰 격차를 보였다. 물론 예전의 휴대전화와 지금의 휴대전화 모두 상대방과 커뮤니케이션을 위한 하나의 도구이지만, 당시의 휴대전화는 단순한 방식으로 또는 한쪽으로 치중된 커뮤니케이션이었던 것이다.

그렇게 첫 휴대전화를 써오다가 누구나 그렇듯 얼마의 주기를 지나 휴대전화를 교체하게 되었는데 중학교 3학년 즈음해서 새로운 기기로 바꾸게 되었는데, 휴대전화는 그동안의 기술발전을 자랑이라도 하듯 전화의 단순한 기능을 넘어 다른 부분에 눈을 돌리기 시작했다는 것이다. 예를 들어 제조사의 휴대폰의 두께 경쟁이라든지 조잡한 버튼들을 전화의 액정화면에 담은 터치폰이라든지 디지털 카메라의 아성을 위협하는 휴대전화의 카메라 기능이라든지 말이다. 물론 현재의 휴대전화와 비교를 할 수도 없는 수준이지만, 당시에는 이 정도 수준으로도 사람들의 이목을 끌고 구매를 유도하기에 충분했고, 영상통화라는 굉장히 놀라운 커뮤니케이션 방식이 추가되어 있었다. 그렇지만 역시 나는 그 당시의 휴대전화는 주로 여전히 전화 혹은 문자라는 단순한 방식의 커뮤니케이션만이 이루어졌다고 생각한다.

고등학교 2학년이 되어서 비로소 스마트폰이라는 범주에 속하는 휴대전화를 쓰게 됐는데 사과그림의 로고로 유명한 Apple사의 아이폰3GS라는 기종의 휴대전화였다. 아이폰3GS는 당시 우리나라에서 스마트폰이라는 개념이 들어오고 거의 1세대 스마트폰으로 볼 수 있는 기종이라고 보면 될 것 같다. 여하튼 나의 스마트폰 사용 시작은 이때부터 시작되었다. 물론 제대로 된 스마트폰 사용을 했다고 보기에는 어려웠는데, 당시만 해도 스마트폰이라는 개념의 휴대전화의 보급이 많지도 않던 시기였고, 사람들은 활용하는 방법에 대해 잘 인지하지 못하던 시기였다. 다만 확실한 것은 기존의 휴대전화와는 다르게 좀 더 자신만의 휴대전화를 만들 수 있는 커스터마이징과 그에 따른 개성이 강하게 나타났던 것으로 기억한다.

수능이 지나고 해가 지나서 설레는 마음으로 2011년에 대학에 입학하게 됐는데 고작 몇 년이 지났다고, 스마트폰 즉, 휴대전화는 큰 변화를 맞이하게 되었다고 생각하던 시기였다. 물론 아직 대학생활이 끝나지는 않았지만, 이 휴대전화를 통한 커뮤니케이션은 나날이 발전하고 있다고 보는데, 흔히 카톡이라고 불리며 문자메시지를 대신하게 된 카카오톡과 페이스북, 인스타그램, 트위터, 블로그 등의 SNS(Social Network Services)의 등장은 통화, 문자라는 단순한 방식에서 다양한 방식으로 다양한 채널을 통해 사람들을 휴대전화의 화면 버튼을 몇 번 만지작거리는 것만으로 간편하게 소통하게 해주었다는 것이다. 몇 년

만에 이런 놀라운 생활을 직접 경험하고 있다는 것이 아직도 믿기지는 않고 사람들의 이런 발상에 매번 감탄하고 있다.

내가 휴대전화와 함께 살아가면서 또 한 가지 크게 느끼는 점이 있는데, 그것은 내가 이 글을 쓰면서도 몇 번씩이나 고치고 있는 부분으로서, 바로 휴대전화와 스마트폰의 일체화라는 것이다. 휴대전화는 말 그대로 휴대전화 자체를 담고 있는 의미이고, 스마트폰은 사전적으로 "[명사] <통신> 휴대전화에 여러 컴퓨터 지원 기능을 추가한 지능형 단말기. 사용자가 원하는 응용 프로그램을 설치할 수 있는 것이 특징이다."라고 명시하고 있듯, 휴대전화라는 범주의 일부로서 스마트라는 말이 들어 있듯이 기존의 휴대전화와는 다른 다양한 역할을 수행할 수 있는 기기이다. 엄연하게는 다르다고 볼 수 있는 개념이지만, 요즘 들어 스마트폰이라는 용어 자체가 휴대전화라는 상위 개념을 대체해 버렸다는 것이다. 그에 따른 예로 요즘에 사람들과 얘기를 나누다 보면 "너 스마트폰 어떤 거 쓰니? 그것도 스마트폰이야?" 등의 말로 스마트폰이라는 말이 더 일반화되어가고 있다는 것을 느낄 수 있다.

휴대전화는 내가 성장하면서 그리고 지금 현재 순간까지도 일상생활 속에서 많은 편익을 가져다 주었고 없어서는 안 될 필수적인 존재가 되었다. 그렇지만 한편으로는 사람들을 화면 속에 집중시켜 고개 숙이게 만들고 직접적인 교류보다는 간접적인 교류를 더 지향하게 만들고 있다는 점에서는 한편으로는 안타깝다. 무엇이든지 적당한 것이 좋다는 말이 있는데 이런 말처럼 일상생활에서 적정선을 지켜가면서 휴대전화를 균형감 있게 사용할 수 있다면 해를 덜 끼치고 사람들과 즐겁게 대면하면서 '삶의 유익함만을 주는 것이 될 수 있지 않을까?'라고 다시 한번 생각해 본다.

이름 : 이요셉
학과 : 광고홍보학과
학년 : 4학년
취미 : 음악 감상, 콘서트 관람
장래희망 : 광고대행사 AE
개인적 목표 : 다이어트

나의 소중한 친구

백승오

　인생을 살며 가장 소중한 친구들이 있을 것이다. 나는 아직 오랜 세월을 살지 않았지만 지금까지 살아온 인생에서 가장 소중한 친구들은 이 친구들이라고 할 수 있다(휴가 나오지 못한 친구도 있다). 우리는 중학교부터 고등학교까지 같이 학창 시절을 보내왔고, 1~2년 차이로

군대를 가고 전역을 하여 같이(일병인 친구도 있다) 찍은 사진이다.

육군, 공군, 해군, 해병, 의경 여러 가지의 군대를 다녀왔지만 우리는 서로 가장 친한 친구이다. 친한 친구는 오랜만에 봐도 어제 만난 것 같은 반가움을 느낄 것이다. 군대라는 2년간의 공백이 있었지만 바로 어제 만난 친구처럼 반가워하며 서로 말 장난을 치며 스스럼없이 자연스럽게 말을 섞는 것을 보며 정말 이 친구들과는 오랜 세월 동안 함께 지낼 수 있다는 것을 느꼈었다. 서로 슬픈 일 있으면 고민을 나누고 기쁜 일이 있으면 함께 축복을 해주는 친구들이 있다는 것에 항상 행복을 느낀다.

서로의 장래를 위하여 지금은 다른 곳에 흩어져 학업과 자신의 일에 충실하고 있지만 우리는 매일 같이 하였던 중, 고등학교 때의 추억을 그리워하고 있다. 우리는 서로 같이 있으면 세상에서 가장 재미있었고 세상이 우리의 중심인 듯 서로 의지하며 추억을 쌓았다. 우리는 아직 나이가 어리지만 서로 만나 그때의 추억을 말하면 시간 가는 줄 모르고 밤새 얘기하며 즐거워한다. 또한 앞으로의 미래에 대해 서로 충고와 조언을 진심으로 대화하며 걱정을 한다.

인생을 살며 3명의 진실한 친구를 사귀면 된다는 말이 있는데 나는 인생에 살며 진심으로 좋아하는 친구가 3명 이상 있다는 것에 감사를 하고 있다. 우리는 앞으로도 평생 동안 추억을 같이 쌓을 것이고 슬플 때나 기쁠 때 같이 슬퍼하고 기뻐할 것이다.

1993년 9월 21일 경기도 수원시에 태어나 어린 시절 안성에서 학창시절을 보냈다. 고등학교 때 광고에 매력을 느껴 광고홍보학과가 있는 곳에 지원을 하였고 청주대학교 광고홍보학과에 들어왔다. 21살에 군대가 작년에 복학을 하였다. '안 되면 되게 하라'라는 말을 좋아하며 하고 싶은 일이 있으면 그 일에만 몰두하는 것이 장점이자 단점이다.

나의 아내

기현정

이름 : 기현정

나이 : 33

생년월일 : 1994.12.31.

직업 : 쥬얼리 디자이너

취미 : 크로키, 피아노치기

학력 : 청주대학교

　　　공예디자인 전공

　나는 지금부터 나의 아내에 대한 이야기를 써 보려고 한다. 예쁘고 사랑스러운 나의 아내는 33살 멋진 커리어우먼이다. 나의 아내는 누가 보아도 정말 매력적이고 예쁘다. 나와 아내는 5년 전 거래처 미팅장소에서 처음 만나게 되었는데, 열심히 일하는 모습이 정말 매력적이었다. 또 유창한 영어실력, 당당하고 싹싹한 모습에 반해 몇 달 간 졸졸 따라다녔었다. 그렇게 그녀는 현재 사랑스러운 나의 아내가 되었다.

내 아내는 결혼한 지 4년이 지난 지금도 여전히 예쁘다. 나의아내는 그때나 지금이나 일하는 모습이 너무나도 멋지고 매력적이다. 나의 아내는 쥬얼리 회사에서 7년째 일을 하고 있다. 나의 아내는 쥬얼리 디자이너로서 누구보다 멋지게 자기 자신의 능력을 펼치고 있다. 나의 아내는 고등학교 1학년 때부터 쥬얼리 디자이너의 꿈을 꾸기 시작했다고 한다. 어린 나이에 꾼 꿈인 만큼 그 꿈을 이루었을 때는 누구보다 더 벅차고 행복했다고 내게 말한 적이 있었다.

나는 자기 일에 자부심을 가지고 열심히 일하는 나의 아내가 너무나 자랑스럽고 멋지다. 주위 친구들 와이프들은 아이 낳고 일을 하지 않는다고 들었는데, 나의 아내는 아이 낳고도 틈틈이 노력해 지금 이 자리까지 올라갔다. 곧 최연소 팀장이 된다고 들었는데, 행복해 하는 나의 아내를 보면 나도 너무 기쁘지만 한편으로는 걱정도 되고, 가슴이 아프기도 한다.

2년 전 유명 톱스타에게 목걸이를 협찬해줄 기회가 생긴 적이 있었다. 그때 누구보다 설레어하고 어린 아이처럼 방방 뛰었던 모습이 기억이 난다. 자기가 직접 디자인한 목걸이가 전국 TV를 타고 나간다고 생각하면 가슴이 벅차다고 말했었다. 그 당시에는 밤마다 그 이야기를 하느라 밤을 꼬박 샌 적도 있었다. 그런데 그때 나의 아내가 직접 디자인한 목걸이를 선배 디자이너한테 빼앗겼었다. 결국 나의 아내가 디자인한 목걸이는 다른 사람의 이름으로 톱스타 연예인의 목에 걸리게 되었고, 선배 디자이너는 초고속 승진을 했다고 한다. 그날 이후 나의 아내는 회사도 가지 않고 방에서 한 발자국도 나오지 않았다.

나의 아내의 디자인을 가져간 회사동료를 욕할 만도 했지만, 빼앗긴 자기의 잘못을 더 탓하기 바빴던 착한 나의 아내다. 이렇게 여리고 착한 나의 아내가 드디어 팀장이 된다고 한다. 더 높은 위치에 있는 만큼 책임감도 더 많이 가져야 하고, 해야 할 일들도 더 많아질 것이다. 그리고 지금보다 더 많이 바쁘고 힘들어질 것 같다.

한번은 퇴근한 아내를 붙잡고 일을 그만둘 생각은 없냐고 이야기한 적이 있었다. 남들처럼 집에서 아이를 보고 출근하는 나를 배웅하고 내가 집에 오면 나를 맞아줄 생각은 없냐고, 낮에는 장도 보고 밀린 드라마를 보며, 낮잠도 자고 취미생활을 즐기는, 친구들도 자주만나는 여유로운 삶을 살아갈 수는 없겠냐고 물어봤었다. 나의 아내는 그렇게 생각하는 나를 이해하지만 나는 내가 하고 싶은 일을 하며 살아가고 싶다고 말했다. 나의 아내는 누구의 엄마, 누구의 부인이 아닌 자기의 인생을 살아가고 싶다고 한다. 나는 자기의 꿈이 있는 이런 나의 아내를, 자기 자신을 사랑하고 자기의 일을 사랑하는 그런 아내를 사랑한다.

나의 아내는 못 다루는 컴퓨터 프로그램이 없다. 포토샵과 일러스트레이터는 물론이고 2D 도면부터 3D 프로그램까지 많은 프로그램을 다룰 수 있다. 나의 아내가 컴퓨터 작업을 할 때 가끔 구경하곤 하는데, 나는 봐도 봐도 모르겠다. 온통 영어에 단축키… 작업하는 아내를 보면 진짜 대단하단 말밖에 나오지 않는다. 집중하는 아내의 모습은 너무나도 멋지고 매력적이다. 또 컴퓨터 프로그램 말고 건축기사 자격증도 가지고 있다. 어찌나 욕심이 많은지 바쁜 시간을 짬을 내 지금은 보석감정사 자격증 시험을 앞두고 있다. 내 아내 자랑을 하다 보면 끝도 없다. 또 나의 아내의 직업은 쥬얼리 디자이너지만 도자기를 만들 수도 있다. 나의 아내 대학시절 세부전공이 4개로 나눠져 있다고 했는데, 도자수업도 들었다고 말했었다. 그래서 우리 집에서 쓰는 웬만한 컵과 그릇은 나의 아내가 만든 도자기들이다.

지금 하는 이야기는 나와 아내의 옛날 연애시절 이야기이다. 나의 아내가 처음 나의 부모님을 뵈러가는 자리였다. 나의 아내는 부모님을 뵙기 일주일 전부터 나에게 어머님 아버님은 무얼 좋아하시는지 꼬치꼬치 캐물었다. 부모님이 좋아하시는 물건을 선물하고 싶다고 했었다. 생각을 해 보아도 나는 부모님이 무엇을 좋아하시는지 생각이 나지 않았다. 그래서 아내에게 그냥 "무슨 선물을 해, 그냥 과일바구니 하나 사다 드리자"라고 말하곤 했었다. 그렇게 시간은 흘러 부모님을 뵙기로 한 날이 되었다. 부모님과 식사를 하고 아내는 선물상자를 꺼내 부모님께 드렸다. 그 선물은 아내가 흙으로 직접 만든 도자기 컵이었다. 무엇을 드려야 할까 고민하다가 자기의 마음이 담긴 선물을 해야겠다고 생각했다고 한다. 다행히도 나의 부모님은 그 선물을 받고 너무 좋아하셨다. 나는 그 순간 이 사람과의 결혼을 결심했다. 이렇게 센스 있고 능력 있는 사람이 지금의 사랑스러운 나의 아내다.

가끔 식사를 하고 단둘이 맥주를 마시면서 이야기를 할 때가 있다. 친구 이야기, 직장 상사 이야기, 아이 이야기 등등 저번에는 내가 일을 그만둔다면 무슨 일을 하고 싶은지에 대해 대화를 나눈 적이 있다. 지금은 능력 있는 커리어우먼이지만 언젠간 나이가 들면 직장을 관두는 날이 올 것이라는 것을 나의 아내는 알고 있다. 나의 아내는 지금의 자리에서 내려오는 것을 무서워하지 않는다. 직장을 관두면 다른 새로운 삶이 시작될 것이라고 나의 아내는 믿고 있다. 나의 아내는 일을 관두면 도자공방을 차려 사람들에게 나의 재능을 나누어 주고 싶다고 했다. 가끔 직접 구운 쿠키와 차를 내놓고 사람들과 오순도순 이야기하며 지내고 싶다고 한다. 도자기를 만들면 잡생각이 사라진다고 말하는 나의 아내이다. 아내가 일을 관두고 도자공방을 차리면 나도 내가 다니는 직장을 그만두고 아내와 함께 운영할 생각이다. 아내에게 배우면 뭐든지 재미있을 것만 같다.

아내는 가끔 기분이 너무 우울할 때는 도자공방을 찾아 직접 도자기를 만들어오곤 한다. 도자기를 만드는 일은 내 아내의 스트레스 해소법인 것 같다. 내 아내는 스트레스 해소법마저 너무 멋있다. 내 아내는 아직도 배우고 싶은 일이 많다고 말을 한다. 대학시절 염직이란 전공을 배웠었는데, 염직은 천을 다루는 일이라고 한다. 대학교 2학년 시절에 잠깐 배운 적이 있었는데, 학교 사정상 3학년이 되면서 사라졌다고 한다. 나의 아내는 그때 무척이나 아쉬웠다고 말했다. 정말 배우고 싶었던 전공이 하나가 사라져서 그때 배우지 못한 것을 일을 관두면 배우고 싶다고 했다. 나의 아내는 정말 욕심이 많다. 어쩔 때 보면 사람이 아닌 것 같다는 생각이 든다. 뭐든지 할 수 있는 능력자 같다.

또 나의 아내는 말을 정말 재미있게 잘한다. 그래서 주위에 친구들이 항상 많다. 예전에 한 의류회사와 콜라보레이션으로 작업을 했던 적이 있었는데, 그때 아내 회사쪽 실수로 콜라보레이션 작업이 취소될 뻔했었다고 한다. 그때 나의 아내가 직접 의류회사의 대표를 만나 대표를 설득했다고 한다. 그 당시 나의 아내를 좋게 보셨던 대표님께서 아내 회사와 콜라보레이션을 하기로 최종 결정을 했다고 한다. 그 일로 콜라보레이션 작업은 아내가 맡아 성공적으로 진행되었다. 내 아내는 회사에서 믿음직한 동료로 존경하고 싶은 선배로, 위협적인 후배로 오래도록 기억될 것이다. 이렇게 자랑스러운 사람이 나의 아내이다. 여기까지가 내 아내의 대한 이야기이다.

to. 사랑하는 현정아 ♥

　요즘 이것저것 많이 바쁘고 신경 쓸 일도 많지? 그래도 조금만 더 힘내자 항상 존경하고 믿는 내 사랑아! 지금까지 정말 잘해왔어! 너라면 앞으로도 더 잘해낼 수 있을 거야!! 내 평생의 동반자가 너여서 너무 감사하게 생각해. 우리 살아가면서 힘든 일도 많겠지만 지금처럼만 같이 옆에서 의지하며 살아가자. 내가 기쁨은 더해주고 슬픔은 나눠주는 사람이 되도록 더 노력할게. 나에게 너는 이미 그런 존재야. 내가 무슨 말 하는지 알지? 정말 사랑하고 감사해. 이따 보자 현정아 ♥

2026년 4월 26일
—사랑하는 너의 남편이

나의 자조

김진유

엊그제 방이 너무 지저분하길래 대청소를 하려고 옷장에 옷도 다 끄집어내고 물건들을 다 빼놨는데 갑자기 귀찮아서 그대로 놓아뒀다. 왜 이렇게 귀찮은지 모르겠다. 무기력하다. 언제부터 이렇게 되었는지 모르겠다. 일어나서 빨래도 하고 설거지도 하고 공부도 하고 운동도 해야되는데 귀찮다. 무기력하다. 밥먹기도 귀찮다. 전역한 지 벌써 1년 반이 다 되어간다. 나는 아무것도 안하는데 시간은 잘만 간다.

고등학교를 졸업하자마자 졸업식도 하지 않고 기숙학원에

등록해 재수를 했다. 12시 취침, 6시 기상, 근 1년을 그렇게 살았다. 아침, 점심, 저녁, 간식 시간 빼곤 책상 앞에 앉아 공부만 했지만 잡생각이 많아 집중력이 부족한 탓에, 공부 시간에 비해 성적은 좋게 나오지 않았다. 인정하기 싫었다. 1학년 1학기에 학교를 하루도 나가지 않았다. 집에서 그냥 아무것도 안 하고 있다가 안 되겠다 싶어서 이것저것 알바를 했다. 돈을 처음 벌어 보아서 버는 족족 흥청망청 쓰다가 빈털터리로 입대를 했다. 군대에서는 그나마 마음이 편했다. 밖에서는 나만 뒤처지는 기분이었는데 군대에서 똑같이 생활해서다.

밖에서는 책은 쳐다보지도 않았는데, 군대에서는 책이 재밌었다. 책을 읽으니 '이런 것도 있고, 저런 것도 있구나!' 생각하면서 하고 싶은 것이 엄청 많아졌다. 그중에서도 심리학 분야에 관심이 가서 나중에는 휴가 때 몰래 전문대 상담심리학과 면접을 보았지만 부모님이 반대하셔서 입학하진 못했다.

전역하고 나서도 학교에 가기 싫었다. 그래서 바로 복학하지 않고 알바를 했다. 알바를 하면서도 뭐하지 뭐하지 계속 생각을 했는데. 도저히 뭐 딱히 내가 하고 싶은 것이 없어서 어쩔 수 없이 복학을 했다.

그렇게 학교를 1년 째 다니고 있다. 공부는 안 한다. 하기 싫다. 해야 되는데 너무 하기가 싫다. 이런 생각도 해 본 적 있다. '차라리 우리 집이 찢어지게 가난해서 내가 공부해야 우리 집이 먹고 살 수 있으면 공부할 텐데.' 부모님이 두 분 다 교사이시다. 가끔 이런 말씀을 하신다. 늙어서 너한테 손 안 벌릴 것이고 너한테 물려 줄 거 아무것도 없으니까, 너만 알아서 먹고 살라고, 취업하기 전까진 지원해 주신다고 그런데 공부를 안 한다. 하기 싫다. 내가 진짜 하고 싶은 것이 '뭐지, 뭐지?' 하고 고민하는 것이 공부하기 싫어서인가? 그냥 피하고 싶어서 그러는 것일 수도 있다. 이제 진짜 공부를 하든 학교를 때

려치우고 나 하고 싶을 것을 하든 해야 되는데. 공부는 하기 싫고 그렇다고 학교 때려치울 용기는 없고 이렇게 우물쭈물 시간만 보내고 있다. 처음엔 우울했는데 이제 화가 난다. 어떨 때는 어이가 없어서 웃음이 나온다. '언제까지 이렇게 시간만 보낼 거냐' 하고 혼잣말로 중얼거린다.

1992년 5월 11일 충남 부여에서 태어났다. 김진유. 진달래의 진 유채꽃의 유 앞 글자를 따서 진유이다. 남쪽에는 진달래가 많고 북쪽에는 유채꽃이 많다하여, 통일을 바라는 마음에 지어진 이름이다. 그래서 어릴 때 '어른이 되면 통일되어서 군대 안 가겠지' 하고 생각했었지만. 인천에서 배타고 4시간 들어가야 되는 백령 도에서 군 생활을 했다. 부모님이 맞벌이를 하셔서 초등학교 때는 외할머니와 살 았다. 고등학교를 졸업하고, 재수를 했고 망했다. 그리고 군대를 갔다가 청주대 학교 지적학과에 재학 중이다. 할머니 사랑해요

나의 첫 중국여행

김기림

　처음에 에세이 형식의 글을 써오라는 과제를 받고 나서 책에서 보기만 했었지 한 번도 써 본 적이 없었던 갈래의 글쓰기인 만큼 무엇에 대해, 어떤 방식으로 써야할지 막막하기도 하고 고민이 많았다. 그러다가 그동안 갔었던 여행 중에서 가장 인상 깊었고, 제일 좋았었던 여행인, 수능 끝나고 갔었던 중국의 항주·소주·상해로 이어지는 여행에서 '보고 느꼈던 것에 대해 써 보자'라는 생각이 들었다.

　여행도 좋아하고 비행기 타는 것도 정말 좋아하는 나는 처음 가보는 나라인 '중국은 어떤 나라일까, 무엇을 경험하고 보고, 느끼고 올까'라는 설렘을 안고 항주·소주·상해로 이어지는 비행기에 몸을 실었다. 무엇보다도 그동안은 아빠, 엄마, 나 세 가족이 함께 떠나는 여행을 주로 다녀와서인지 처음으로 엄마와 단 둘이서 가는 여행인 만큼 더욱 기대도 컸다. 밤비행기였기 때문에 피곤할 법도 했지만 설렘의 마음이 더 커서인지 피곤함은 거의 느끼지 못하고 신나는 마음으로 탑승했었던 것 같다.

아침에 공항에 도착하여 입국수속을 마치고 가이드님과 같이 다닐 가족들을 만나서 설명을 듣고 3일이라는 길다면 길고 짧다면 짧은 기간에서 첫날의 본격적인 일정이 시작되었다. 대륙이라 불리는 중국인 만큼 땅 넓이가 넓어서인지 버스로 이동하는 시간이 굉장히 많았다. 공항에서부터 항주라는 도시로 이동하기 위해 버스로 1-2시간여를 달려 이동하여 항주에서 서호운하유람을 타고 서호를 구경하였으며 가장 유명한 공연인 송성가무쇼를 감상하였다. 그리고 여행하면 빠질수 없으며 한국에서는 경험하기 힘든 중국 본토의 요리도 매우 인상 깊었는데 공통적으로 항상 먹는 요리와 세 도시별로 약간의 특색도 가지고 있어서 보는 재미도 있었다.

사실 첫날은 중국 특유의 향신료의 향기와 맛으로 적응하기 힘들었는데 둘째 날부터는 언제 음식을 가렸냐는 듯이 같이 관광했던 일행들 중에서 제일 잘 먹었던 것 같다.

둘째 날에는 상해로 가는 시간도 있고 일정이 빡빡하여 소주에서 잠깐이나마 구경하고 상해로 이동하였다. 상해에서 첫 번째로 본 것이 상해의 상징이자 유명한 건축물인 동방명주였는데, 다른 일행들은 동방명주 꼭대기까지 올라가는 코스를 선택하고 엄마와 나는 꽉 차고 빡빡한 일정으로 인해 상세하기 둘러보기 힘들었던 가게들이나 주변 풍경들을 보러 돌아다녔다. 약 2시간 정도의 자유 시간을 얻어 동방명주 근처에 있었던 디즈니샵이나 백화점도 가보고 동방명주가 잘 보이는 다리 위로 올라서 감상하고 예쁜 사진들도 많이 남겨왔던 추억이 있다.

그런 다음 두 번째로 간 곳이 주가각이었다. 배를 타고 천천히 가면서 둘러보았는데 풍경이 아기자기하고 너무 예뻤고 특색 있었다. 그리고 동양의 유럽 같았던 신천지로 이동하였는데 건물을 통해서 거리가 시작되는 곳에 들어가자마자 진짜 프랑스에 온 것 같은 느낌이 들었다. 오후에 가니 불빛을 켜 놓아서 반짝반짝하니 거리가 더욱 예쁘게 느껴졌고 주변에 옷가게들이나 분수대, 노천카페들은 유럽의 느낌을 잘 살려서 신천지에 있는 잠깐 동안의 시간은 유럽으로 여행 온 것 같은 느낌을 주었다.

그리고 근처에 상해 옛 거리가 있어 그곳도 잠깐 들러 구경하였는데 옛 거리를 구현해 놓은 것이다 보니 유럽풍의 신천지와는 완전히 다른 느낌이라 새롭게 다가왔다. 또한 상해여행의 하이라이트라고 할 수 있는 야경을 보러가기 전에 남경로에 들러서 저녁을 먹고 이동하였다. 남경로에 도착하여 20분 정도의 짧은 시간을 구경하도록 가이드가 허락해 주어서 바삐 움직이며 이곳저곳 들렀는데 돌아다니면서 느낀 것은 가장 발전된 중국을 보여줄 수 있는 곳이 남경로가 아닌가 하는 생각이 들었고 시간이 더 있었다면 골목들을 돌아다니며 보고 왔으면 더 좋았을 것이라는 아쉬움이 지금까지도 남는다.

그리고 저녁을 먹고 야경을 보기위해 황포강 유람선을 타러 이동하여 장시간의 대기 끝에 탑승하였는데, 야경의 왼쪽에는 오래전 세운 건물이 있고 오른쪽에는 현대의 건물이 있어 과거와 현대의 조화를 이뤄 아름다운 풍경을 만들어냈다.

특히 동방명주에 불빛이 들어오니 낮에 보고 느꼈던 모양 자체의 아름다움과 특이함이 더 빛나고 주변과 잘 어울려서 진짜 예쁘다고 생각했던 것이 기억에 남는다.

즐길 것도, 볼 것도 많았던 상해에서 신나게 돌아다니다보니 오지 않을 것 같던 한국으로 돌아가는 날이 왔다. 공항으로 가기 전 마지막으로 일찍 일정을 시작하여 대한민국임시정부를 들렀는데 우리나라의 독립을 위해 노력하였던 여러 위인들을 생각하니 참 마음이 숙연해지고 경건한 마음으로 둘러보고 왔었다.

이번 겨울에 갔었던 중국여행을 통해 개인적으로 중국의 문화나 환경, 많은 것을 보고 느끼고 온 만큼 내가 중국이라는 나라에 대해 아주 조금이나마 가지고 있었던 잘못된 생각들이 깨지게 되었고 세상을 보고 느끼는 시야가 더 넓어진 것 같다는 생각도 든다. 그리고 그 동안 갔었던 여행지 중에서 출발하기 전 걱정과 동시에 설렘도 제일 많이 느꼈으며 한국으로 돌아올 때 가장 큰 아쉬움이 남았고 또 오고 싶다는 생각을 하였던 여행이었다.

안녕하세요! 저는 영어영문학과 16학번 김기림입니다. 저의 좌우명은 '성실하게 살자'입니다. 제 꿈은 사람들에게 좋은 서비스를 제공할 수 있는 승무원이 되는 것입니다. 저의 꿈을 이루기 위해 더 노력할 것입니다.

남산에서 바라본 야경이란

이수정

　제목을 보면 알 수 있지만 위에 사진은 남산에서 바라본 서울의 야
경이다. 나는 대한민국에서 태어나 계속 자라왔지만 수도인 서울의
명소라고 할 수 있고, 우리나라 사람뿐만이 아닌 외국인들도 자주 찾
는 남산을 20년이 지나온 이제서야 처음 가보게 되었다. 항상 TV 드
라마 같은 데서 보면 연인들이 가서 자물쇠도 걸고 사랑을 약속하는

곳으로 나오는 곳이 남산이다. 그래서 나도 남자친구가 생기면 함께 가서 데이트도 하고 나도 한번 자물쇠를 걸어봐야겠다고 생각했었는데 드디어 이번에 가보게 되었다.

가기 전에 너무 설레고 기대가 되었다. 그런데 막상 남산에 올라가기도 전에 그 주변에 도착했을 때 주차부터 문제였다. 물론 내가 가기 전에 제대로 알아보지 않고 간 것이 문제였지만 말이다. 우선 내 비게이션으로 공영주차장을 검색해서 찾아갔다. 그런데 생각보다 주차비가 너무 비쌌다. 하지만 어쩔 수 없이 그곳에 주차를 했다. 늦은 시간에 가서 얼마나 있을 거냐는 아저씨의 말에 두세 시간쯤 있을 것이라 대답했더니 우리가 돌아오기 전에 퇴근하셔야 한다고 하셔서 만원을 내고 가라고 하셨다. 우리는 비싸다고 생각했지만 어쩔 수 없이 만원을 내고 남산으로 향했다.

주차장에서 남산으로 가는 길은 그냥 평범한 동네를 걷는 것 같았다. 골목골목을 지나 남산으로 올라가는 입구에 도착해서 나는 또 고민을 하게 되었다. 위로 올라가고 다시 내려올 때 어떻게 갈 것인가에 관한 것이었는데 케이블카를 타고 올라가는 방법이 있었고 아니면 걸어서 가는 방법이 있었다. 남산에 왔는데 케이블카는 꼭 한번은 타봐야 할 것 같아서 처음엔 올라가고 내려오는 것 모두 케이블카를 타려 했지만 여러 가지 좋은 추억을 쌓기 위해 왔는데 둘 다 케이블카를 타고 이동하는 것은 약간 아쉬울 것 같아서 더 힘이 들것 같은 올라갈 때는 케이블카를 타고 내려 올 땐 천천히 걸어 내려오기로 했다.

남산에는 역시 사람들이 많았다. 나는 케이블카를 탈 수 있는 표를 끊고 케이블카를 타기만을 기다렸다. 마침내 타게 되었을 때 다시 신이 나기 시작했다. 케이블카는 꽤나 넓었다. 많은 사람들을 태우고 쭉쭉 올라가는데 점점 높아지고 있을 때 아래를 내려다보니 타기 전까지 기다리면서 지루하고 힘들었던 것을 모두 잊고 흥분이 되었다.

마침내 위에 도착하고 주변을 둘러보았는데 바로 자물쇠들이 눈에 띄었다. 그 근처에서 가판을 놓고 자물쇠를 여러 종류별로 팔고 있었다. 나는 바로 쪼르르 달려가서 고르기 시작했다. 내가 결국 고른 것은 하트 모양도, 두 개짜리도 아닌 평범한 자물쇠였다. 자물쇠를 사고 네임 펜으로 글씨를 쓰고 자물쇠를 걸어둘 만한 곳을 찾아보았다. 자물쇠들이 빼곡히 걸려있는 곳은 뭔가 싫었다. 그래서 열심히 찾아다니다가 별로 많이 걸려있지도 않고 딱 그 자리에 서서 멀리 내려다보니 전망이 탁 트인 것이 답답했던 것들이 모두 뻥 뚫리는 듯한 기분이 드는 자리를 발견했다. 여기에 걸어야겠다고 생각이 들어 바로 걸고 열쇠를 넣는 곳에 넣었다.

자물쇠를 걸고 제대로 둘러보지 않았던 곳들을 열심히 둘러보고, 사진도 여러 장 찍고, 정자에 앉아서 좀 쉬다 보니 하늘이 금방 깜깜해졌다. 하나 둘씩 높은 건물들, 낮은 건물들 할 것 없이 불빛이 잘 보이기 시작해서 남자친구와 나는 다시 우리 자물쇠를 걸어두었던 곳에 가보았다. 그런데 아까 좀 환할 때 내려다보았던 시원한 풍경과는 또 다르게 건물의 불빛들, 자동차들이 줄지어 가며 보여주는 불빛들이 반짝반짝 아름다웠다.

한참을 감탄하며 보고 있다가 이건 꼭 사진으로 남기고 싶다는 생각이 문득 들었다. '내가 또 언제 다시 와 보나' 하는 생각도 들었기 때문이다. 그래서 바로 사진을 찍었다. 낮에 보았던 그 탁 트이고, 가슴까지 시원해진다고 느낀 풍경을 사진에 담지 못한 것이 아쉬움으로 남았다.

그렇게 야경을 실컷 감상하고 내려가기 시작했다. 처음엔 바람도 선선하게 불고, 멋진 야경도 실컷 보고, 내가 좋아하는 사람과 함께 있고, 기분이 붕붕 뜨고 너무 좋았다. 하지만 계속 내려가다 보니 짜잘하게 나무 계단이 너무 많아 총총 걸음으로 걷게 되고 은근 멀어서 힘들었다. 그런데 내려가다가 보니 그 길을 올라오는 사람들도 많이 마주쳤다. 땀을 흘리며 열심히 올라오는 것이 보기에 좋아보였다. 내려가는 것도 힘들었지만 다음에 만약 다시 오게 된다면 그때는 올라가는 길, 내려가는 길 모두 내 발로 걸어가는 것을 도전해 보아야겠다. 그럼 더 힘들 테지만 힘들 때 야경을 다시 보게 되면 정말 정말 더욱 잊을 수 없는 한 장면이 될 것 같다는 생각이 들었다.

위의 사진은 특별한 기술을 사용하거나 정말 잘 찍은 사진은 아니다. 또 사진을 보고 사람들은 그냥 평범한 야경을 생각할 것이다. 하지만 나는 저 사진을 보고 그때 느꼈던 아름다운 야경이 떠오르고, 또 다른 여러 가지들이 떠오른다. 저 야경을 함께 보았던 남자친구가 떠오르고, 그 앞에 걸어둔 자물쇠도 떠오르고, 야경을 보면서 했던 말들, 먹었던 것 등등 남산에서 했던 모든 여러 가지 추억들이 떠오른다. 이 글을 읽게 된 사람들 역시 위에 사진을 보면 정확한 장면은 아니지만 자신들만의 상상으로 야경을 보며 내가 했던 것들이 떠오를 것이라고 생각한다. 모두들 위에 사진을 보고 즐겁고 행복한 상상을 하길 바란다.

저는 청주대학교 간호학과 15학번 이수정입니다. 1996년도에 제천에서 태어나고 고등학생 때까지 자랐습니다. 고등학생 때까지만 해도 특별한 활동 같은 것은 하지 않고 중학생 때는 고등학교 입시를 위해, 고등학생 때는 대학교를 가기 위해 공부만 했었던 것 같습니다. 마침내 대학교에 입학을 하고, 나 자신이 가고 싶었던 간호학과에 들어갔지만 제가 생각했었던 대학생활과는 조금 달랐습니다.

대학교 수업은 고등학교 때보다 전문적인 지식을 필요로 해서 어렵다는 핑계로 1학년 때는 공부는 별로 하지 않고 놀기만 했던 것 같습니다. 한 학기가 지나고 성적표를 받고 정신 차리고 공부를 해야겠다고 생각은 했지만 1학기 때 배운 내용이 머리에 없으니 2학기 공부하기 좀 힘들었고 그 핑계로 또 좋지 않은 성적을 받았습니다. 드디어 한 학년이 지나고 이번에는 정말 열심히 해야겠다는 생각으로 수업시간에 집중하고 시험공부도 열심히 했습니다. 그러다보니 스트레스도 많이 받고 몸도 마음도 피곤해졌는데 이렇게 과제지만 에세이를 쓰게 되었는데 이것이 스트레스를 푸는 데에도, 정신적으로도 좋은 역할을 하게 된 것 같습니다. 이렇게 나의 생각을 글로 끼적이다 보니 생각을 정리하게 되는 계기도 되었습니다.

앞으로도 자주 가볍게라도 나의 생각이나 그냥 있었던 일, 쓰고 싶은 것을 글로 써야겠다는 생각도 들었습니다. 이 글을 읽은 여러분도 한번 자신의 글을 써보는 것이 어떤지 추천해 드리고 싶습니다.

낭만

고종찬

처음으로 내가 번 돈으로 가는 여행, 처음으로 친구들과 함께 해외로 떠나는 여행이라서 뜻깊은 여행이었다. 나는 '여행'이라는 것이 낭만을 느끼기 위해 가는 것으로 생각한다. 때문에 그 낭만을 느끼기 위해, 그때 그 추억을 느끼기 위해 여행을 가면 핸드폰 용량이 꽉 찰 정도로 사진을 남긴다. 어떠한 남자들보다 더 사진을 많이 찍는다고 자부할 정도다. 사진을 통해 느끼는 감정들을 직접적으로 느꼈던 감정을 간접적으로 느끼기 때문에 그럴 수도 있을 것이다.

낯선 사람, 낯선 언어, 낯선 장소 모두 다 낯설 정도다. 어찌 보면 이런 여행이 내가 '취업'이라는 거대한 산맥을 통과해야 하는 '관문' 같은 것으로 생각한다. 여행을 통해 낭만을 느끼는 정도가 아니라 그것을 뛰어넘어, 간접적인 인생 경험을 하는 것 같다. 성인이 되기 전, 모든 사람이라고 지칭할 수는 없지만, 한국에 사는 대부분 사람들은 청소년 시절 부모님에게 의존해 삶을 산다. 나 또한 그러한 삶을 살았다. 내 청소년 시절은 아예 부모님에 기대 모든 삶을 살았다고 생각해도 될 정도다. 이러한 청소년 시절을 지나 성인이 되어(부모님의 굴레에 벗어나) 어떠한 일을 했을 때, 책임이 따른다. 이 여행을 통해 그것을 느꼈다. 혼자였으면 외롭고 자칫하면 힘들 수 있었을 여행이지만, 친구와 함께여서 조금은 의지할 수 있었다.

일본이라는 국가는 꽤 괜찮고 달콤한 여행이었다. 낯설지만 가장 중요하게 여기는 음식은 살고 싶다고 생각이 들 정도로 맛깔났다. 몇 년 전, 가족여행으로 중국을 갔었는데 중국음식이 너무 입맛에 안 맞아 여행 내내 고생할 정도로 힘든 여행이었다. 그래서 여행을 선택하는 부분에서 가장 큰 비중을 차지하는 부분이 '음식'이다. 한국에서 일본음식을 맛볼 수 있어서 익숙한지는 모르겠지만 익숙하고 맛있는 음식들이 가득했다. 새로운 맛보다는 익숙한 맛이 더 좋은가 보다. 사람들이 스트레스를 풀 때는 누군가는 노래를 부르고, 누군가는 영화를 보고, 누군가는 등산을 한다. 자기의 여가시간에 가장 좋아하는 일을 한다. 나는 여행과 음식을 스트레스 푸는 것으로 사용한다. 일본을 갔을 때, 여행이라는 것과 음식이라는 것이 합쳐져 여행 내내 행복한 기분이 들 정도였다.

사진을 보면 마치 라스베이거스의 한 도로 같다. 일본 오사카 부분에 있는 유니버설 스튜디오에 방문했을 때 사진이다. 이번 연도 1월 사진. 우리나라에 있는 롯데월드와 서울랜드, 에버랜드는 인테리어적으로 어디서 많이 본 듯한 인테리어가 많다. 바로 유니버설이라는 것을 느꼈다. 아기자기한 부분, 디테일한 부분까지 인테리어 부분에서 매우 뛰어났다. 영화 속 한 장면 같았다.

사람은 누구나 자신만의 '여행'을 꿈꾼다. 나 또한 많은 여행을 꿈꾼다. 하지만 아쉽게도 시간이 내 낭만을 꿈꾸는 것을 방해하고 있다. "청춘을 즐겨라"라는 말이 있듯이 우리 모두 청춘을 즐기면서 여행을 즐기자.

이름 : 고종찬

성별 : 남자

성격 : 다분다분함

취미 : 영화보고 감상문 쓰기.
　　　음악듣기, 음식먹기

낮달

박세영

내가 당신에게 미안한 건, 그대가 얼마나 소중한 사람인지 얼마나 고마운 사람인지 이야기하지 못한 채로 이렇게 잠자리에 드는 것. 끝끝내 뱉지 못해 명치끝에 매달려 있던 말들을 잔뜩 끌어당긴 이불 안에 토해 내어 매일 밤 나의 이불 속은 사랑 고백으로 가득하다.

한양 기생 명월이도 이불 속에 동짓달 기나긴 밤의 허리를 베어 감추어 놓았었다며 이불 속 감춰 놓은 마음들에게 나만 그러는 것이 아니라고 큰소리를 친다. 하지만 명월이는 결국 얼운님 오신 날에 굽이굽이 밤을 펼쳐 놓았다는 말을 차마 하지 못한 채 내일을 기약하는 하루가 또 저물었다.

생각이 많은 밤은 깊은 잠을 청하지 못하고 새벽이슬에 눈을 뜬다. 무거운 몸을 이끌어 나갈 준비를 한다. 떠지지 않는 눈으로 집밖을 나서자 차가운 아침공기가 정신 차리라 볼을 꼬집는다. 찬기에 놀라 몸이 쭈뼛 서고 눈을 동그랗게 뜨니 하늘에는 뭐가 아쉬워 아직 집에 가지 못했는지 달이 떠 있다. 쳐다보고 있자니 나도 모르게 핸드폰을 들어 사진을 찍는다. 이유 모를 행동에 스스로에게 혀를 차며 발걸음을 서두른다.

일상은 나의 감정, 고민과 상관없이 돌아간다. 어젯밤의 나는 없고 아무 일도 없었다는 듯 내일을 묵묵히 해나간다. 이리 치이고, 저리 치이는 일상을 그렇게 묵묵히 견뎌내면 다시 무거워진 발걸음으로 돌아갈 시간이 온다. 하루의 짐이 몸에 앉아서인지 곧 만날 그대에 대한 아직 풀리지 않은 문제 때문인지 아침보다 처진 어깨로 돌아가는 길에 답답한 숨을 하늘에 뱉던 중 익숙한 풍경이 눈에 들어온다. 아침에 보았던 달이 머리 위에 있다. 아직 해가 저물지도 않은 시각에 벌써 달이 떴나 싶어 한참을 바라보지만 의심할 여지없이 그것은 달이었다.

순간 좋아하던 작가의 소설이 떠올라 발걸음을 멈춘다. 진짜의 달과 지지 않는 허상의 달. 두 개의 달이 존재하는 책 속의 세계는 달뿐만 아니라 사람도 둘씩이었다. 즉, 나와 똑같은 또 다른 내가 살고 있다는 설정의 책이었다.

어이없는 상상이라며 그렇게 생각한 자신이 우스워 한참을 웃다가 친한 친구에게 전화를 걸었다. 다짜고짜 달 이야기를 늘어놓으며, 저 달이 나만 보이는 것인지 내가 있는 이곳이 사실은 지지 않는 달이 있는 세계일지도 모른다는 농담을 늘어놓는다. 친구는 한참 나의 농담을 들어주다 낮달을 처음 보냐며 꾸짖기 시작했다.

낮달, 친구는 그것을 낮에는 태양 빛에 가려져 보이지 않을 뿐 항상 달은 떠있으며 햇빛이 약해지면 어김없이 그 모습을 드러낸다고 말했다. 나는 그것이 과학적으로 얼마나 멍청한 말인지 이야기하려다 문득 마음이 내려앉았다. 낮달, 그것을 입안으로 중얼거리다 급히 전화를 끊고 다시 전화를 걸었다. 마음이 조급해서 신호음이 가는 도중에도 달리기 시작한다. 한시라도 빨리 만나고 싶은 마음이 발걸음을 재촉한다. 신호음이 끊기고 기다리던 그대의 목소리가 들리는 동시에 저 멀리서 걸어오는 그대의 모습이 보인다.

나의 마음, 그것을 말로 할 수 있다면 얼마나 좋을까. 나는 아직 그 물음에 대한 명쾌한 답을 찾지 못했다. 다만 저기 신호등 건너에 서 있는 당신에게 나는 달이 되고 싶다. 과학적으로 누군가가 말도 안 된다 할지 모르지만, 나 그대에게 단 하나의 달이 되고 싶다. 그대의 곁에 항상 머물며 그대가 환하게 빛날 때에도 또 그 빛이 희미해질 때에도 언제나 함께 하며 하루에 끝에는 나의 품 아래에 편히 쉬기를 그렇게 바라본다.

환한 웃음으로 다가오는 그대여, 지금 이 순간에도 미친 듯이 뛰는 내 마음을 나는 설명할 수 없지만, 나 이 마음이 다 전해질 때까지 수백 수천 번 또 말할 준비가 되어있다. 어느새 내 앞에 다가온 당신. 사랑한다. 사랑하고 또 사랑한다.

영문도 모를 나의 고백에 웃음을 터뜨리는 그대 머리 위에 낮달이 보인다.

박세영.
공방오픈이 꿈이며,
손으로 만드는 것이라면 무엇이든
좋아한다.
'門 to Moon' 예비 주인.

너에게 딸기를

김정우

처음에 그녀를 본 것은 고등학교 때 합반시간이었다. 스치듯 보면서 지나던 모습들에 그저 인상이 남았을 뿐이었지만, 어린 나이에 좋아한다, 사랑한다는 감정을 잘 몰랐던 것이 맞을 것 같다. 그저 한번 웃는 것이 '환하게 웃고 예쁘다', '어린아이' 같은 느낌이 들었었다.

비로소 내 마음에 확신이 드는 순간이라면 고등학교 2학년 겨울방학 시즌이었다. 고시원에서 공부하다가 지겨워 잠시 나온 순간 고시원 입구에서 추운 겨울 홍조를 띠며 누군가를 기다리던 그녀의 모습을 봤을 때 멍했던 순간이었던 것이 아직도 기억이 생생하다. 청순하기도 하고, '어딘가 애처로움이 담긴 눈', '새하얀 피부'와 '머리 위에 소복한 눈'. 순간 마음이 흔들렸었다. 고시원 생활 중에 그녀는 매번 같은 시간이 되면 나타났고, 나도 매번 그 시간이 기다려졌다. 그리고 무척 즐거웠다. 겨울방학이 끝나 갈 무렵 처음으로 결심 하나를 했었는데, 난생 처음 마음을 표현하고 싶었기에 화이트데이를 준비했다.

예쁜 바구니를 구하려고 주말이 되면 시간을 내서 한 달 전부터 온 마트를 다 돌아봤다. 이런 저런 사탕을 사서 채우고, 평소 좋아하던 꽃인 프리지아의 꽃말을 담아 선물했다. 프리지아의 꽃말은 '순수',

'천진난만'이었다. 단 나를  드러내지 않고 꽃말을 닮아 선물한다는 쪽지와 이니셜을 남겼다. 야간학습이 끝나고, 그 자리에 잘 두고 담요로 덮어두고 나왔는데 그것만으로 충분하다고 생각했다. 그저 무엇인가 주고 싶은 마음이 전부였으므로

다음날 아침 그녀가 선물을 받고 행복해 하는 모습을 보면서 기뻤고, 더 이상 마음을 키우지 않기로 다짐했다. 하지만 그녀는 어찌 알았던지 날마다 귀가하는 내 뒤를 따라왔었다. 그녀의 집은 나의 집의 반대편이었기 때문에 집에 들어갔다가 다시 나와 멀리 떨어져 배웅하다 그녀가 귀가하는 것을 보면 다시 집으로 돌아왔었다. 그 순간들이 왜 그리 설레었는지 모르겠다. 남녀 합반 시간이 되면 꼭 서로 맞은편 자리에 앉고, 컴퓨터실에 갈 때는 꼭 서로가 잘 보이는 대각선 자리에 자리를 예약해서 서로 힐끔힐끔 보면서 공부를 했었다. 그렇게 소심하기도 하고 달콤한 나날이 흘러갔던 것 같다. 서로 마음은 알았지만, 온통 척을 지고 다닌 나의 행보 때문에 피해가 생길 것 같았다.

그러다 그녀의 친구에게 자신의 마음에 대해 털어놓은 것을 복도의 사각지대에서 우연히 지나다 듣게 되었다. 멈칫한 난 그 친구의 대답에 충격이 컸다. '뭐, 저런 녀석을 좋아하냐. 너도 힘들어질 거야.'

우려했던 일이 막상 귀에 닿으니, 이렇게 지내는 것도 힘들어질 것이 뻔해 보였다. 그래서 운동을 시작했다.

주변에서 놀라고 인정을 할 수 있도록, 더 이상 나의 말을 함부로 하지 않도록, 그만큼 노력했던 것 같다. 자신을 혹사하는 습관은 지금 보면 참 한심하기도 하고 가련하기도 한데, 그래도 그땐 그것이 최선이었고, 그만큼 너무나도 절실했다.

우린 너무나도 소심했다. 불안정한 첫사랑이었다. 오히려 그녀가 더 대범했던 것 같다. 불쑥 뒤에서 손을 잡기도 했다. 하루에도 몇 번씩 복도에서 시간이 되면 같이 나와서 만났다. 나에 대해서 나쁘게 말하던 아이들을 조용하게 하나씩 혼내주기도 했다. 점점 학교는 조용해졌고, 달콤한 나날을 이어갈 수 있었던 것 같다. 체육대회에 서로의 반에 가서 응원하기도 하고, 학교 뒤 정원에서 만나기도 했었다. 하지만 우린 고3이라는 어쩔 수 없는 배경이 있었다. 학업에는 소홀해졌지만 성적은 원하던 대학에는 갈 수 있었고 걱정은 없었다. 하지만 바보같이 수능 전날 열이 39도로 끓어올랐고 당시 유행하던 '신종 인플루엔자'라는 전염병에 걸려서 몽롱하게 시험을 보게 되면서 꿈꾸던 것들이 망가지기 시작했다.

결과는 참담했다. 그녀와 나는 다른 대학에 가게 되었고, 다시 좌절하게 되었다. 우리는 그렇게 소원해지고 멀어지고 있었다. 이제 이어가는 것이 힘들다는 것을 실감했고, 낙마 후 마치 그녀를 언덕 위의 공주님으로 볼 수밖에 없었던 것 같았다.

입학 전 전화통화로 사이를 정리했다. 좋은 추억이었다고 후에 다시 멋지게 만나자고 그리고 이를 악물고 살았다. 원망할 것은 자신밖에 없었다. 1년 동안 수상을 하려고 뛰어다니며, 성적과 소양, 자격증 등을 얻으려고 발악을 했다. 눈이 충혈 되고, 코피가 나고, 도서관에서 살면서, 악에 차서 이를 갈았다. 인간관계를 위한 자리는 모두 빠지지 않고 자는 시간을 줄였다. '가식이 3년이면 그것이 진 모습이 된다.'라는 말을 곱씹으면서 교과서의 모범적인 인간상을 그대로 뽑아다 나한테 주입시켰다. 1년이 조금 더 흘러 자신감을 회복할 수 있었다. 그러던 중 이 사실을 알게 된 친구가 문자로 그녀를 수소문해서 아르바이트를 하는 곳을 알려주었다. 그 편의점에서 매번 떨렸지만, 겨우 용기 내어서 마치 처음 만난 것처럼 연락처를 달라고 했다. 그녀도 연락처를 줬고 이어진 나의 고백에 시간을 달라고 하면서 이미 새로운 연인이 곁에 있다고 했다. 참담했지만 꾹 참고 다시 나타나지 않겠다고 말하며 자리를 떠났다. 그리고 우연은 내가 입대하기 전에 동네 골목에서 만나게 해주었다. 지나치는 나의 팔을 잡고 어떤 말을 하려고 했지만, 그냥 지나쳐 버렸다. 그렇게 둘의 사이는 끝이 났다고 믿었다.

군대에서 2년의 시간 동안 잊어본 적은 없었다. 하지만 조금씩 괜찮아졌다. 제대 후에도 시간이란 놈이 무뎌지게 만드는 것은 확실하지만, 딱히 다른 이성이 필요하지는 않았다. 혼자 지내다 버스를 타고 귀가 할 때였다. 멍하니 창문만 바라보고 있었는데, 정신을 차려보니 환승을 잊고 한참 지나치고 있었다. 얼른 버스에서 내리고 딱 앞을 본 순간, 내 앞에 있었다. 그렇게 2년 만에 다시 만났다. 정말 멍하니 계속 보고 있었다.

너무 놀랐기도 했고, 너무 반갑기도 했고, 너무 그립기도 했다. 서로 안부를 묻다가 정류장에서 헤어졌다. 아쉽기도 했고, 놓은 인연이라고 생각하기로 하고 담담하려고 했다.

이후에 우연한 만남들은 계속되었다. 거리에서 만나고, 카페에서 만나고, 그래서 다시 연락처를 교환하고 가깝게 지낼 수 있었다. 다시 나를 가꾸고 달콤하게 만남을 이어갔었다. 하지만 얼마 되지 않아서 그녀는 병으로 입원을 하게 되었다. 벚꽃을 같이 보기로 했었지만, 결국 같이 가지 못했다. 벚꽃 사진과 벚꽃이 흩날리는 동영상에 음성 편지를 보내기도 하고, 문병 가서 잠들었을 때 벚꽃가지를 물병에 꽂아 놓고 오기도 했었다. 그녀는 예전처럼 잘 웃지 않았다. 나는 안 보던 개그 프로를 찾아보면서 되지도 않는 개그를 하면서 웃기려고 했다. 조금씩 웃었는데. 그 환한 웃음이 그냥 좋았다. 그녀는 졸업반이었고, 공무원 준비를 하고 있었다. 격려해 주기도 했고, 비타민제도 전해주기도 하고, 곁에서 응원해 주면서 함께했다.

그녀는 건강하게 퇴원했고, 행정공무원에도 합격했다. 그런 즐거운 나날이 계속되었던 것 같다. 스스로 발전해야 한다고 묘한 욕심을 부리기 시작했다.

그래서 학생회장 선거에 뛰어들었다. 관심이 없던 학생회였지만, 필요에 의해서 시작했다. 학생회장은 생각보다 깨끗한 경쟁이 아니었고, 성장해서 함께 하고 싶었던 마음이었는데, 욕심은 나를 다시 무너뜨렸다. 우린 사이는 다시 멀어졌고, 다시 차갑게 식어버렸다.

'영리하고 똑똑하다 해도 영악함을 이기지 못한다' 그 한마디에 모든 것이 정리될까 계속 상대편과 배신한 사람들에게 이용당하는 실정을 반복했었다. 그리고 무리와 함께 휴학을 했다.

그녀에게 기다려달라고 말과 함께 다시 쌓기를 시작했다. 그렇게 활동가로서 일어섰다. 기자단, 봉사단, 탐방단, 시찰단, 홍보단, 기획팀, 대장정단, 멘토 활동 한 번에 수어 개의 활동을 동시에 진행했다. 매일 다른 도시로 이동했고, 혹사에 가까운 업무와 그 안에서 능력을 발휘했다. 잠은 버스나 기차에서 자거나 또 독서와 공부를 했다. 그렇게 부끄러운 활약을 하면서 실력을 인정받아가고 있었다. 그러다 그녀에게 전화 한통이 왔는데, '약혼을 하게 되었다'는 전화였다. 그 충격적인 전화에 그날 새벽에 집으로 돌아오자마자 의식이 끊어졌다,

깨어나니 응급실에 있었다. 정신적 쇼크로 인해서 찾아온 '과호흡 증후군'에 안정을 취해야 한다고 했다. 그렇게 사흘 동안 방안에 틀어박혀서 잠을 자면서 억지로 희망을 가지려고 발악했던 것 같다. 난 이미 알고 있었다. 하지만 인정할 수가 없었으므로 더 격렬하게 더 혹독하게 하늘을 향해 '더!'라는 말을 외치면서 뛰었다. 기회는 오지 않았고 이미 마지막 찬스는 끝나버렸다.

결혼식 날짜가 정해지고, 성인이 된 이후로 처음으로 통곡을 하면서 울었다. 남들 앞에서 울 수가 없어 끅끅거리며 숨죽여 울었다. 마지막 전화통화에서 정말 사랑받아 고마웠고, 늘 부족하게밖에 사랑을 못 줘서 미안했다는 말에 '학창시절 지각하던 버릇이 여전한 것 같다, 아쉽게 되었다'고 거짓말을 했다. 모두가 말리는 결혼식에 가장 멋지게 가고 싶었다. 가장 축복해주고 웃을 수 있도록, 한 달 전 부터 준비를 했다.

그리고 결혼식 당일 정말 환하게 웃으면서 보내줄 수 있었다. 가장 축하하고 가장 기뻐했다. 6년간의 사랑이 끝났다. 고등학교 2학년부터 25살까지의 오랜 연정은 쉬이 끊을 수 없었다. 자신에게 잔인한 일이지만, 그녀의 청첩장에 응했다. 멋지게 차려입은 그곳에서 내 마음에 확인사살을 하며 끝을 냈다.

NAME - JUNG WOO . KIM
CODE NUMBER - K910610
POSITION - REPORTER, INSPECTORATE,
OPERATION DIRECTOR

김정우(金正祐)

1991년 6월 10일 충북 괴산에서 출생하여 유년시절을 울산 및 서울에서 보냈다. 현재 청주에서 거주 중이다. 청주대학교에서 역사문화학을 전공으로 재학 중이며, 저학년 시절에는 학업과 자격증 등 각종 지식탐구와 소양을 쌓는 것에만 집중했다. 고학년이 되자, 학업으로 쌓은 지식과 소양을 현실에 대입하기 위해서 각종 대외활동과 봉사활동 등에 뛰어들었다. 세월호 사건이 벌어지자 무리와 사람들을 모집하고 봉사활동을 전개했고, 각종 부족한 환경의 사람들을 돕기 위해 기업체의 봉사단 및 재단의 지원을 받아 봉사활동을 시작했다. 독도 및 DMZ와 같은 한국 국경지대에서 전개하는 국익 수호활동을 통해서 각종 수상을 받고 각도에서 공익적인 활동을 하면서 동분서주한다 하여 '김길동'이라는 별명으로 불리기도 하였다. 그 후 국내 활동이 아닌 국외 활동으로 전향하여 중국 및 동남아권의 국가들에서 봉사활동과 역사유적지 탐방을 전개하였다. 그 후 해외문물에 대한 학업을 위해서 중국 위해 소제의 산동대학교로 유학을 간 후 중국어학습과 함께 장기간의 중국 역사기행을 다녀왔다. 국외의 문물을 접한 것을 데이터베이스로 하여 각종 문화재 및 각국의 역사에 대한 현장 지식을 통해 유네스코 국제기구에서 활동하려고 준비 중이다.

다르다

민경세

작년 여름 나는 부푼 기대를 품고 유럽 머나먼 땅을 밟았다. 유럽에서 있었던 39일의 여정은 내게 정말로 많은 추억과 가르침을 남겨주었고, 내 삶의 전환점이 되었다. 그 곳에서 만난 많은 사람들과의 추억들은 아직도 생생하게 들리고 보이는 것만 같다. 하지만 내가 지금 하고자 하는 이야기는 아름답기만 한 이야기보다는 어쩌면 가장 현실적인 우리의 모습이라고 생각한다.

유럽여행을 하던 중 그 날은 포르투갈에서 워크캠프라는 봉사활동을 하고 있던 중이었다. 오늘은 오전에만 잠깐 봉사를 하고 오후에는 자유 시간을 가지기로 했었다. 우리는 포르투갈에서 환경을 주제로 봉사활동을 하고 있었기에 도로변에 버려진 담배꽁초를 줍는 봉사를 하고 있었다. 그날도 어김없이 평소와 같이 쓰레기를 줍고 버려진 담배꽁초를 치우고 있었다. 그때 어떤 아줌마가 나를 부르며 자기 발 바로 앞에 떨어져 있는 담배꽁초를 주우라고 시켰다. 나는 그 아줌마의 시선을 보았다. 그 사람의 눈을 통해 그 사람의 생각, 느낌, 나를 향한 조롱, 그 모든 것이 몰려왔다. 그때 처음으로 '차별'이라는 것을 피부로 느꼈다. 하지만 나는 애써 못들은 척 무시하며, 내 주변에 있는 꽁초들을 주웠다. 하지만 그 아줌마가 나를 향해 보고 있는 그 눈을 난 뗄 수가 없었다. 그럴수록 그 사람이 쓰고 있던 안경, 옷, 신발, 가방, 그 사람과 함께 있던 사람들의 시선들마저 나를 향해 공격적으로 칼날을 겨누는 것만 같았다. 그 아줌마는 내게 자기는 장갑이 없어서 못 줍겠으니 날더러 주우라고 말했으나, 나는 줍지 않았다. 그때 워크캠프 리더가 장난식으로 그 아줌마의 말을 받아치다가 둘이 포르투갈어로 막 이야기를 하기 시작했다. 결국 그 아줌마가 자리를 떠났다. 하지만 자리를 떠나면서까지 계속 나를 쳐다보고 있었다. 대화를 나누지는 않았지만 나는 알 수 있었다. 그 눈빛이 뭘 말하고 있는지 인종차별을 직접적으로 실감했다. 나는 이 불쾌한 감정을 애써 무시하려 노력할수록 생각은 점점 깊어져만 갔다.

차별, 내가 앞으로 이끌어 갈 이야기의 화두는 차별에 대한 이야기이다. 유럽여행이 언제나 아름다운 경치와 낭만적인 분위기로 가득 찬 순간들만은 아니다.
질문을 한 가지 품어보았다.

"인류는 왜 차별을 시작했을까?"
차별의 역사는 비단 어제 오늘의 일이 아니다. 아주 오래 전 역사 속에서부터 차별은 많은 사건의 발단이 되어왔다. 하지만 이 차별이 부당하다는 의문을 제기하기 시작한건 언제부터일까? 인류의 역사 속에서 차별에 반기를 든 움직임으로 프랑스혁명이 제일 먼저 떠올랐다. 프랑스에는 더 이상 계급에 의한 차별은 없어졌겠지만 유럽 여행 중에 내가 본 프랑스에는 또 다른 차별이 내재하고 있었다. 그 중 인종에 대한 이야기에 집중해보려고 한다.

그 일이 있던 저녁, 오늘은 토요일 밤이라며 친구들이 디스코 클럽에 가자고 내게 제안을 했다. 나는 오전의 일이 아직도 생각이 나서 별로 내키지는 않았지만, 모든 친구들이 나간다기에 어쩔 수 없이 따라 나가기로 했다. 도착한 클럽 안은 너무 조명이 세고 눈을 강하게 자극해서 오래 있을 수가 없었다. 다행히도 클럽 홀 옆에 천장이 트이고 고즈넉한 바(bar)가 있었는데 거기에 쉬러 나가 자리에 앉았다. 앉아서 쉬고 있다 보니 친구들이 이곳으로 모여서 도란도란 이야기를 나누게 되었다. 선선한 밤공기와 따스히 내려앉는 조명 불빛이 아까의 일들은 그만 잊어버리라고 나를 품어주는 것만 같았다. 그때 이 평온함을 깨고 낯선 사람들이 이 공간에 침입했다. 술 취한 5명의 무리가 들어오면서 우리 테이블을 지나가면서 나를 가리키며 비웃었다. 뿐만 아니라 내 옆에 같이 있던 금발 폴란드 친구를 놀리기 시작했다. 내가 알아듣지 못하는 자기네들 말로 하면 기분이라도 상하지 않겠고, 무시라도 하겠다. 하지만 영어로 나한테 말을 걸기 시작하고 손가락질을 해대며 나를 조롱하고 놀려대기 시작했다. 오전의 불쾌함과 찝찝함을 시원하게 씻어갈 때쯤 나는 오물통을 뒤집어쓴 듯 역겨움이 속에서 끓어올랐다. 그리고 나는 그 역겨움을 참지 못하고 분노로 표출했다. 자리를 이미 박찼고, 그놈들의 면상에 나는 엿을 날려주었다. 손에 들고 있던 빈 페트병은 이미 내 손을 벗어나 땅을 향해 처박히고 있었다. 분노로 일그러진 나의 감정은 더 이상 그 자리에 있고 싶지가 않으니 떠나라고 했다. 자리를 박차고 나가면서 마주치는 수많은 사람들의 눈빛이 너무 경멸스러웠다. 그곳의 모든 사람들이 나를 가증하다는 듯이 보는 것만 같았고 이들의 눈빛이 나보다 자신들이 우월하다는 듯이 쳐다보듯 나는 그들보다 작아지는 것 같았다.

　차별의 근원적인 이유에 대해 고민해 보았다. 왜 사람들은 나와 '다른' 사람들을 인정하지 못하고 배척하고 억압하는 것일까. 타 인종의 다른 무엇을 끄집어내 조롱거리를 만든다. 자신이 그것보다 우위에 있다는 것을 강조하고 싶어 한다. 왜 남들보다 높아지기 위해선 남을 짓밟으려고 할까?

　남을 무시하고 비난해야만 내가 우위에 서는 만족감을 느낄까? 우리는 지나온 시대들로부터 평등해지려고 낙원을 꿈꾸면서도 우리는 끊임없이 잘못을 반복한다. 선대에 겪었던 좌절과 고통을 후세에 남기지 않으려고 투쟁했지만 그때의 계몽된 우리 정신은 어디로 갔을까? 왜 인류는 그 때와 같은 잘못을 번복할까?

　클럽 밖으로 나가려하는 나를 친구들이 말렸다. 하지만 나는 그곳에 더 이상 있고 싶지 않은 마음이 확고했다. 캠프 관리자도 나에게 와서 무슨 일인지를 물었고, 나는 화가 나는 마음을 꾹 참고 나의 마음을 설명해야 했다. 오늘 있었던 일들에 대해서, 내가 당한 차별에 대해서 그리고 불쾌감에 대해서 나는 나의 모든 감정을 쏟아내었다. 나는 지금 이 곳에 있고 싶지 않다고…… 그 때 나를 조롱하던 그 무리들 중에 한 사람이 클럽 밖으로 나왔다. 나는 또 다시 격한 감정들에 휩싸이기 시작했다. 그리고 그 사람은 내게 다가오기 시작했고, 나의 경계심과 모든 감각은 곤두서기 시작했다. 두려워서가 아닌 증오였다. 난 그 사람이 다가오는 것만 해도 너무나 가증스럽게 여겨졌다. 그러나 그 사람은 내게 와서 사과를 했다. 나는 김빠진 풍선처럼 그 소용돌이치던 감정들이 가라앉기 시작함을 느꼈다. 그 사람은 자기 친구의 잘못을 대신 사과하러 나왔다. 그는 내게 이렇게 말했다.

"내 친구가 당신에게 평생토록 후회하고 창피할 병신 같은 짓을 해서 미안하다. 하지만 자신의 친구의 잘못으로 인해 이 나라나 도시를 악몽으로 여기지 않았으면 좋겠다"고 말했다.

그놈 같은 쓰레기도 있지만 나와 같은 사람이나 자신처럼 좋은 사람들도 있다는 것을 알아달라고 내게 부탁을 했다. 나는 할 말을 잃었다. 이 사건을 계기로 나는 포르투갈이라는 나라를 끔직한 악몽의 순간들로 기억할 생각이었다. 아무리 좋았던 추억들과 좋은 사람들을 만나도 늪처럼 그 모든 것을 집어삼켰을 것이다. 하지만 이 사건을 계기로 나는 새로운 세상을 보는 눈이 떠진 것 같았다. 오히려 이제는 나의 어리숙함과 치기어림이 부끄러워졌다.

차별이란 나의 연약함과 부족함을 감추기 위해 상대의 다름을 인정하지 못하는 것이리라. 상대의 다름 속에 부족한 나의 자존감이 들킨다면 나 또한 참을 수 없으리라. 있는 그대로의 너를 인정해주지 못한다면 나 또한 너를 차별할 수밖에 없으리라… 너와 다름을 인정하기에 내가 있다는 것을 기억해야 할 것이다. 모두가 똑같은 모습으로 만들어지지 않았다. 종교적인 이야기로 들어가겠지만 이것이 핵심이라고 생각한다. 하나님께선 하나님의 형상을 닮은 모습으로 만드셨지 우리 서로를 같은 형상으로 만드신 것이 아니다. 우리는 틀린 것이 아닌 다를 뿐이다. 내가 어찌 나와 다르다는 이유로 누군가를 비웃을 자격이 있을까?

내가 차별과 멸시를 피부로 느껴보지 않았다면 나는 이 문제에 대

해 진지하게 생각해 보지 않았을 것이다.

　나는 평등해지는 것에 두려움을 느끼고 있었던 것인가? 평등이란 무엇인가? 모두에게 똑같은 것 모든 것에 한결같은 것⋯⋯ 절대적인 것은 없고 상대적인 잣대만이 난무하는 세상에서 누가 더 이상 평등을 주장할 잣대를 가지고 있을까? 나 또한 남들을 무시하고 차별함으로 우위에 서려고 했던 내가 보인다. 나도 그들과 다르진 않았다. 남들과 다르고 인정받고 싶어서 때론 누군가를 무시하고 비웃었다⋯⋯ 문제가 발생했을 때 구멍으로 숨어들고 싶었다. 그러나 문제를 극복하는 것은 부딪힌 벽이란 상황 앞에 구멍을 뚫는 것이 아닌 뚫린 구멍에 자존감을, 진정한 자신의 영혼의 회복을 채우는 것으로 더 단단한 벽의 일부가 됨으로 상황을 극복해 낼 수 있다. 상황 속에 숨으려 하지 말고, 상황을 바꾸는 자가 되자.

　내가 봉사하고 있던 워크캠프라는 곳은 언어도 다르고 사는 곳도 다른 '다른' 사람들이 모인 곳이다. 다름이라는 것은 이 순간 우리에게 어떤 의미였을까? 다른 사람들이 모여서 있다는 것에 우리는 어떤 의미를 두고 있었을까? 결론은 아무 특별한 의미도 없다는 것이다. 다르다는 것은 그냥 다를 뿐이다. 그것을 인정해 주고 있는 그대로 바라보는 것. 그 이상 우리가 하나가 되는데 필요한 것은 없었다. 그날의 순간을 잊지 못하고 있다. 앞으로도 그럴 것이다. 그때 느꼈던 감정을 잊지 않을 것이다. 내가 다른 누군가에게 차별을 주는 일이 없도록……

인간이란 어느 누구 하나같은 사람이 없는 모두가 다른 사람들이다. 우리는 이 세상이라는 하나의 '시계'에서 단 한사람도 빠짐없이 중요하다. 우리 모두가 다르기에 세상은 이처럼 아름다울 수 있다. 다름은 상처, 열등감, 부끄러움이 아닌 바로 당신의 보석이다.

이름 : 민경세
학교 : 청주대학교 신문방송학과
꿈 : 드라마 PD, 영화감독
올해 목표 : 현재 맡고 있는 청주대학교 신문방송학과 방송국 CJN에서 국원들에게 희망이 되고 올바른 길잡이가 되어주는 것!!!
취미 : MARVEL 코믹스 읽기, 영화보기
배우고 싶은 것 : 양궁, 국궁, 스쿠버 다이빙, 패러글라이딩 등등……

세상의 별, 세상에는 수 없이 많은 별이 존재합니다. 별들은 예전부터 사람들에게 있어 희망이 돼 왔습니다. 길을 잃은 목자들에게는 길을 보여주었고, 힘들고 지친 자들에게는 마음의 위로를 주었습니다. 그렇게 세상을 위해 존재했던 별들처럼 살라는 것. 그것이 제 이름, 민경세라는 브랜드의 의미입니다.

제 브랜드 가치를 설명해 드리자면 웃음, 열정, 집념의 가치를 지향하고 있습니다. 첫 번째는 웃음. 웃으면서 일하는 사람과 짜증을 내며 일하는 사람이 있습니다. 사람들은 짜증을 내고 투덜대는 사람보다는 당연히 웃으면서 일하는 사람에게 호감이 가는 법입니다. 웃음에는 행복을 가져오는 힘이 있습니다. 즐거워하는 사람은 그 주변도 행복하고 밝게 만드는 영향력을 끼치지요. 저는 그런 웃는 사람입니다. 불평하기 전에 한 번 더 감사할 일을 찾고 웃으며 일하는 사람이죠. 일이라는 것은 삶이라는 것은 지나가는 것인데, 지나간다는 것은 다시 돌이켜 붙잡을 수 없는 시간입니다. 단 한 번의 기회이고 시간인 것에 짜증과 불평으로 점철된 기억을 가지는 것보다 웃으면서 추억할 수 있는 날들을 만들자는 '웃음'의 가치 추구합니다.

두 번째는 열정. 열정의 시대입니다. 많은 청춘들이 자신의 몸까지 태울 만한 열정을 가지고 세상에 덤벼들고 있습니다. 그런 시대에 열정조차 없이 덤빈다는 것은 불나방이나 다름없지 않겠습니까? 한 번뿐인 인생. 각자마다 인생의 의미와 비전을 가지고 단 한 번의 기회를 얻는다면 찬란하게 떨어지는 별똥별처럼 인생을 남기고 싶습니다. 열정을 가지고 뭐든 도전하고 시도해 보고, 최선을 다하는 인생을 살았다면 충분히 찬란한 인생이었다고 추억할 것입니다.

열정을 가지고 20대 초반에 도전한 것들은 몇 가지가 있습니다. 먼저 '의장대'라는 것입니다. 당시 내세울 것이 키밖에 없던 20살에 제가 가진 키를 활용할 수 있는 곳에 자원해서 가고 싶었고, 많이 힘들 것이라는 주변에 만류에도 지원했습니다. 의장대의 생활은 녹록치 않았습니다. 군의 기강을 대표한다는 것은 생각보다 쉽지 않은 일이었습니다. 하지만 군대에서 뼈저리게 느낀 단 하나 노력하면 다 된다는 것을 배웠습니다.

또 다른 도전은 유럽 배낭여행이었습니다. 유럽여행은 20대 사이에서는 유행처럼 떠나는 여행이었습니다. 하지만 저는 '국제워크캠프'라는 봉사활동을 겸하여 떠난 여행이었습니다. 세계 각 나라 사람들과 한곳에 모여 다른 나라에서 봉사한다는 것은 꽤 드문 경험이었습니다. 각자 다른 언어, 다른 가치관과 종교를 가진 너무나도 다른 사람들이 모여서 함께 좋은 일들을 해나간다는 것은 절대 잊지 못할 경험 중 하나입니다. 그 봉사활동 기간 중 좋은 일들만 있지는 않았습니다. 봉사활동을 하던 중 어느 중년의 여성으로부터 인종차별을 당하기도 했고, 그날 밤에 이어서 술에 취한 무리로부터 동양인이라는 이유로 심하게 조롱을 당해야 하는 적도 있었습니다. 이때 당시에 상황이 격해져 위험한 상황까지 갈 수도 있었습니다. 하지만 그 중에도 깨달은 것이 있었습니다. 술 취한 무리 중 한 청년이 기분이 상해 자리를 떠난 저에게 다가와서 대신 사과를 건넸습니다.

"세상엔 좋은 사람도 있고 나쁜 사람들도 있지만, 너는 지금 좋은 나라 좋은 사람 중에서 극소수의 나쁜 사람을 만났다. 내 친구들이 그런 놈들이라는 것은 미안하다. 하지만 그 사람들로 인해서 좋은 나라, 좋은 사람들과의 추억이 악몽으로 변하지 않기를 바란다."

그제야 저는 머리로만 알던 다름에 대한 인정을 마음으로 할 수 있게 되었습니다. 이는 정말 어떤 것과도 바꿀 수 없는 값진 경험이었습니다. 열정이 없었다면 겪지 못했을 일입니다.

마지막은 집념. 하나를 시작하면 끝까지 해보려고 파고드는 것. 그것이 제 무기입니다. 아직 젊기에 경력은 부족합니다. 그만큼 써나갈 곳도 많고 배워갈 가능성도 큽니다. 하지만 가능성이 능력이 되는 것은 끈기입니다. 어떻게 마무리 짓는가. 그곳에서 능력이 판가름 난다고 생각합니다. '나는 아마추어니까 이 정도면 뭐….'라는 사고의 방식이 아니라 될 때까지 해내는 것이 집념입니다. 하면 된다는 것은 즉 하면 는다는 것이죠.

방송 PD의 꿈을 가지고 신문방송학과에 진학해 1학년을 지내며 이론만 배우는 것에 성이 차지 않았던 때가 있었습니다. 뭐라도 내 손으로 만들어 보고 싶은 열정과 욕구가 솟구쳤습니다. 그래서 저는 스스로 배우기로 했습니다. 인터넷에서 가르쳐 주는 강의를 따라서 하나씩 하나씩 배워가며 만들어가는 것은 굉장히 설렜지만, 속도는 매우 느렸습니다. 그러다 제가 다니는 교회에서 제게 교회다큐멘터리를 하나 찍어달라고 요청을 했습니다. 저는 실력을 키울 기회라 생각했고, 공부했던 것들을 사용해 보면서 다큐멘터리를 만들어가기 시작했습니다. 1달 내내 밤새워서 10분짜리 영상물을 제작해 냈고, 지금도 학교에서 실습하거나 혼자 제작을 할 때는 훨씬 수월하고 빠른 시일 내에 제작할 수도 있게 되었습니다. 그리고 지금은 학과 방송국의 국장으로 있습니다. 제 가치는 아직 끝이 아닙니다. 지금부터 시작될 이야기입니다.

별이라는 것은 멀리 떨어져 있어서 매우 작아 보이고, 보잘것없어 보일지도 모릅니다. 하지만 오랜 역사 속에서부터 별은 사람들의 길잡이가 돼주고 위로가 되어주며 희망이 되어주었습니다. 세상의 별이 되어 앞으로 세상의 길잡이가 되고 희망이 되는 사람이 될 것입니다.

대만여행

성채윤

고등학교 졸업식 5일 전, 저는 친구들과 대만으로 갔습니다. 여행을 가기까지의 과정을 생각해보면 당황스러울 만큼 즉흥적이었습니다. 어느 날 갑자기 친구가 해외여행을 권해 왔습니다. 지금 당장은 아닐 테니 흔쾌히 수락을 했습니다. 그런데 그 친구가 이상하게도 아주 세세히 설명을 해주는 것입니다. 그래서 언제 가는지를 물어보니 졸업식 5일 전에 간다는 것이었습니다. 그때 간다는 이야기는 그 당시 2주 정도 남았다는 것인데 제가 잘못 들은 줄 알았습니다. 그 친구는 걱정하지 말라고 비행기는 다 알아보았다고 안심 아닌 안심을 시켜줬습니다. 친구들과의 해외여행이 그리 흔한 기회는 아니니 가기로 결심하고 그날부터 저와 친구 두 명은 가 볼 만한 곳들과 현지 상황들을 알아보며 준비를 했습니다. 신나는 마음에 출국 일주일 전부터 캐리어에 짐을 챙기고 하루하루를 기대하며 기다렸습니다.

출국 당일 아침 일찍 나가는 길이 너무나도 설렜습니다. 조용한 동네에 캐리어소리가 거슬릴까 끌지 못하고 들고 가면서 몸은 힘들었지만 기분만은 심장이 터질 것같이 좋았습니다. 아침잠이 많아 시간을 잘 지키지 못하는 친구도 제시간에 나와 주어서 모든 것이 완벽했습

니다. 우린 꼭 챙겼어야 하는 것들을 다시 한번 확인하고 버스를 타고 공항으로 갔습니다. 공항에 거의 도착해 갈 때쯤 안개가 자욱이 있어 아빠께서도 비행기 못 뜨는 것 아니냐며 걱정하셨습니다. 공항에 도착했을 때는 이미 몇몇 비행기들은 연착이 되어 많은 사람들이 기다리고 있었습니다. 우리는 바로 안내소에 알아보러갔고 다행히 우리 비행기는 2시간 후여서 제 시간에 갈 수 있다는 것을 들었고 공항 이곳저곳 돌아다니며 괜히 짐 무게 다는 곳에 무게도 재 보고 구경도 하면서 시간을 보냈습니다. 비행기를 기다리는 동안 문득 여행하는 동안 스냅무비를 하나 만드는 것도 좋을 것 같다는 생각이 들어 그때부터 짧게나마 친구들과의 모든 것을 동영상에 담기 시작했습니다.

　두근거리는 심장으로 비행기에 탑승을 하고 기내에서 친구들과 이야기를 하다 보니 기내식이 나왔습니다. 샐러드가 참 맛있었던 기억이 납니다. 대만에 도착하고 밖으로 나가 보니 미리 인터넷에서 찾아봤던 정보와는 다르게 햇볕이 따뜻했습니다. 모든 것이 완벽했지만 숙소로 가는 공항버스표를 사는 것이 난관이었습니다. 모두 한자로 되어 있어 영어로 물어보며 표를 끊을 수 있었습니다. 숙소에 도착하고 몸이 너무 고되어 쉬고 싶었지만 3박 4일이라는 짧은 기간에 보고 싶은 것이 많았기에 부지런히 움직였습니다. 숙소를 나서고 대만 길거리를 걷다 보면 특이한 점이 있었습니다. 거리마다 K-pop이 흘러나왔습니다. 처음에는 몇 곡 정도는 그럴 수 있겠다 생각했지만 대만에 있는 동안 우리는 대만 가요를 들어보지 못하였고 가게마다 K-pop만 흘러 나왔습니다. 우리나라 노래가 이 정도로 유명한 줄 몰랐는데 한류를 느낄 수 있는 기회였습니다.

　그렇게 친구들과 현지 음식도 먹고 관광지도 돌아보고 저녁마다 여러 야시장도 가면서 대만이 치안이 괜찮은 나라인 것을 느꼈습니다. 그렇게 느낄 수 있었던 이유는 여러 곳을 다니면서 다리와 발이 아팠던 우리는 마사지를 받기로 결정하였고, 그때의 시간이 늦은 시각이었음에도 불구하고 길거리는 환했고 사람들도 많이 다녀 안전하게 다녀올 수 있었습니다, 그곳의 마사지는 우리에게 다시 다른 곳을 갈 수 있게 많은 도움이 되었습니다.

　그렇지만 대만에서의 모든 일이 쉽거나 잘 풀리지는 않았습니다. 중국어를 잘 하지 못하는 우리에게는 영어만이 의사소통을 할 수 있는 수단이었습니다. 대만은 영어에서도 성조가 있었고 더욱 힘들었습니다. 영어로 말을 하다 보니 정말 영어를 좀 더 해야겠다는 생각이 들었습니다. 외국을 나중에 다시 나가는 일이 있을 때는 지금보다 더 나의 의사를 잘 표현할 수 있도록, 한국 돌아가서는 공부를 하자고 어학에 대해서도 많은 것을 느끼고 다짐 할 수 있었습니다.

　짧지만은 않은 3박 4일 동안 친구들과 생활하면서 서로를 어떻게 배려해야 되는지 우리들 간의 의견조정 등에 많이 배웠습니다. 성격이 상극이었던 친구 두 명 사이에 저는 친구들과 가는 첫 해외여행을 싸우는 기억으로 남기고 싶지 않았기에 그 둘 사이에서 중재를 하고 그 친구들을 많이 웃게 해주었습니다. 웃다 보면 안 좋았던 감정들도 사라졌고 순탄하게 모든 일이 풀렸습니다. 그렇게 친구들과 저는 대만여행을 무사히 마칠 수 있었고, 집으로 돌아와 대만 곳곳에서 찍은 스냅무비를 보면서 이땐 그랬지 저땐 그랬지 하며 추억을 되새겼습니다. 그것을 보고 있자니 평소 걱정이 많아 선뜻 도전해 보지 못하는 저에게 보호자 없이 떠나는 해외여행은 도전에 대한 두려움과 거리낌은 사라지게 만들었고 다음을 기약하며 설레는 마음만이 남았습니다. 저는 다음에도 친구들과 어디든지 갈 것이고 어떤 일에도 걱정 없이 도전해 볼 것입니다. 제 친구들과의 첫 해외여행은 잊지 못할 추억이 되었고 저에게 용기가 되어준 기억입니다.

지적학과
성채윤

청주대학교 재학 중이며 친구들과
여행 다니고, 여러 가지 찾아보는 것
을 좋아하는 평범한 학생입니다.

또 다른 삶

김소윤

　빨아도 빨아도 줄지 않는 눈깔사탕과 같았던 나의 고등학교 시절도 어느 순간 끝이 났고, 대학교라는 지금까지와는 전혀 다른 또 다른 삶이 시작되었다.

　청소년기의 고참기가 고등학교 3학년이었다면, 성인기의 새싹 단계는 대학교 1학년이 아닐까 싶다. 어린 싹처럼 아직 여리고, 미숙한 단계이다.

처음 대학교에 와서 아니, 오기 전에 이미 이전까지와는 다른 것이 시작되었다. 그것은 아이가 약을 사탕인 줄 알고 겁 없이 덥석 입에 물었다가 약인 것을 깨닫고 써서 얼굴을 찡그리며 뱉어내는 그런 느낌이었다. 사탕처럼 달콤해 보이지만 알고 보면 쓴 첫 시작이 나에겐 수업시간표였다. 각 학과에서 자신이 들어야하는 과목이 있지만 시간대를 마음대로 조정할 수 있기에 자신이 원하는 시간에 자신이 원하는 교수님의 수업을 들을 수 있는 것부터가 정말 새로웠다. 그래서 어떤 날의 시간표는 새하얀 벽지처럼 텅 비어 있다. 게다가 수업도 그렇게 많지가 않다. 고등학교 시간표가 모르는 수학기호로 가득 찬 빡빡한 수학 연습장과 같다면 대학교 시간표는 여백의 미를 살린 우리나라 고유의 수채화 같다. 이렇듯, 넘쳐나는 시간 여유가 대학생활의 큰 즐거움인 줄 알았다. 지금 이 글을 쓰면서 생각해 보건데, 그건 달콤한 사탕이 아닌 쓰디쓴 약이었다.

수업이 적고, 시간이 많으면 그 시간을 활용해 내게 필요한 공부와 책읽기 등 지식이 쌓이는 비타민과 같은 유익한 삶을 보낼 줄 알았다. 하지만 이런 생각들과는 달리 나는 주위의 약한 바람에도 쉽게 흔들리는 갈대 같은 존재였다. 넘쳐나는 시간에 핸드폰으로 SNS를 검색하고 있고, 공부하라고 사준 노트북으로 틈만 나면 옷을 보고 있고, 동아리 친목도모라 한답시고 종종 갖는 술자리에 참석하는 그런 나약한 갈대였다. 그 덕분에 내 옷장 속의 옷은 늘었지만 내 머릿속은 하얀 백지가 되어가고 있다.

특히, 수업이 적어 결코 많아 보이지 않던 시험범위는 고등학교와 비교도 안 될 정도로 광범위해졌고, 더 세부적이었으며, 더 어려워졌다. 그리고 고등학교 시절, 교과목 선생님들이 외치던 "이건 시험에 꼭 나오니 별표 해!"라고 하시던 말들도 이곳에서는 해당사항이 없음을 뼈저리게 느끼고 있다.

대학교 오기 전에는 '웬만하면 에이플러스 맞겠지'라고 생각했었는데 나의 목표는 어느새 비플러스가 되어 가고 있다. 그리고 재수강에 대해서도 생각해보게 되었다. 그리고 공부에 있어서 제일 크게 달라진 것이 나의 마음가짐이다. 고등학교 때만 해도 '그냥 대학 아무 대학교나 가지'라는 생각이 가끔 들 때가 있었다. 하지만 대학교에 오면서 대학교에서 받는 학점이 곧 내 직업, 나의 위치라는 생각에 열심히 해야겠다는 무게감이 든다. 그렇기에 더 열심히 해야겠다고 내 마음가짐이 달라졌다.

두 번째 변화는 용돈의 변화이다. 기숙사에 살면서 한 달에 오십만 원이라는 엄청난 용돈을 받으며 이젠 만 원짜리 한 장은 눈에도 안 들어 올 정도로 나의 씀씀이는 나날이 커져가고 있었다. 특히나, 꽃밭이라 불리는 간호학과에 다니며 수많은 과팅과 미팅이 들어왔고, 나의 용돈 중 일부는 과팅과 미팅이라는 즐거움을 위해 쓰이고 있다. 하지만 과팅과 같은 자리를 나갈 때마다 항상 실망을 하게 된다. 그러면서 나는 내가 사람을 볼 때 외모부터 본다는 아주 중요한 사실을 깨닫게 되었다.

나는 지금까지 살아오면서 내가 사람의 성격을 보는 줄 알았다. 하지만 과팅을 나가서 상대방의 외모를 보고 그 사람에 대한 판단을 내리는 나 자신을 보며 여자 얼굴만 따진다고 욕했던 남자들에게 많은 미안함을 느꼈다. 그리고 이것보다 더 중요하고 가치 있는 사실을 알게 되었다. 나도 나름 괜찮은 사람이라는 사실이다. 남녀공학인 중학교를 나왔지만 분반이라 남자를 모르고 지낸 지 3년, 여고를 나와 남자라는 생명체는 딴 행성 외계인이 된 채로 산 3년, 총 6년을 남자 없이 지내왔다. 대학생이 되어 과팅이라는 무대에 섰을 때 나에게 손을 내밀어 주는 그런 왕자가 있다는 사실에 처음엔 놀랐고, 나갈 때마다 그런 상황이 펼쳐져서 '나도 나름 괜찮은 사람이었구나.'라는 사실을 알게 해주었던 것 같다. 이 무대는 어쩌면 나의 자존감을 높여준 괜찮은 경험이라고 생각한다.

세 번째 변화는 인간관계이다. 유치원에서 초등학교, 초등학교에서 중학교, 중학교에서 고등학교, 모두 정해진 교실에서 친구들과 서로 부대끼면서 지내고, 즐겁고 함께 어울리는 그런 그림이었다면 대학교는 노력해서 친구를 사귀게 되는 약간은 어색하고, 벽이 있는 그런 딱딱한 사진 같다. 아까 말했듯이, 같은 학과라도 시간표를 따로 짜고, 전공수업 때에도 말을 해볼 기회가 없기에 친구들과 친해지려고 노력하지 않으면 친해지기 어렵다는 생각이 든다. 그리고 내가 진학중인 간호학과는 100명이라는 다소 많은 인원이기에 반을 두 개로 나누어 수업을 한다. 나 같은 경우엔 2반이라 1반 친구들을 마주칠 기회는 '심리학으로의 초대'라는 수업과 '보건학'이라는 수업이 전부이다. 그렇기에 1반 애들 중에 간혹 처음 보는 친구들도 있을 정도이다. 또, 나와 같은 2반 친구들 역시 50명이라는 적지 않은 인원으로 아직 말 한 번 섞어 보지 못한 친구들도 있다. 그리고 수업이 매일 들은 것도 아니고 일주일 중 하루, 많으면 이틀 정도라서 얼굴을 익히고 말을 하고 다음 주가 되면 금방 또 어색해지곤 한다. 대학교 가기 전 대학생이 되면 철저하게 자신의 존재를 숨길 수 있을 정도로 서로에게 무관심하고 딱 자기 할 것만 한다는 말을 들은 적이 있는데 그 정도까지는 아니어도 이 말이 인간관계에 있어 적합하다고 생각한다.

이렇게 글을 쓰다 보니 대학생활이 진짜 지금까지와는 많이 다르다는 것을 새삼 느끼게 된다. 어떻게 보면 다를 수밖에 없는 것 같다.

지금까지는 아직 어른들과 세상의 보호를 받는 햇병아리이었다면, 지금은 다 커서 우리가 우리 스스로를 지키고 자신이 한 행동에 대해 책임을 져야하는 나이이기에 그럴 수밖에 없다는 생각이 든다.

생각해 보면 항상 처음은 두렵고 낯설었다. 초등학교 때도, 중학교 때도, 매 학년이 바뀔 때마다 그래왔듯이 지금도 그럴 것이다. 그렇지만 어느새 또 아무렇지도 않게 열심히 적응해 나갈 것이라고 생각한다.

안녕하세요? 저는 청주대학교 간호학과를 전공하는 15학번 김소윤입니다. 저는 청주대학교 사진이 저에게 가장 의미 있는 사진이 아닐까 싶습니다. 대학교라는 곳은 내가 앞으로 직업을 삼을 분야를 공부하는 곳이고, 어쩌면 내가 앞으로 살아가는 데에 필요한 지식, 전문성, 태도, 교양 이런 것들을 배우는 곳이기도 하기 때문입니다. 그래서 저는 대학교를 처음 들어왔을 1년 전, 새내기일 때의 마음을 되살려 대학교 입학 때 저가 느낀 감정과 생각, 그리고 대학교 생활에 대해 써보았습니다.

매화

강지웅

　우리나라 최남단에 있는 최대의 관광지 제주도에서 태어나 할아버지와 할머니, 그리고 부모님과 함께 어린 시절 행복한 나날들을 함께 보냈다. 나의 집은 제주도에서 볼거리 많은 지역 중에 하나로 불리는 중문관광단지에 위치해 있었다. 그렇기에 시간이 날 때마다 마음만 먹으면 가족들과 함께 관광지 어디든지 갈 수 있었다. 어느 날은 주상절리… 어느 날은 중문해수욕장… 이렇게 여느 시골아이처럼 평범하게 또는 순수하게 보냈다.

　내 어린 시절이 정확하고 뚜렷하게 기억이 나지는 않지만 몇 가지 확실한 것 중 하나는 아버지보다는 할아버지와 보낸 시간이 더 많았다는 것이다. 경운기에 나를 태우고 귤 밭을 가거나 시장에 데리고 갔던 기억이 드문드문 떠오른다. 귤 밭에 가던 날 경운기가 많이 덜컹거리는 바람에 어린 나는 울음을 터뜨리고 말았다. 할아버지는 잽싸게 주머니에서 알사탕 하나를 꺼내 내 입에 넣고는 나를 달래 주었다. 그렇게 웃음 많고 울음 많은 어린 시절을 보내며 행복하게 지냈다. 어느 날은 할아버지가 나무 구경을 시켜주겠다며 나를 집 뒷마당으로 데려갔다. 집 뒷마당에는 나무들이 많았는데 귤나무, 야자나무,

매화나무 등등 이름 모를 나무들도 많이 있었다. 그 많은 나무들 중에 할아버지가 정말 좋아하는 나무가 있었는데 그 나무는 매화꽃이 예쁘게 피어있는 매화나무였다.

매화꽃을 가리키며 하는 말이 아직도 어렴풋이 기억에 남는다. "매화꽃의 꽃말은 인내, 고결한 마음 이런 뜻인데 이 꽃말의 유래는 어느 남자와 여자가 있었는데 약혼한 지 얼마 안 되어서 여자가 죽었단다, 그 남자는 너무 슬퍼 여자의 무덤에서 매일 울었는데 그 자리에 나무 한그루가 돋아났단다. 그 나무가 바로 매화나무란다." 자세하게 기억이 나지는 않지만 얼추 이런 뜻이었다. 참 어리둥절했다.

그리고 나는 얼마 지나지 않아 아버지 일 때문에 서울로 가게 되었다. 할아버지를 껴안고 참 많이 울었다. 그렇게 제주도는 명절 때마다 갈 수 있었고, 서울에서 학창시절을 보내게 되었다. 바쁜 나날을 보내던 도중 비보를 듣게 되었다. 바로 할아버지가 돌아가셨다는 전화 한 통을 받았다. 충격을 먹고 실감이 나지 않았고 부리나케 다음날 첫 비행기로 제주도로 내려가게 되었다. 내리자마자 바로 택시를 잡고 어느 한 병원 옆에 달려있는 장례식장으로 빠르게 가 달라고 했다. 그렇다. 그제야 실감을 하게 되었고 오면서 꾹 참았던 울음이 터지고야 말았다. 참 많이 슬펐다. 어릴 때 지극정성으로 키워주셨던 까닭일까? 그 짧은 사이에 나도 모르게 정이 깊게 박혀 있었던 것 같다. 말로는 도저히 형용할 수 없는 슬픔을 태어나서 그때 처음으로 느꼈다. 발인을 다 마친 후 슬픈 마음을 머금은 채 서울로 가서 다시 일상으로 돌아갔다. 일상으로 돌아가는 데에는 그렇게 큰 시간이 걸리지 않았다.

여느 때와 같이 다음 명절에 또 제주로 향했다. 항상 해왔던 것처럼 친척들과 인사를 하고 담소를 나누며 즐거운 시간을 보냈다. 지루한 하루하루를 보내는 중에 뒷마당으로 가 보았다. 뒷마당에는 아직 만개하지 않은 매화꽃들이 듬성듬성 피어 있었다. 슬픔을 뒤로한 채 옛 생각이나 바로 사진을 찍었다. 매화에는 꽃말 등. 여러 가지 뜻이 있겠지만 나에게는 할아버지와의 잊지 못할 추억이고 내 가슴에 평생 묻고 힘든 일이 닥쳐도 극복하며 살아갈 수 있는 원동력이 되어 준다. 매화꽃이 참 예쁘기도 하지만 나에게는 큰 추억이 담겨 있어 더욱 더 예쁘고 특별해 보인다.

저는 신문방송학과 12학번 강지웅입니다.

1991년 어느 가을 10월의 마지막 날인 31일에 지극히 평범한 가정에서 태어나 성장해왔습니다. 제주에서 태어났으며 현재는 서울에서 거주하고 있습니다. 사람들을 만나고 대화하는 것을 좋아하기에 제 꿈은 서비스직의 꽃인 승무원입니다. 많은 사람들 앞에서 유창하고 당당하게 말을 잘하진 못하지만 남들의 고민을 귀 기울여 들어주고 상담을 잘 해주곤 합니다. 이런 성격을 잘 활용해 꿈을 향해 열심히 달려갈 것입니다.

목련

임혜린

어떤 목적이나 주제를 가지고 글을 쓴 지가 꽤나 오래되었다. 글 쓰는 데에 재주가 없어 나의 문장들은 보통 지루하기 마련이었다. 말하려던 것의 본질은 잊고 묘사와 서술로 범벅된 문장을 적어 나갔다. 세련되게 서술하고 싶은 욕심을 욕심대로 부리니 내 문장은 점점 어수룩하게 변했다. 마음에 드는 문장을 읽으면 내 문장을 질책하며 내

것은 왜 저렇게 되지 못할까 속상했다. 글을 적는 것보다 보이는 것으로 생각을 표현하는 것이 더 편해져 버려서 언젠가부터는 더 나은 문장을 적는 일도 그만두었다. 그렇게 되니 나의 문장은 점점 군더더기만 붙은 흉물스런 모습이 되었다.

이따금 생각나는 일화가 있는데 내가 고등학생 때의 일이다. 한번은 선생님께서 수행평가로 시 짓기를 내 주신 적이 있다. 고등학생 때의 나는 '시'라면 멋들어져야 한다고 생각했던 것 같다. 아주 어려운 단어들과 해석하기 힘든 내용의 시를 적어 놓고는 좋은 점수를 받기를 기대했었다. 결과는 암울했다. 친했던 친구들과 나란히 C를 받았다. 그 날 친구는 "시는 C다. C발." 이라는 말을 남겼다. 글쓰기에 흥미를 잃은 나는 글을 쓰는 일보다는 사진을 찍는 일이나 영상을 만드는 일에 더 흥미가 생겼다. 글을 쓸 때와는 다르게 사진을 찍는 일을 생각하면 나는 졸랑대는 어린 아이가 되어 버린다. 차분해져 보려하지만 당최 달뜨는 마음을 어찌할 도리가 없다. 자꾸만 마음이 따뜻해져 그냥 나로서 봄이 되어 버린다.

요즘은 사진 찍는 일에 시간을 할애하는 날이 많다. 하루를 보내면서 남기고 싶은 순간을 사진으로 남기는 일이 습관이 되었다. 사진 찍는 일이 누구에게나 쉬운 일이 된 지금은 찰칵 한 번으로 나를 나타내는 일이 더욱 쉬운 일이 되었다. 피사체 사이의 깊이와 단어 사이의 깊이는 비교할 수가 없다. 이런 생각이 머릿속에 휘몰아치면서 언어가 생략된 사진이 가지는 의미가 갑자기 두렵게 다가왔다. 그러면서도 나는 셔터 누르기를 멈출 수 없었다. 그렇게 조심스럽게 누른 셔터의 결과물은 '목련'이었다.

내가 누구인가를 적는 일이 왜 이렇게 어려운지 모르겠다.

임혜린. 한국인. 독일 태생. 꽃을 좋아함. 사진이나 영상에 생각을 담는 것을 좋아함. 음악을 좋아함.

문득 고개를 들었더니 펼쳐진 풍경

신수창

늘 그랬듯이 오후 4시쯤 집으로 가는 길이었다. 집으로 가는 길 누구나 그러하듯이 별 다른 생각 없이 '빨리 이 길을 벗어나고 싶다',

'집에 가서 더위를 좀 식히고 싶다' 이런 생각을 하며 터덜터덜 걷던 와중이었다. 집에 다다를 무렵에 있는 구석진 놀이터에서 깔깔대는 아이들의 웃음소리가 들렸다. 왜였는지는 모르겠지만 유난히 그 소리가 귀에 뜨였고 그곳을 향해 고개를 돌렸다.

아이들의 소리와 어우러진 놀이터, 그리고 잎이 푸르러진 나무들이 눈 안에 한데 들어왔다. 잠시 아이들을 지켜보다가 문득 주변에 있던 나무들에 눈이 갔다. 어느새 잎이 무성해지고 완연한 초록색을 띄는 나무들이었다. 그 나무들을 보며 '와 정말 이제 여름이 다가오는 시간이구나. 시간 정말 빠르다' 하며 생각했다. 그리고 이내 나는 다른 나무들에 비해 잎이 노르스름해진 나무에 눈이 가게 되었다. 분명 이젠 봄이 한창일 무렵인데 '벌써 가을을 준비하는 나무인가?'라는 생각이 들었다. 유난히 몇 개월은 더 있어야 보일 나무의 모습이었기 때문이니깐. 분명 나무들은 같은 장소에 같은 햇빛을 받으며 서 있었다. '허나 왜 한 나무는 푸르른 잎을 자랑하는 반면에 한 나무는 노란 빛을 띠고 있었던 것일까?' 하는 생각까지. 일련의 생각들이 뇌리에 스쳤지만 그런다고 과학지식이 전무한 내게서 과학적인 답변이 떠오를 리 만무했기에 마음대로 생각하기로 했다. 나무들에게도 같은 시간이고 같은 환경이었지만 어떤 나무는 정말 빠른 시간으로 착각하게 만든 시간들이었는데 반해 다른 나무들에겐 남들과 다를 것 없는 평범한 시간이었다고 생각하기로 말이다.

그러다 다시 생각해 보면 그 길과 나무들은 분명 평소와 많이 다를 것 없었던 길이었고 나무들이었다. 차이가 있었다면 아이들의 웃음소리, 그리고 그것에 반응했던 오늘의 모습이다. 아이들의 소리에 문득 의식을 한 채로 돌아보았고 이내 그곳에서 나무들을 좀 더 유심히 보게 된 것이었다. 그리고 나무들을 보던 중에 색깔이 다르다는 것을 알게 되었고, 시간이라는 것으로 말장난을 했을 뿐이다. 다만 아이들의 웃음소리가 없었다면 나무를 볼 수 없었을 테고, 시간을 생각하지 못했을 것이다. 무의식 속에서 톡 하고 터져버린 의식이 꽤 복잡한 생각까지 가져오게 되었다. 깨달을 듯 말듯 한 지금 이 기분이 오묘하기도 하다. 다만 글을 쓰며 다시 생각한 것이 있다면 고놈의 나무들 중에서도 노란 잎을 가졌던 나무는 꽤나 괘씸하다는 것이다. 깨어 있어 시간을 느낄 여지가 있었다면, 그렇게 빨리 늙어버리진 않았을 것이라는 것. 물론 이유야 있을 테지만, 지금은 괘씸할 뿐이다.

신수창

청석고 졸업 후

청주대 경영학과 16학번으로 재학 중

취미는 산책

성격은 낙천적, 다만 할 때는 하고 마

는 사람

미키마우스

이주희

▲4월 24일 밤에 찍은 사진   ▲4월 25일 일어나자마자 찍은 사진

"내 신경은 온통 너였어."

나의 오래된 사진첩에서도 항상 볼 수 있었던 것은 미키마우스였다. 잠을 잘 때도, 일어났을 때도, 놀이공원을 갔을 때에도 내 손에는, 혹은 내 옷에는 미키마우스가 있었다. 심지어 집 앞에 마트에 가거나 외출할 때 보대기에 엎고 나간 적도 많았다. 내가 미키마우스를 좋아할 수밖에 없었던 이유는 우리 엄마가 캐릭터를 매우 좋아했다. 물론 지금도 말이다. 엄마는 디즈니의 모든 캐릭터를 좋아해서 옷도 캐릭

터 옷, 신발도 캐릭터 신발, 장난감도 캐릭터 인형을 많이 사줬지만 나는 그 중에서도 유난히 미키마우스를 좋아했다.

보다시피 어렸을 때에도 미키마우스 인형을 늘 손에 들고 있었고, 지금은 들고 다닐 수는 없지만 침대 머리맡에 항상 미키마우스 인형이 있다. 어렸을 때와 동일한 인형은 아니지만 없어질 만하면 다시 사고 또 사서 늘 미키마우스 인형을 가지고 있었다.

워낙 미키마우스를 좋아하다 보니까 미키마우스의 대명사인 디즈니랜드에 가는 것이 꿈이었다. 물론 미국에 있는 디즈니랜드, 도쿄에 있는 디즈니랜드 등 전 세계에 있는 디즈니랜드를 다 가보는 것이 최종 목표지만 처음 스타트로 스무 살 겨울방학에 홍콩에 있는 디즈니랜드를 다녀왔다.

처음 가본 홍콩 디즈니랜드는 내가 생각했던 것만큼 환상적이었다. 오히려 그 이상이었을 수도 있다. 20살 인생 동안 보지 못했던 어마어마한 양의 미키마우스를 보았다. 모양별로 테마별로 색깔별로 종류별로 가지런히 정리되어 있는 어마어마한 양의 미키마우스였다. 디즈니랜드의 디즈니스토어에서만 두 시간을 넘게 있을 만큼 느끼기에 짧고 환상적인 시간이었다. 그 많은 유혹 속에서 기념품을 안 살 수가

없었다. 오히려 사온 것을 보았을 때 잘 참은 내가 대견할 정도였다. 내가 사온 것은 미키마우스와 미니마우스 세트와 곰돌이 푸 모자정도였으니 말이다. 미키마우스 그릇부터 시작해서 열쇠고리, 시계 등 많은 종류가 있었지만 이미 구경만으로도 충분했다.

디즈니스토어에서 나오니 인형탈을 쓴 배우들이 포토타임을 갖고 있었다. 나도 미키마우스와 찍고 싶어서 이리저리 돌아다녔지만 미키마우스는 못 찾고 팅커벨과 마법사아저씨만 볼 수 있었다. 미키마우스를 좋아하는 나에게는 해외여행도 특별한 경험이었지만 디즈니랜드가 가장 기억에 남는 시간이었다.

남들에게 있어서 미키마우스는 단지 월트디즈니 캐릭터의 하나일 수 있다. 하지만 나에게는 내 어렸을 때의 친구이자 내 인생을 담고 있는 캐릭터이다. 사실 이건 비밀이지만 아이디 생성 시, 비밀번호 힌트의 질문과 답은 항상 "내가 가장 좋아하는 캐릭터는?" "미키마우스!" 이다.

청주대학교 간호학과
이주희

민들레씨

김민지

제가 찍은 사진은 민들레씨입니다. 청주대학교 길을 걸어가다가 문득 민들레씨를 보게 되었는데 너무 예뻐 사진을 찍게 되었습니다. 몇 주 전만 해도 날씨가 쌀쌀하고 추워서 옷을 껴입었었고 길거리를 지나가 보아도 잎 없는 무성한 나무들만 봐왔었는데 벌써 따뜻해져 예쁜 풀들과 알록달록 예쁜 나무의 잎들이 자라나고 민들레씨가 있는 것을 보고 아름답기도 하면서 빨리 가는 시간에 회의감을 느꼈습니다.

초등학교, 중학교, 고등학

교를 다니며 공부만 하던 내가 벌써 내 진로를 내가 정해서 대학교를 들어와 성인이 되었다니 회의감을 느낄 뿐 아니라 마음 한 구석이 서글프기도 했습니다. 스무 살이 된 지금 미래에 후회되지 않게 열심히 대학생활을 즐겨야겠다고 민들레를 보며 새삼 느끼게 되었습니다.

만약 누군가 저에게 무슨 꽃으로 태어나고 싶냐고 저에게 물어본다면 당연히 민들레라고 대답할 것 같습니다. 첫 번째 이유로는 과제로 찌들어 사는 저의 지금 모습에 어디든 훨훨 떠다니는 홀씨의 자유로움이 부러워서입니다. 민들레는 홀씨를 날려 번식을 합니다. 번식을 위해 어쩔 수 없이 해야 하는 과정이지만 종착지는 누구도 알 수가 없습니다. 땅에 앉아 새로운 민들레를 만들기까지 홀씨는 자유롭게 날아다니며 세상을 돌아다닙니다. 대학생이 되어 조금은 자유로워졌지만 아직은 답답한 사회생활을 해야 한다는 압박감과 사람들과의 사회생활에 억눌려 있는 것은 사실인 것 같습니다. 그래서 민들레를 보고 자유로움이 너무나 부럽습니다.

두 번째 이유는 민들레는 다른 아름다운 꽃들보다 모양새가 그렇게 화려하지 않습니다. 또한 쭉쭉 뻗지 못하고 낮게 자랍니다. 그런데도 민들레는 제 눈에 너무나 예뻐 보이고 사랑스럽습니다. 낮은 키도 너무나 앙증맞습니다. 민들레도 그 모습을 부끄러워하지 않는 당당함이 느껴졌습니다. 거기에서 저는 저도 저 자신에게 자신감을 갖고 당당한 삶을 살고 싶다는 생각이 들었습니다. 저는 눈치를 많이 보는 편이어서 다른 사람들 눈에 어떻게 비쳐질지를 걱정을 많이 하는 편입니다. 하지만 이 민들레를 보며 내가 아무리 못난 점이나 내가 자신감이 없는 부분에 어떤 사람에게는 좋게 보일 수 있다는 것을 깨달았습니다. 그래서 저는 제 못난 점까지 사랑하는 사람이 되고자 노력할 것입니다. 제가 민들레를 보며 든 마지막 생각은 홀씨를 품어 다음 생을 기다리는 민들레처럼 꿋꿋이 미래를 준비하고 싶다는 것입니다. 민들레는 우리 주변에서 흔히 볼 수 있는 꽃으로 한때는 잡초로 여겨질 만큼 생명력이 강했다고 합니다. 저도 이런 민들레처럼 잡초는 아니더라도 공부할 때 엉덩이를 의자에서 떼지 않고 매일 매일 꾸준히 공부하는, 고집 있고 부지런한 사람이 되고 싶습니다.

아직 시험 기간인 저는 이 글을 보고 민들레처럼 자기 자신을 위해 노력하고 꾸준히 자기 발전을 하는 사람이 되어야겠다고 느꼈습니다. 어떠한 악조건에도 불평하지 않고 자라나는 일편단심 민들레를 생각하며 항상 열심히 최선을 다하는 하루하루를 보내야겠어요!

안녕하세요. 저는 청주대학교 치위생학과에 재학 중인 일학년 김민지라고 합니다. 저는 1998년 2월 7일 인천의 한 병원에서 삼남매 중 둘째로 태어났습니다. 천안에서 몇 년간 살다가 현재 살고 있는 청주 오창으로 초등학교 4학년 때 이사를 오게 되어 초중고를 보냈습니다. 고등학교 때 진로 진학 고민 중에 치위생학과를 알게 되었고, 마침 임플란트 치료로 많은 고통을 호소하시는 아버지 모습을 보고 덜 아픈 방법으로 환자들을 치료해 드리고 싶어서 치위생사로 직업을 결정하게 되었습니다. 그래서 저의 취업 목표는 토익을 열심히 공부하여 대학교 병원에서 일하는 것입니다. 저의 성격은 삼남매 중 둘째의 영향을 받은 것 같습니다. 언니와 남동생 사이에 화목하게 있다 보니 매사에 긍정적인 면과 적극적인 성격이 되었습니다. 배려심도 있고 어떤 행동을 할 때 깊게 생각하고 행동으로 옮기는 성격도 있습니다. 반대로 둘째로 하고 싶은 말 하고 싶은 일을 참다보니 화가 나는 상황에서도 밖으로 드러내지 않고 꾹꾹 참는 부정적인 성격도 생겼습니다.

저는 이런 성격을 변화시키기 위해 무조건 화를 내기보다는 불만이 있는 것을 말로 풀어서 얘기하기도 하고 편지로 제 마음을 전달하기도 하면서 노력을 하고 있습니다. 저는 기분이 안 좋거나 우울할 때 항상 산책을 하며 음악을 듣습니다. 한 바퀴를 돌다오면 맑은 공기를 마셔 혼자만의 자유로운 시간도 갖고 하루 있었던 일을 되짚어 보고 기분 전환을 하기에 제일 좋기 때문입니다. 그래서 저절로 저의 취미가 되었습니다. 저의 우상은 할머니입니다. 저는 어렸을 때부터 할머니가 존경스러웠습니다. 항상 모든 일에 책임감이 있으셨고 많은 연세에도 불구하고 건강하셨고 저희에게 강한 모습만 보여주셨습니다. 편찮으실 때도 먼저 저희 걱

정부터 해주셨고 저를 많이 챙겨주셨습니다. 할머니께서 수술을 하셨을 때 처음
으로 약한 모습을 보게 되었습니다. 저는 그 모습을 보고 이제 제가 할머니께 효
도를 할 나이가 됐다는 것을 새삼 깨달았고 나이가 들어도 할머니처럼 용감한 사
람이 되어야겠다고 생각했습니다.

발밑의 돌멩이를 조심하라

장은서

위의 사진을 보라. 신발이 풀밭의 돌멩이를 밟을 듯 말 듯 하는 사진을 보며 무슨 생각이 드는가? 보통 흰색은 맑고 순수함을 상징하고 돌멩이는 걸리적거리는 존재를 의미한다. 나는 사진 속 표상을 위처럼 해석하기보다는 전체적인 모습을 보았으면 하는 바람이다. 발밑의 돌, 고작 아무 데나 굴러다니는 돌 따위에 우리는 아무런 관심을 주지 않는다. 그러나 우리가 그 돌멩이를 밟고 넘어져서 상처가 난다면, 그때도 그저 돌 따위로 치부가 될까? 신경을 쓰지 않을 수 없을 것이다. 나는 실제로 돌멩이를 밟고 넘어져서 상처가 난 적이 있다. 나비의 작은 날갯짓이 후에 큰 폭풍우를 불러일으킨다는 '나비효과'처럼 누구나 무시하는 '작은 돌멩이'는 나에게 큰 영향을 끼쳤다. 물론 내가 말하는 돌멩이는 명사인 '돌덩이보다 작은 돌'을 의미하는 돌멩이가 아니다. 지금부터 내 경험을 토대로 내가 전하고자 하는 진짜 돌멩이에 대해 말하려 한다.

때는 고등학교 3학년 시절이었다. 그 당시는 돌멩이가 넘쳐났던 해이다. 나에게 돌멩이는 대학에 진학하기 위해서 무조건 걸어차야만 하는 존재였다. 하지만 몇 번이고 반복해서 돌멩이에 걸리기 일쑤였고 그 과정에서 좌절하고 때로는 눈물을 흘리기도 했다. 대표적인 사건은 두 가지이다.

가장 처음은 자기소개서를 작성해야 했을 때이다. 내가 진학하고자 하는 대학에서는 자기소개서를 요구했다. 수시 지원을 했었기에 부족한 내신 점수를 보충하기 위해서 자기소개서를 근 2주 동안 열심히 준비했었다. 그 과정에서 아예 새로 쓰거나 첨삭을 반복하였고, 대학에 대한 부담감 때문에 심적으로 많이 지쳐 있었다. 그렇지만 대학입시라는 인생의 중요한 갈림길을 생각하면 쉽게 손에서 놓을 수가 없었다. 우여곡절 끝에 자기소개서를 제출할 때가 되었는데 그때서야 이미 돌멩이에 걸렸다는 것을 깨달았다. 결론을 말하자면 자기소개서를 제출할 필요가 없었다. 2016년 모집요강이 아닌 2015년 모집요강을 본 것이다. 바쁘게 달려온 나는 변경된 내용을 숙지하지 못했고 결국 돌부리에 걸려 상처가 나고 말았다. 단 한 군데도 자기소개서를 필요로 하지 않았기 때문에 결과적으로 시간 낭비한 셈이 되었다.

두 번째는 대학원서 접수시기였다. 그때 당시 한 대학에 여러 원서를 접수하는 복수지원을 했었다. 고심한 끝에 대학과 학과를 선택하고 원서접수 날을 기다렸다. 총 6장의 원서 중에 5장을 최종적으로 넣었고 5장중 2장을 같은 대학에 넣었다. 그리고 원서를 접수하고 나서야 발밑의 돌멩이를 발견했다. 복수지원 방법을 제대로 보지 못해 그 두 개의 원서가 무효처리 될 지경에 처한 것이다. 나는 이렇게 또한 번의 상처를 입게 되었다. 이 사건으로 모든 것을 포기하고 싶은 무력감에 눈물이 멈추지 않았다.

이 두 사건의 공통점은 이러하다. 사소한 실수를 그냥 지나친 것. 그로 인해 엄청난 폭풍우에 맞서게 된 것. 나는 모집요강이나 복수지원 방법을 꼼꼼히 확인하지 않았다. 마치 그것이 내 발밑의 돌멩이처럼 걸림돌이 되었다. 결국 중심을 잃은 채 넘어지고 말았고 상처를 입을 수밖에 없었다. 그리고 그 상처를 수습하지 못한 채 온몸으로 받아야 했다. 좌절과 슬픔, 허무함. 이것은 작은 돌멩이를 지나친 결과였다. 나는 그때 일을 생각하며 다시금 느낀다. 사소한 것이라도 간과하지 말자. 작은 요소라도 가볍게 여기지 말자이다. 비록 내가 앞으로 살아가는 데 작은 실수나 부족함이 있겠지만 내 발밑의 돌멩이처럼 사소한 것만이라도 확인한다면 나에게 찾아 올 큰 후폭풍은 덜 수 있을 것이라고 생각한다.

저는 현재 청주대학교에 재학 중인 지적
학과 16학번 장은서입니다. 우리가 평소
에 접하는 문화적인 요소와 상징적인 기
호의 관계에 대해서 관심을 가지고 있습
니다.

벚꽃

이우상

벚꽃하면 봄, 봄하면 벚꽃이라는 생각을 다들 하리라고 생각한다. 생각해 보면 벚꽃은 세상에 존재하는 수많은 꽃의 종류 중 하나일 뿐이다. 하지만 벚꽃은 우리에게 그저 단순한 꽃이 아니라 다양한 이미지로 우리의 머릿속에 남아 있다. 매년 벚꽃이 필 무렵이면 각종 신곡들을 뒤로 밀어내고 음악순위표 상단에 귀신같이 자리 잡는 '벚꽃 엔딩'이라는 노래를 보면 사람들에게 벚꽃은 사랑, 연인, 낭만의 이미지로 생각되고 있다는 것을 알 수 있다. 추운 겨울이 지나고 따뜻한 봄바람이 불어올 때쯤 벚꽃은 그 아름다움을 뽐내며 사람들의 눈을 사로잡는다. 봄에는 벚꽃이 아니더라도 다양한 종류의 꽃들이 만개해 자신들의 모습을 사람들에게 보여준다. 하지만 벚꽃이 만드는 분홍빛의 로맨틱한 분위기는 다른 꽃들을 눈에 안 띄게 할 만큼 아름답다. 이미 벚꽃은 꽃의 의미를 넘어서 봄의 상징처럼 여겨지고 있다.

그동안 나에게 벚꽃은 거의 의미가 없는, 그냥 피고 지는 꽃들 중하나였다. 고등학교시절 내 주변에는 꽃과는 거리가 매우 먼, 평범한남자인 친구들만이 있었기 때문에 나는 다른 누구들처럼 봄에 벚꽃구경을 간다는 것은 생각조차 못하고 있었다. 벚꽃은 그저 중간고사 기간의 시작을 알리는 4월의 '달력'이었다. 고등학교를 떠나 대학에 입학을 하고 학교 주변과 각종 관광지에는 벚꽃이 만개했다는 소식이들려왔지만 나는 다른 누구들처럼 설레지 않고 새로운 시작에 익숙해지지 못 하고 피곤한 상태로 시간을 보내고 있었다.

'이번에도 나와 벚꽃은 아무 상관없다'라는 생각을 가지고 있을 때쯤 새롭게 안 친구가 나에게 학교 뒤에 있는 벚꽃을 보러가자고 제안을 하였다. 귀찮기도 했지만 그래도 지금이 가장 여유롭게 꽃구경을할 기회라 생각해서 친구와 꽃구경을 갔다. 밤이라서 낮만큼 선명하지는 않았지만 벚꽃의 그 아름다움은 나에게 다가와 그동안 느껴보지못한 새로운 기분을 선물해 주었다. 시원한 밤바람을 느끼며, 그동안내가 생각 못했던 벚꽃의 의미를 생각하게 되는 시간이었다. 어둡지만 벚꽃 특유의 느낌은 그대로 느껴졌고, 여유롭게 꽃구경을 하며 편안해지는 기분을 느꼈다. 이전에는 의미 없었지만 우연한 기회로 벚꽃구경을 다녀온 후 벚꽃은 나에게 여유, 편안함이라는 새로운 의미로 다가와 내 마음속에 자리잡았다.

롤러스케이트를 타려다 넘어진 사진이 거실에 놓여 있다. 원주의 근린공원에서 친구의 롤러스케이트를 빌려 타보려고 온갖 고생을 한 흔적이 보이는 사진이다. 그 후로 인라인, 스케이트, 자전거, 킥보드 등 익숙하게 타던 기억이 생각난다. 외아들로 엄마의 극성스러울 정도의 관심과 반대로 묵묵한 아빠의 균형 있는 관심으로 어디서든 어울릴 수 있는 바탕으로 두려움 없이 다가서라는 의미의 도전이었던 것이라고 하셨다. 또한 일찍부터 봉사캠프에 당첨이 되어 방학이면 2박 3일의 봉사캠프를 고등학교 시절까지 다녔다. 방학이면 의례적으로 있었던 일이라 별 거부감 없이 다녀오면, 한 뼘씩 성장했다고 하셨고, 나도 스스로 하는 습관이 생기는 것을 느꼈다.

중학교 1학년 방학이 시작되면서 일본을 다녀와서부터인가 나는 사춘기라는 것을 겪게 되었다. 부모의 말을 잘 듣던 아이가 변해 버린 모습에 어머니는 방송통신대학교에 입학하여 청소년교육을 공부하셨고, 그런 엄마가 무진장 싫어서 더더욱 못되게 굴었다. 직장 다니시며, 가족행사 챙기시며, 며느리로 아내로 부모로 1인 다역을 하시면서 학생으로 지내시는 모습이 버거워 보였지만, 늦도록 시험 준비로 바쁜 엄마를 미워했었다. 하지만 어머니의 공부가 나를 올바른 길로 이끌어주셨고, 아직도 청소년수련관에서 활동하고 계시는 모습이 자랑스럽다. 봉사와 배려, 노력에 결과는 과정을 배신하지 않는다는 것을 배우게 하였다.

사춘기시절 나의 멘토는 두 분이 계시다. 경찰이신 외삼촌과 고등학생 시절 3년을 담임을 해주신 선생님이시다. 외삼촌은 나의 우상이었으며, 학창시절 공부의 방향과 꿈에 대해 이야기를 해주신 나의 멘토이시다. 고1이 되면서 나의 꿈은 경찰이 되는 것이었고, 아직도 그 꿈은 진행 중이다. 3년을 함께한 담임선생님은 진로에 대한 상담과 꿈, 희망, 미래에 대해 자주 말씀해 주셨다. 나도 저런 어른이 되어야지 수없이 다짐하며, 죽도록 공부를 하게 해 주셨다. 지금 나는 혼자가 아닌 부모와 친구와 가족이 있다. 이 든든한 나의 울타리가 자랑스럽다.

청주에 온 지 50일이 되었다. 혼자 생활하는 것이 좋을 줄 알았는데, 조금 힘들다. 하지만 이곳에 온 목적을 잊지 않고, 매순간 최선을 다하는 내가 되려고 한다. 다양한 경험과 새로운 만남 속에서 나만을 생각하는 이기적인 사람이 아닌 이타적인 사람이 되고자 한다.

벚꽃 구경, 사람 구경

조희정

길거리에는 항상 듣던 노래가 흐르고 분홍빛이 눈앞에 아른거리는 것으로 보아 또 벚꽃의 계절이 온 듯하다. 사실 나는 벚꽃을 가장 좋아한다. 내 생일이 속해 있는 달이 벚꽃의 계절인 4월이기도 하고, 내 생일이 되면 벚꽃이 예쁘게 만개하기 때문이다. 길게는 한 달 짧게는 하루 동안 예쁜 빛을 띠고 거리로 날리는 모양새를 한참 동안이나 쳐다만 보고 있었던 것 같다.

벚꽃이 만개할 시기에 친한 사람들과 함께 벚꽃을

구경하러 잠실 석촌호수로 향했었다. 꽃이 만개했다는 소식을 들은 게 우리뿐만이 아니었던 것인지 사람들이 정말 많았다. 햇빛이 비추는 날도 아니고 안개가 자욱하고 해도 뜨지 않은 날이었지만 사랑하는 사람들과 함께 꽃을 보며 사진도 찍고 웃는 사람들이 많아서 그런지 거리가 한층 더 밝아 보였다. 물론, 그 사람들 사이에는 나도 포함되어 있었다. 앉아서 삼각김밥 하나를 먹어도 친한 사람들과 함께라는 사실 하나로 기분이 좋아지고 괜히 웃음이 났다. 사실은, 당시에는 내가 그렇게 웃고 있었다는 것 자체도 인식하지 못했었다. 돌아온 후에 찍은 사진들을 되돌아봤을 때 내가 아주 환하게 웃고 있는 모습을 발견했다.

그래서 많은 사람들이 봄이 되고 꽃이 피면 꽃구경을 가는 것 같다. 정말로 예쁜 꽃이 보고 싶은 마음도 있겠지만 친한 사람들과 어딘가를 간다는 사실, 친한 사람들과 시간을 보낸다는 사실만으로도 충분히 마음속에 꽃이 만개하는 기분이 되기 때문이다.

벚꽃을 구경하러 갔지만 벚꽃잎만큼이나 많았던 사람들 덕에 의도치 않게 사람 구경까지 하게 되었다. 나는 석촌호수에서 굉장히 여러 종류의 사람들을 보았다. 여자친구, 남자친구와 함께 꽃을 구경하는 사람들을 보았다. 사실상 이런 사람들이 대부분이었다. 보통 벚꽃 구경을 애인과 함께 가는 만큼 그날 석촌호수도 커플들로 가득 차 있었다. 예쁘게 커플룩을 맞춰 입고 손을 꼭 잡고, 팔짱을 꼭 끼고 도란도란 이야기를 나누며 걷는 커플들이 어쩜 그렇게 예뻐 보였는지 모르겠다. 사진을 찍으며 포옹도 하고 입맞춤도 하는 모습에 나까지 덩달아 기분이 좋고, 들뜨고, 설렜던 것 같다.

또 다른 타입의 사람들은 친구들끼리 온 사람들이었다. 물론 친구와 단둘이 온 사람도 있었겠지만 내가 눈길이 간 사람들은 대여섯 명

167

쯤의 친구들 무리였다. 이상한 점은 남자들도 있었지만 여자들끼리 온 무리가 훨씬 더 많았다는 것이었다. 그들은 서로 사진을 찍어주고 다 같이 모여서 같은 포즈로 사진을 찍거나 머리카락에 벚꽃을 꽂고 환하게 웃는 등 그들만의 세상 속에서 아주 즐겁게 노는 듯했다. 그 사람들을 보면서 나는 내 고등학교 시절이 자꾸만 떠올랐다. 내가 다니던 고등학교에는 곳곳에 벚꽃 나무가 예쁘게 심어져 있어서 봄만 되면 모든 교정이 분홍빛으로 물들었었다. 나는 친구들과 점심 식사 후 남는 점심시간에 산책을 하며 꽃을 구경하고 사진도 찍었었다. 물론 지금도 만나고 연락하는 친구들이기는 하지만 고등학교 때처럼 많이 만날 수 없기 때문에 친구들이 더 그리워졌던 것 같다.

또 다른 유형은 가족끼리 온 사람들이었다. 이 유형도 두 가지 타입으로 나뉜다. 부모가 자식들을 데리고 나들이를 온 유형과 성인인 자식이 노년의 부모들과 함께 꽃놀이를 나온 유형이다. 전자는 아무래도 부모의 나이가 그리 많지 않았고, 자연스레 자식의 나이도 어려진다. 많으면 초등학생 어리면 아기까지 자신의 자식을 데리고 나들이를 나와서 즐겁게 놀아주는 모습에 나까지 기분이 좋아졌다. 생각해 보면 나도 그랬을 때가 있었다. 초등학교 저학년에서 끊겨 버린 어린 시절의 앨범 속에는 엄마 손을 꼭 붙잡고, 또는 풍선을 손에 꼭 쥐고 꽃들 사이에서 환하게 웃던 사진이 들어 있다. 이러한 것들이 떠오르자 나는 집에 있을 엄마가 보고 싶어져 하루 종일 찍은 사진과 벚꽃 사진을 엄마께 카톡으로 전송했다. 그리고 후자의 사람들처럼 부모님이 늙으신 후에도 모시고 놀러 나오리라 다짐했다. 내가 더 자라서 직장을 가지게 되면 분명히 더 피곤할 것이고 더 바빠질 것이다. 만약 가정이라도 생기게 된다면 더욱 더 바빠질 것이다. 하지만, 나는 내가 본 사람들, 성인이고 가정이 있음직함에도 불구하고 부모님을 모시고 놀러 나오는 사람들을 보고 나도 그들처럼 내 부모님을 즐겁게 해 드리고 싶다는 생각이 더 간절해졌다.

이처럼 꽃구경을 간 김에 사람 구경까지 하고 온 나는 마음이 가득 차는 기분이 들었다. 아직 연초이고 벚꽃은 이제야 지고 있다. 이 가득 채운 마음으로 남은 올해를 보내고 추운 겨울까지 참아낸다면 나는 또 사랑하는 사람들과 벚꽃을 보러 갈 것이다. 그 반복으로, 그 사랑으로 나는 아마 일 년을 채워 보내는 것 같다.

국어교육과 조희정

봄에 태어났으며 속쌍꺼풀이 있지만 티가 많이 나지 않는다. 머리가 길며 앞머리가 있다. 키는 160.3이며 몸무게는 국가기밀이다. 머리가 작지만 눈 코잎도 다 작아서 메리트는 없다. 책 읽는 것을 좋아해서 자주 읽었고, 그 결과 현재 청주대학교 국어교육과에 재학 중이다. 간식으로는 치킨을 제일 좋아한다. 사실 먹는 걸 다 좋아하기는 하지만 체질이 예민해 가리는 음식이 많다. 가장 대표적으로 날것을 먹지 못한다. 혼자 산책하는 것을 좋아하고 음악 감상도 좋아한다. 겨울에는 겨울잠을 잘 정도로 잠자는 것을 좋아하고 귀차니즘이 심한 편이다. 그리고 지금은 배가 고파 밥을 먹으러 가고 싶다.

별밤

김지혜

이 사진의 제목은 내가 찍었으니 내가 지었다. 제목은 '별밤'이다.

이 사진은 2016년 2월3일 오후 11시28분 서울에 있는 하늘공원에서 아이폰으로 찍었다.

하늘공원이 갈대밭이 예쁘다고 해서 보러 갔는데 계단이 굉장히 많았고, 경사도 엄청나서 올라갈 때 예상치 못하게 시간이 오래 걸려서 해가 져버리는 바람에 약간 우울했는데 오히려 해가 지면서 저녁노을이 너무 예뻤고, 사진을 찍었는데 거의 작품이 나왔다.

내가 이 사진을 찍은 의도는 노을이 나무 뒤에서 빨갛게 보임으로서 앙상한 나무들에게 생명을 불어넣은 것 같아 보이길 바라고 찍었다.

사진을 찍을 때에 우주효과를 설정하고 촬영을 했는데 내가 원했던 대로 노을빛이 마치 나무에 꽃이 핀 것 같이 보였고 별이 실제로는 보이지 않았지만 사진으로 실제 있는 것 같아 보이게 자연스럽고 또 멋지게 촬영되어서 기분이 좋았다.

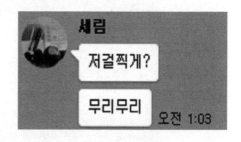

친구들에게 사진을 보내주고 이 사진 어떠냐고 감상평을 남겨보라 했더니 친구 1은 저걸 찍는 것이 과제냐고 무리라고 했고 친구 2는 몽환적이라고, 친구 3은 외국 같다고 했다. 내가 찍은 사진이 칭찬받으니 기분이 좋았다.

청주대학교 지적학과 16학번 김지혜

대전에 살고 청주로 학교를 오게 되고 기숙사에 산다.

지적학과에 오게 된 이유는 지리를 좋아해서 관련된 과를 찾다가 지적학과를 알

게 되었는데 지리랑 거리가 있어서 당황했지만 나랑 안 맞지는 않은 것 같아서 다행이었다.

여행을 하거나 돌아다니면서 사진 찍는 것을 좋아하는데 저번에 찍었던 사진을 이용해서 과제를 하게 되었는데 처음 해 보아서 당황스럽지만 엄청난 경험이었다고 생각하고 되게 좋았다.

봄, 벚꽃 그리고 기호성

함지수

이 사진은 요번 연도에 무심천에 만개한 벚꽃을 보러갔을 때 사진이다.

그날 날씨가 많이 안 좋고 구름도 잔뜩 껴 버려서 하루 종일 마치 날씨가 심통을 부리듯이 왔다갔다한 날이었다. 그 전날은 너무 더워서 '다음날 날씨도 좋겠구나' 하고 갔던 것은 나의 착각이었던 것 같았다.

그날 아침 잔뜩 기대한 얼굴로 아침 뉴스를 맞이했을 때의 나의 얼굴은 작은 충격으로 약간 멍할 뿐이었다. 오후부터 비가 온다는 소식에 일주일 내내 기대했던 나의 마음은 물론이고 괜히 하늘까지 원망스러웠던 하루였다.

그날은 살짝살짝 볼을 간질이듯이 비가 간간히 왔었던 날이었다. 보지 못한 벚꽃이 떨어지면 어쩌나 가는 내내 마음을 졸였었다. 하지만 생각과는 달리 오히려 살짝 물기를 머금은 벚꽃은 오히려 이런 아름다운 사진을 내게 선물로 주었다. 핸드폰의 필터 몫도 한몫해서 저런 우중충한 날씨에도 불구하고 보기만 해도 마음 한구석이 따뜻해지는 사진을 얻게 되었던 것 같다.

벚꽃놀이를 가기 전에 본인도 그렇고 페이스북, 인터넷 등등 SNS는 며칠 내내 뜨거웠던 것 같다. 데이트 알바를 모집한다는 재미있는 게시글도 여러 번 본 것 같았다. 그런 것을 보면 벚꽃은 아마 가장 봄다우면서 봄을 느낄 수 있게 해주는 꽃이 아닐까 싶다. 일본에선 국화지만 우리나라에서는 일본의 국화라는 의미보다는 봄을 알리는 대표적인 꽃이 아닐까라는 생각이 든다.

또한, 함께 꽃을 본다는 의미 자체가 사람과 사람사이의 따뜻한 뭔가가 형성되는 기분이 들어 벚꽃이 개화될 시기에는 항상 설레기도 한다. 아마 나뿐만 아니라 뭇 여자들의 마음을 싱숭생숭하게 만들 것이라고 생각이 든다.

봄, 봄이라는 단어도 그 속에 따뜻함, 생동감을 가지고 자연이 잠들었다 깨어나는 시기로 보기도 하지만, 그건 자연뿐만이 아니라 '사람의 마음도 같지 않을까?'라는 생각이 든다. 모든 것이 새로 시작되는 시기, 새로운 인연을 찾아가는 시기, 겨울 내내 있었던 씨앗이 싹이 트고 개화하려면 무척이나 힘이 들고 괴롭지만, 그 끝은 정말 아름답다는 것. 사람도 그러지 않을까 싶다.

아마 봄은 그런 행복한 일이 상상뿐만 아니라 실제로 일어나는 그런 행복한 계절이 아닐까 싶다.

벚꽃놀이를 갔다 와서 즐겁기도 했지만 눈살 찌푸려지는 풍경도 분명 보였다. 마치 선이 있는 곳에는 악이 있듯이 좋은 부분만은 있을 수 없나 보다.

벚꽃사진이 저 나무 사진 밖에 없었던 몇 가지 이유가 있다. 가장 큰 이유는 있는 그대로 본연의 모습을 찍고 싶었기 때문이다. 자연본연의 모습이 가장 아름답다는 말이 있듯이 그 모습을 훼손하고 싶지 않다고 생각했었다. 하지만 지나가면서 보았던 모습들은 다 꺾어지고 밟혀진 채 굴러다니는 꽃가지들이었고, 아니면 그 어린 가지들을 꺾는 모습들이였다.

사진의 아름다운 모습만 담으려는 인간의 욕망이 수많은 가지가 꺾이는 모습을 만들어내고 있었다. 그 모습을 보고는 참으로 안타깝지 않을 수 없는 일이었다. 다녀온 뒤 다녀온 친구가 "나도 그 꽃 꺾었는데? 꺾으면 어때? 어차피 떨어질 꽃을?" 하는 모습을 보며 잠시 할 말을 잃었다. '나 하난데 어때'라는 생각이 이런 무수한 꽃가지들이 짓밟히는 모습을 보여주고 있었다.

또한 사람들이 보고 즐겨야할 벚꽃나무 아래는 사람들이 먹다 남은 쓰레기들로 가득차고 있었다. 넘쳐나는 쓰레기를 다담아내지 못하는 쓰레기통을 비웃기라도 하는 듯 땅에 널려있는 음식 쓰레기들과 휴지들, 재미있게 즐겁게 보러 왔던 마음이 사라지고 얼굴에는 인상만 가득 남았다. 갔다 온 뒤로 SNS에는 쓰레기와 꺾인 꽃가지들 사진으로 넘쳐났다. 그런 글이 한두 개씩 올라올 때마다 벚꽃 놀이의 이중성을 보여주는 것 같아서 마음 한 켠에 걱정도 생겨났다.

벚꽃놀이는 물론 즐겁고 설레는 일이지만 이런 경우를 보면 한편으로 걱정이 된다. 진해 군항제라고 유명한 벚꽃 축제가 있는데 며칠 전에 뉴스를 보다보니 진해 주민들이 많은 불편을 겪고 있다고 했다. 마비된 교통과 넘쳐나는 쓰레기들로 주민들의 원성이 심했다. 그래서 진해시에서는 작은 방안을 마련했는데 진해 주민에 한해서 스티커를 부착하여 교통에 어려움을 작게나마 해소시키려는 방안이었다. 하지만 생각과는 달리 관광객들은 그마저도 원성을 자아냈다. 그 모습을 보며 안타깝고 정말 이기적이라는 생각마저 들었다. 이렇게 모든 것은 한쪽만 아니라 양쪽 측면을 봐야하고 느껴야 한다고 생각했고, 관심 있고 알아가려고 노력하니 더 자세하게 알게 되고 한층 더 올바르게 행해야할 과정에 직접 느끼니 더 와 닿았다.

이번 보고서를 통해 내가 찍은 사진에 대해 이렇게 많은 이야기를 풀어 낼 수도 있다는 것에 대해 작은 놀라움을 느꼈고 쓰는 내내 하고 싶은 말이 계속계속 생각이 나는 것 같았다. 처음 이 보고서를 받았을 때는 '하고 싶은 말이 그렇게나 있을까? 내 사진에 대해 뭘 느낄 수나 있을까?'라는 걱정이 머릿속을 꽉 채우고 있었지만 편안한 마음으로 하고 싶고 느꼈었던 이야기를 술술 풀어나가니 마치 내 머릿속에 작은 이야기 보따리가 있는 것 같았다.

아마 내 사진을 통해 많은 생각과 이야기를 접하게 된 이 활동을 앞으로도 쉽게 잊을 수는 없을 것이라고 생각한다. 다른 사람은 모르지만 적어도 나에겐 뜻깊은 활동이 되었다고 말할 수 있을 것 같다. 편안하고 수필처럼 써도 좋다는 교수님 말씀에 물론 내 생각을 내 느낌을 전하느라 다른 사람이 보기에는 공감할 수 있는 부분도 있지만 공감하지 못할 부분도 어느 정도 있으리라 생각한다.

하지만 모든 사람의 생각이 다르듯 이 글도 나의 하나의 생각이자 사진을 찍으며 생각났던 것을 이야기로 편하게 정리한 무겁지 않고 가볍게 읽을 수 있는 글로 생각해 주었으면 좋겠다.

저의 이름은 함지수이며, 이녀 중 장녀로 태어났습니다. 현재까지 청주에 거주하고 있으며 초등학교, 중학교, 고등학교까지 집에서 얼마 떨어지지 않은 곳에서 졸업하였습니다. 대학교 진학을 하다 보니 영어와 문학에 관심이 많아 지금 영어영문학과로 진학하게 되었습니다. 청주대학교에 현재 진학하여 학문의 대한 깊이 있는 수업, 전문적 지식을 배워가고 있습니다.

봄의 전령사

이주성

    차디 찬 겨울과 봄의 경계, 3월의 날씨는 변화무쌍하다. 새싹이 움
트고 초록의 물결이 드문드문 비추기 시작하면 찬 겨울이 다 지나가
고 벌써 봄인가 싶을 때 한 번씩 불어오는 찬바람에 화들짝 놀라 옷

깃을 여미게 된다.

다시 학기가 시작하고 모처럼 본가에 갔다가 버스를 타고 돌아오는 길에 도로변에 들꽃이 피어있는 모습을 보고 어느새 발걸음은 자취방이 아닌 무심천으로 향하고 있었다. '아직 벚꽃이 피기엔 이르지 않을까?' 하는 생각도 들었지만 왠지 모르게 발걸음은 무심천을 향해 점점 서두르고 있었다. 이어폰에서 흘러나오는 노래와 함께 도착한 무심천에선 화사하게 핀 벚꽃이 벌써 찾아온 봄을 너만 모르고 있었다고 놀리듯이 환하게 피어 반겨주었다.

무심천에 만개한 벚꽃들 사이를 귓속에 울리는 노래와 함께 걷고 있으니 그제서야 찬 겨울이 지나고 봄이 우리 앞에 다가와 있음을 느낄 수 있었다. 이따금씩 한번 불어오는 찬바람은 이대로 봄에게 밀려나기 싫어하는 겨울의 마지막 투정이라는 생각이 들었다.

봄을 맞은 무심천을 한번 걷고 나서 혼자 보기 너무 아까울 만큼 아름다운 모습을 사진으로 담아두고 나서 친구들에게 연락을 했다. 벌써 벚꽃이 이렇게 아름답게 피었다며 조금 이를지 모르지만 꽃구경 하자며 그렇게 친구들을 불러 모아 이른 봄의 꽃구경을 했다. 화사하게 자신을 뽐내고 있는 벚꽃들 사이에서 함께 있으면 늘 즐거운 친구들과 둘러앉아 가벼운 농담도 하고 간단한 음식을 나누며 그렇게 조금 이른 우리들만의 벚꽃 축제를 보냈다. 해가 지고 날씨가 어둑해지며 바람이 차가워질 때 우리는 자리를 파하고 일어나 집으로 향했다. 어느새 성큼 다가온 봄의 정취를 즐기며 우리는 즐거운 마음으로 집으로 향했다.

집에 돌아왔는데도 눈에 선한 벚꽃들과 꽃 향기를 생각하며 기분 좋은 마음으로 잠에 빠져들었다. 그렇게 이른 봄의 꽃구경을 마치고도 아쉬워서 두 번을 더 무심천을 찾아 화사하게 핀 벚꽃들을 친구, 후배들과 같이 보며 좋은 시간들을 보냈다.

이름 : 이주성
청주대학교 사회과학대 광고홍보학
과 12학번 재학중
1남 2녀 중 장남

주변 사람들과 함께 있는 시간이 제
일 즐겁다.
새로운 상황, 새로운 사람과 만나는
것을 좋아한다.

부산 태종대 기행

김병훈

이 사진은 2012년 8월, 저는 군 입대를 앞두고 저보다 일주일 더 늦게 입대하는 친구와 기차여행을 갔을 때 부산 태종대에 들러 찍은 사진입니다. 태종대의 가장 큰 메리트라고 할 수 있는 깎아지른 듯한 절벽이 잘 보이지는 않지만 제 뒤쪽으로 보이는 바다 배경에서 태종대라는 것을 어렴풋이 알 수 있습니다. 카메라에는 다 담기지 않았지만 정말 눈부시고 기분 좋았던 햇살과 푸른 바다 때문에 가슴이 뻥 뚫리는 기분이 드는 장소였는데요 살면서 바닷가와 여행지는 많이 다녀 보았지만 이 태종대 여행이 기억에 남는 이유는 사진에는 직접적으로 보이지 않는 곳에도 많이 있습니다.

사진을 찍기 전날에 저와 제 친구는 강원도 망상에 들렀다가 기차를 타고 새벽에 부산역에 도착을 했습니다. 시간이 3시 조금 넘은 시각으로 기억합니다. 먼 길을 새마을호 기차를 타고 달려와서 친구와 저는 많이 피곤했지만, 군대에 가기 전에 좋은 추억을 많이 만들어야겠다는 일념 하나로 일정을 강행했습니다. 참고로 저때 친구와 저는 돈도 없어서 일인당 5만원씩 들고 떠났던 기차여행이라 거의 무전여행에 가까운 소비와 행세를 했는데, 교통비를 아낀다는 명목으로 부산역에서 태종대까지 걷기 시작했습니다. 거리는 약 10km였고 친구와 저는 아직 이른 시간이고 천천히 걸어서 가다 보면 도착해서 좀 쉬고 태종대를 구경할 수 있을 것이라고 생각한 뒤 이정표와 편의점 알바생들에게 길을 물으며 방향을 잡아 걸었습니다.

그렇게 이정표 따라, 편의점 알바생들의 말에 따라 걷고 또 걸었는데 중간에 길을 잘못 들었는지 헤매기 시작했습니다. 사진에서 메고 있는 가방엔 각종 생필품과 옷들이 들어있어서 무게가 꽤 나가는 편이라 걸을수록 힘이 빠지는 것이 느껴졌습니다. 그래서 7시쯤 근처 편의점에서 길을 물어보고 힘낼 겸 들어가서 큰맘 먹고 왕뚜껑 컵라면을 한 개씩 사먹었던 기억이 납니다. 여행을 다니다보면 전주에선 비빔밥이나 콩나물국밥이 맛있다. 정동진에 가면 회를 먹어야한다. 이렇게 맛있는 음식들을 소개해 주는 말들이 많이 있는데, 저는 누군가 저와 같은 상황의 여행을 하게 된다면 부산에선 꼭 왕뚜껑 컵라면을 먹으라고 하고 싶습니다. 제가 살면서 먹은 라면 중에 가장 맛있는 라면이었으니까요

그렇게 라면을 정말 맛있게 먹고 힘내서 친구와 한 시간 정도 더 걸어서 태종대에 도착을 했습니다. 저희가 길을 잘 알았다면 3시간

정도 걸릴 거리였지만 약 4~5시간 정도 계속 걸었던 것 같습니다. 중간에 저희는 택시를 탈까도 생각했었지만, 친구와 저는 이런 식이면 군대 가서 행군할 때 낙오하기 딱 좋다면서 서로를 독려했습니다. 사진에서 제 오른쪽 종아리 부분을 잘 보시면 핏줄이 선 것이 보이실 겁니다. 그날 25~30km 정도 계속 걸어서 다리 쪽으로 피가 많이 쏠려서 생긴 것입니다. 평소엔 저런 핏줄이 잘 보이지 않습니다. 누군가는 못보고 넘어갈 수 있는 부분이고 누가 보기엔 단순한 하지정맥류 정도로 파악할 수 있을지 몰라도, 저와 제 친구는 저 사진을 찍고 다리에 핏줄이 다 섰다는 얘기를 하면서 피식거리던 것이 생각납니다.

태종대에 잘 도착해서 친구와 사진도 많이 찍고 좋은 것도 참 많이 구경했던 기억이 납니다. 태종대는 정말 멋진 곳입니다. 바다도 에메랄드빛이 약간 돌고, 바위들과 절벽들이 절경을 이룹니다. 개인적으로는 부산에 간다면 꼭 한번 들러야 하는 곳이라고 생각하고, 기회와 체력이 된다면! 도보로 걸어가 보시는 것도 추천해드리고 싶습니다. 여행가서 렌트카를 빌려서 드라이브 하는 것도 좋고 그 지역에 대중교통을 이용하는 것도 재미있겠지만, 개인적으로 저는 그런 것들보다 저때 당시의 뚜벅이 여행이 아직까지도 기억에 많이 남습니다.

체육교육과 10학번 김병훈입니다.
1991년 3월 1일생 양띠입니다.
현재 3학년으로 재학 중이고 체육교사를 목표로 열심히 공부하고 있습니다.

취미는 운동과 음악감상, 영화감상이고 특기는 축구입니다.

위에서 말한 경험 덕에 나름 에이스 소리 들으면서 군대생활 잘하고 다친 곳 없이 몸 건강히 잘 전역했습니다.
셀카에서 보이는 검은 티는 태종대에서 찍은 사진에서 입은 티셔츠와 동일한 것입니다.

위에선 라면을 좋아하는 것처럼 글을 썼지만 사실 고기와 회, 초밥 등을 아주 좋아하고 라면은 평소에 잘 안 먹습니다.

부엌

권지현

우리 집 부엌은 내가 살아온 시간만큼 열심히 일했다.

어느 때는 아빠, 어느 때는 나, 또 어느 때는 동생까지 부엌을 일하도록 괴롭혔다. 하지만 그중 부엌이 가장 싫어하는 사람은 우리 엄마일 것이다. 매일 아침 일찍부터 일어나서 4명의 가족의 음식을 만들었으니 부엌은 엄마를 가장 싫어할 것이다.

우리 집은 맞벌이 집이다. 내가 기억해 낼 수 있는 순간부터 지금까지 항상 맞벌이 집이었다. 그런데도 우리 집 부엌이 가장 싫어하는 사람은 우리 엄마이다. 직장에 다니시면서도 엄마는 항상 아침을 준비하셨고 우리 집은 바빠도 아침은 다 같이 모여서 먹었다.

어렸을 때는 우리 집이 맞벌이 집이라 집에 엄마가 안 계신 것이 너무 싫었다. 우리 엄마도 다른 엄마들처럼 내가 학교에 다녀오면 간식을 해놓고 "잘 다녀왔니?" 하며 학교에서 친구와 싸운 이야기, 선생님께 칭찬받은 이야기 이런 시시콜콜한 이야기를 하고 싶었고, 집에 돌아오면 엄마가 나보다 먼저 들어오셔서 나를 반겨주길 바랬었다. 하지만 엄마는 바빴고, 내가 원하던 생활이 가능해졌을 즈음, 내가 고등학교에 입학하여 입시를 준비하느라 바빠졌고, 그렇게 대학에 입학하고 나니 엄마는 더 이상 내가 어렸을 때의 젊은 엄마가 아니셨으며, 나도 더 이상 학교에서 있었던 일을 조잘거리지 않았고, 집에 있는 시간보다 밖에 나가 학교와 친구들과 있는 시간이 더 많아졌다.

엄마는 여전히 아침에 출근하시고 나는 아침수업이 거의 없는 대학생이 되었다. 아빠도 주말에만 집에 오실 수 있는 곳으로 발령 나셨고, 동생도 아침을 거르는 때가 많아졌다. 엄마는 항상 아침을 준비하셨지만 우리 집 부엌의 아침은 아침밥을 먹는 가족들은 사라지고 아침을 차리시는 엄마만이 남았다. 아침을 먹는 사람이 사라졌어도 아침 해주시는 것을 거른 적이 없으시다. 부엌은 항상 깨끗하고 아침에 밥솥에는 밥이, 냄비에는 국이 들어있다. 나는 또 우리 가족은 그것을 당연하게 생각하며, 심지어 반찬투정까지 해 가며 투덜거린다. 하지만 점점 나이가 먹어가고 사회에 직면해야 할 순간이 다가오면서 나는 엄마처럼 잘해낼 수 있을지 걱정이 된다. 또 우리가 당연하게 생각해 오던 것들이 엄마에게는 지난 20년간 우리에게 보여준 사랑이었고 많이 힘드셨을 것이라는 것을 이제야 조금씩 깨닫는다. 엄마도 내가 아르바이트를 가기 싫은 것처럼 회사에 가기 싫으셨을 것이고 내가 늦잠을 자고 싶은 것처럼 엄마도 아침에 늑장부리고 여유롭고 싶으셨을 것이다.

엄마는 나중에 내가 시집을 가고 엄마와 따로 살게 되면 반찬을 해서 우리 집 냉장고를 채워주는 것이 꿈이라고 하셨다. 엄마는 항상 나의 유년기와 청소년기에 대해 미안해 하셨다. 나는 이제야 내가 어렸을 때 엄마와 함께 보내고 싶었던 것만큼 사실 그 이상으로 엄마는 가족들과 함께 시간을 보내고 싶으셨을 것이라는 생각을 한다. 어린 딸이 오늘은 회사에 안 가면 안 되겠냐고 투정부리는 어린 딸을 뒤로 한 채 발걸음을 돌리셔야 했던 엄마의 마음을 아직도 나는 완전히 알 수는 없지만 예전에 인기리에 방영되었던 '미생'이라는 드라마에서 나온 대사가 생각난다. "워킹맘은 어디서든 죄인이지. 직장에서도 시부모님한테도 아기한테는 말할 것도 없고, 일 계속 하려면 결혼하지 마."라고 회사 여자 직원에게 말하던 여상사가 드라마 내내 우리 엄마랑 겹쳐보였고 엄마를 조금 이해할 수 있을 것 같았다.

남자랑 똑같이 배우고 똑같이 대학을 졸업해서 똑같이 사회에 나가도 죄인이 되어야 하는 현실에 앞으로 사회에 나가 앞으로 엄마만큼 직장에서도 가정에서도 잘 해나갈 수 있을지 걱정이 된다. 엄마처럼 매일 아침 부엌에서 아침을 차리고 출근해서 일을 하고 집에 돌아와 다시 밀린 살림을 하는 그런 삶을 잘 견뎌낼 수 있을지 걱정된다. 엄마는 이런 나에게 혼자 살 능력이 되면 혼자 사는 것도 나쁘지 않을 것 같다고 말해 주셨다. 엄마 때보다는 좋은 세상이라 예전 같지 않을 것이라고도 말해주시지만 여전히 주변에서 보이는 현실은 그렇지 못해 보인다. 사회적인 시선과 분위기는 많이 좋아졌지만, 여전히 실제적으로는 해결이 안 되고 있는 것 같다.

이런 현실에 나는 엄마처럼 회사도 다니면서 아기까지 낳아 키울 수 있을지 걱정된다. 평생을 고생하신 부모님께 아이를 맡기는 불효도 하고 싶지 않다. 내가 딸을 낳아 내 딸이 커서 사회에 나갈 즈음에는 이런 걱정을 하지 않을 수 있을까? 여전히 우리 집 부엌이 가장 싫어하는 사람은 엄마이다. 나중에 내 딸이 나의 나이가 되었을 때는 이런 걱정은 안 해도 되는 세상이 왔으면 좋겠다.

청주대학교 간호학과에 재학 중인 권지현입니다.
특별히 모난 것도 특별히 튀는 것도 아닌 평범한 학창시절을 보냈고 지금도 아침
에는 일어나기 싫고 시험기간이 싫으며 노는 것이 좋은 평범한 학생입니다. 하지
만 저는 그런 평범함이 어쩌면 특별하고 주목받는 삶이라고 생각되는 것보다 더
소중하고 가치 있을 것이라고 생각합니다. 특별하고 주목받을수록 그 무게감과
부담감이 더욱 크고 감당하기 힘들다는 것이라고 생각하기 때문입니다. 그래서
저는 제 삶이 좋고 제가 자랑스럽습니다. 다른 사람들도 평범한 일상에서 오는
소소한 행복을 놓치지 말고 누리셨으면 좋겠습니다.

사소한 것들의 새로운 의미

엄지수

　길을 걷다가 보이는 저 하얀 꽃이 펴있는 나무가 눈에 띄어서 찍게 되었습니다. 주위에는 사시사철 푸르른 소나무밖에 없었는데 홀로 피어 있는 꽃은 저에게 많은 생각을 심어준 것 같습니다. 아직은 봄이기에 저 하얀색의 꽃이 만개해서 확연한 색의 차이 덕분에 눈에 더 띄었는데, 꽃이 피지 않는 겨울이었으면 어땠을까 하는 생각이 들었습니다. 과연 저 푸른색의 소나무 사이에서 앙상한 나뭇가지에 눈길을 주었을까 하는 생각도 들었습니다. 평소에 자주 지나가던 길이었는데 지금에서야 본 것은 제가 평소에 주위에 관심을 두지 않았던 것 같아서 저 자신을 반성하게 되는 계기도 된 것 같습니다. 평소에 그냥 지나쳤던 것에도 깨달음을 얻을 수 있다는 것이 놀라웠고, 앞으로 주위의 것들을 그냥 지나치지 말아야겠다는 생각도 하는 계기가 되었습니다.

　요즘 길고양이 학대 문제가 이슈가 되고 있는 상황에 한 마리의 길고양이를 만나게 되었습니다. 이 고양이는 굉장히 사람을 잘 따랐는데, 처음 보는 저에게 경계조차 하지도 않고 다가와 주었습니다. 이러한 고양이들이 사람을 따르다가 피해를 받은 것 같아서 미안한 감정이 듦과 동시에 저에게 먼저 다가와 주었다는 것에 대해 고마운 감정도 들었습니다. 이 고양이가 부디 뉴스에서처럼 학대를 당하여 사람에 대한 불신이 생기지 않고 모든 사람들에게 사랑을 받는 고양이가 되었으면 좋겠다는 생각을 했습니다.

저는 청주대학교 보건의료대학 치위생학과에 재학 중인 16학번 엄지수입니다.

취미는 노래듣기입니다. 특히 노래 중에서 어쿠스틱 장르를 좋아합니다. 특기는 딱히 없는 것 같아서 특기를 찾으려고 노력하는 중입니다.

저의 단점은 처음 보는 사람들에게 먼저 다가가지 못하고 낯을 많이 가리는 것입니다. 이를 극복하기 위해서 사교적인 활동에 열심히 참여하려고 노력 중입니다. 저의 장점은 타인의 말에 귀를 기울여줄 수 있는 것이라고 생각합니다. 친구들이 저에게 고민 상담을 할 때, 친구들의 고민들을 들어주고 조언을 해줄 때 저는 뿌듯함을 느끼곤 합니다.

사진 두 장

임재영

▲ 2016년 1월 16일 4:55   ▲ 2016년 2월 16일 4:57

　4학년 1학기 종강 후 나는 고등학교 졸업식 때와 같은 느낌이 들었다. 졸업이 너무 하기 싫었다, 그래서 휴학을 했다. 성인이지만 마지막 학생 신분이라는 것이 이유였는데 애초에 계획도 없이 휴학을 한 터라 내가 하던 일은 집에서 놀고먹고 아르바이트가 다였다. 자취생활이 길었고 당시 살던 지역은 성인이 된 후 이사 간 터라 너무 재미가 없었다. 해서 좀 더 눈치 안 보고 놀고먹기 위해 찾은 길이 워킹홀

195

리데이였다.

　부모님께는 마지막 학기 등록금과 자취방세가 목적이라고 말씀드렸다. 한 학기가 남은 상태에서 부모님은 얌전히 졸업하라고 하셨지만 졸업할 생각이 하나도 없었던 나는 여행가방을 샀다. 나라를 골랐어야 했는데 나는 한국에서 정말 멀리 떨어진 곳으로 가고 싶었지만 일 년 365일 워홀러를 뽑는 곳은 호주밖에 없었다. 호주에는 약 8개월 정도 있었다. 아마 복학할 필요가 없었다면 나는 세컨 비자까지 총 2년을 있다 왔을 것 같다. 처음엔 살다가 큰 지역으로 이동할 생각을 하고 갔지만 그 8개월을 나는 케언즈라는 조그만 지역에서 다 보냈다. 나는 그 작고 조용한 동네가 너무 좋았다

　호주에 있었을 때는 하늘 사진을 정말 많이 찍었다. 딱히 이유는 없다. 사진을 보던 중 공교롭게도 딱 한 달 사이로 같은 시간대에 찍힌 사진 두 장을 찾았다. 첫 번째 사진을 찍었을 때는 아마 살면서 가장 바빴고, 돈이 정말 많았고, 또 가장 열심히 살고 있었을 때가 아니지 싶다. 당시 투잡을 뛰고 있었다. 전공과는 아무 상관없는 일들을 했다. 애초에 전공을 살리면서 일을 할 수 있을 정도의 영어도 되지 않았다. 하지만 나는 일을 잘했고 그래서 오전에 했던 일은 한 주에 이틀 동안 새벽 출근을 했다. 새벽출근은 정말 너무 힘들었다. 아마 시급이 적었다면 그만 두었을지도 모른다. 가끔 출근길에 저런 하늘을 보면 기분이 묘했다. 아무도 없는 조용한 길에 혼자 있으면 뭐랄까 붕 뜬 기분이 들었는데, 나쁜 느낌은 아니고 혼자 다른 공간에 있는 듯한 느낌이었다. 아마 타국이라 더 그랬던 것 같다.

　나는 같은 시간대의 두 번째 사진을 찍었을 때도 새벽 출근을 한 날인줄 알았는데 일기장을 찾아보니 스카이다이빙을 한 날이었다. 같은 시간이지만 이때는 내가 한국 돌아오기 일주일 전이라 돈을 엄청

쓰고 다녔던 시기였다. 막상 한국에 돌아가려니 뭔가 아쉬워져서 닥치는 대로 놀러다녔던 때였는데 아무튼 이날은 아직도 기억이 생생하다. 시작은 내 의지였지만 뛰어내릴 때 내 의지는 필요가 없었다. 추가 비용을 내면 영상을 찍어주는데 영상을 확인하자마자 받은 USB를 박살내고 싶었다. 그건 내 얼굴이 아니라고 생각한다. 느낌은 기억하고 싶지만 영상은 기억하고 싶지 않다. 계약서 작성할 때 홍보용 영상에 사용해도 된다는 칸에 꼭 체크해야 한다고 해서 별 생각 없이 했는데 영상 확인 후 나는 제발 가게 컴퓨터가 폭발했으면 좋겠다고 생각했다.

워킹홀리데이는 힘들었고 유쾌했고 유익한 시간이었다. 사진 두 장으로 지난 내 8개월을 회상할 수 있게 했던 이 에세이를 쓰는 시간도 즐거웠다.

LIMZI

1992.07.28

limjy3180@gmail.com

청주대학교 패션디자인학과

11년째 일기 쓰는 중

#일기 #책 #영화

#라면 #커피

#피어싱 #요리 #원피스

#변태 #낙서

#이광수 #만화

#곱슬 #태닝

사진 속, 그 이야기

정운태

몰아치던 겨울이 지나가고 봄기운이 슬쩍 내비칠 때 홀연히 제주
도로 떠난 적이 있다. 복학을 앞두고 심난한 마음이 올 겨울처럼 몰
아칠 시기였다. 내 또래 남자들이라면 한 번쯤 겪어 보았을 '전역하고
나면 어떡할까' 하는 마음. 세상이 이렇게 넓은데 내가 설 자리가 한
뼘도 채 되지 않는다는 것이 얼마나 무섭고 떨리던지. 떠오르는 비행
기 속에서 조금씩 작아지는 공항, 활주로, 도시 그리고 바다. 희뿌연
구름 속에서 얼핏 비치는 것들. 홀로 떠난 여행은 말을 주고받는 이

도 내 무거운 어깨에 기대어 잠드는 이도 없었다. 가벼움. 그래, 가벼운 내가 되어 제주도에 도착했다.

짐이라고 할 것도 없는 헐렁한 가방을 묵기로 한 숙소에 던져두고선 다짜고짜 성산일출봉에 올랐다. 아직 차가운 바람이 코끝을 시리게 만들었지만 늦은 오후에 불어오는 그 바람의 시린 내음을 나는 아직도 잊지 못한다. 널따란 들판을 거닐고 사람들이 오르는 계단을 따라 올랐다. 그러면서도 나는 몇 번이고 뒤를 돌아 내가 얼마나 높이, 어디까지 멀리 왔는지 힐끗 훔쳐보곤 했다. 걷는 것처럼 나의 인생도 한 걸음, 한 걸음이 티가 나고 잘 보였으면 이리 어렵지는 않을 텐데. 잘못 길을 들었다면 뒤돌아서 가면 될 것이고 잘못된 길을 멀리 왔다면 뛰어서 돌아갈 텐데. 바쁘게 앞으로 나아가는 시간마저 부족해 내 자신을 뒤돌아 볼 시간이 없다는 핑계를 대며 봉을 올랐다. 연인 혹은 가족끼리 열심히 사진을 찍으며 멈춰 있는 동안 나는 묵묵히 그곳을 올랐다. 낮지 않은 높이였다고 기억한다. 오르는 동안 수많은 잡념들이 내 머릿속에 존재했으니 그럴 만하다. 해는 일찍 저물어가고 내가 정상에 도착했을 땐 맑은 풍경보다는 노을로 물든 중후한 맛의 제주도가 있었다. 바람이 세찼고 배가 조금 고팠다. 그리고 '참 넓다'라는 기억이 남아있다.

전역하기 몇 달 전부터 지니고 있던 '세상은 넓고 설 자리가 좁다'라는 고민은 너른 제주도를 따라 다시 피어났다. 20대의 봉오리, 인생의 시작점에도 서지 않았던 나였지만 그래서 더욱 무서웠는지 모른다. 나는 이제 17살 시절 동경하던 24살의 내가 되어 있었고 여전히 마음은 17살에 머문 그런 사람이었다. 나의 10대는 마냥 스무 살만을 기다렸던 것 같다. 지금 당장은 하고 싶은 걸 찾을 수 없지만 스물이 되면 찾을 수 있을 것이라고 망연하게. 정작 스물이 된 나는 하고 싶은 것보다 해야 할 것들이 더 많았고, 그것조차도 하지 않아 '군대 다녀오면…' 같은 더욱 보잘것없는 희망을 가졌다. 하고 싶은 것이 꼭 있어야 하는지 의문도 생기던, 갓 스물이 된 나의 폭주기관차 패기에 학점마저도 나가 떨어졌다. 철없던 나는 결국 크나큰 고민 하나만 짊어지고 군대를 떠나왔다.

SNS에 올라오는 친구들의 연애 사진, 취업 소식. 재미있는 동영상으로 한순간에 인기스타가 된 사람들. 제각각 자신의 길을 찾아 떠나는 그들. 게 중에 나만 붕 떠있었다. 갈피를 잡지 못하고 떠도는 17살에 머문 24살. 복학을 하면 친구는 누가 남아 있을까? 나를 기억하는 사람은 있을까? 흔히 들려오는 혼자 밥 먹는 복학생이 나일까? 괴로운 생각은 끊임없이 나를 몰아쳤다. 하지 않았던 공부를 군대에 다녀왔다고 해서 잘 될 리가 없다. 없었던 여자 친구가 군대를 다녀왔다고 생기지 않는다. 인생이 참 쉽지 않다. 성산일출봉의 찬바람은 그런 내 마음을 아는지 놀리듯 불었다. 정상 흙 위에 철퍽 앉아 있던 나는 모래를 털어내고 일어섰다. 넓다. 너무 넓어서 나라는 존재가 작고 또 작아 보인다.

어둠이 드리우는 하늘에 하나, 둘 땅은 불을 밝혔다. 야경을 보고 있노라면 문득 저 불을 밝히는 사람들이 부러워진다. 자신의 자리를 찾아 서있는 이들. 비틀거리는 내 걸음이 성산일출봉의 흙을 일렁였다. 터덜터덜 길을 따라 내려와 사람이 물러가고 한적한 들판에 누웠다. 썰렁한 기운이 등을 타고 전해졌지만 오히려 뜨거워진 머리를 식힐 수 있어 좋았던 것 같다. 누가 보면 헤어진 전 여자 친구의 추억을 되짚으러 온 군인 아저씨처럼 보였을지 모른다. 그만큼 나는 초라해 보였고 스스로도 들판에 누운 내가 멋져 보이진 않았다. 혼자 떠나는 여행의 묘미인 '생각에 잠기기'는 고민들이 엉기고 꼬였지만 오히려 마음이 진정되는 묘한 매력을 지녔다. 전역 전 모질어진 내 마음을 다듬어 보고자 요즘 유행한다는 이십대의, 이십대를 위한, 이십대에 의한 책들을 많이 읽곤 했다. 꿈을 잃지 말자는 말, 자신의 꿈을 향해 포기하지 말고 달리자는 말, 세상을 바꾸기 위해서는 이십대의 열정이 필요하다는 말. 한없이 읽어 보았지만 쉽사리 마음이 달래지지 않던 나. '누굴 위한 책이야?' 하며 짜증 섞인 목소리로 책을 덮은 적도 많다. 책을 읽으니 제주도 들판에 누워있는 걸 내 몸은 더 원하는 것 같기도 하고 24살 제주도로 떠나 되돌아온 나는 이제 스물다섯이 되어있다.

여전히 세상은 무섭고, 나는 두렵다. 아직까지도 스물을 위한 책들이 이해되지 않고 방향을 잡지 못해 떠돈다. 공부는 어렵고 여자 친구는 더욱 어렵다. 가끔 전공이 낯설게 느껴지며 새로운 일에 가슴이 뛴다. 뒤를 돌아볼 자신이 없어 앞만 바라보지만 내 앞에 놓인 것은 커다란 벽뿐이라 절망의 순간이 잦다. 그래도 나는 지금 살아 숨 쉰다. 도착하는 곳이 어딜지 몰라 늘 불안하고 시간은 되돌려지지 않아 도전이 망설여진다. 그래도 나는 노력하며 살아 숨 쉰다. 세상이 넓다 한들 내 마음보다 넓겠냐며 술자리에서 큰소리도 쳐본다. 친구들도 말한다. 네 말이 맞다고 흔들리는 자신들이 무섭다고 알지 못하는 미래에 자신감을 갖고 사는 사람이 세상엔 몇이나 될까. 부딪히고 넘어지고 그 과정 속에서 성숙해지는 게 사람이라던 누구의 말은 25살의 나로는 이해하기 역부족인 모양이다.

그럼에도 불구하고 걸어가는 나에게 응원의 맥주를 선물하며 하루 하루를 마무리한다. 어제의 나는 오늘의 나를 모르고, 오늘의 나는 내일의 나를 모른다. 성산일출봉에서 삶의 사색을 하던 나는 중간고사를 치르는 지금의 나를 모른다. 그 순간순간의 나는 다음의 나를 모른다. 그럼에도 불구하고 20대 중반에 들어선 나는 30대의 나를 위해 노력한다. 그렇게 살아가기로 했다. 미래가 무겁고 어두워서 두려운 거라면 닥치는 대로 살아보기로 했다. TV에서 해주는 청춘 여행 프로그램에서도 그렇게 말했다. "당신의 인생은 한 번뿐이다." 그래. 까짓 것 살아 보았자 세상이지. 어려워 보았자 인생일 뿐이지. 프로그램이 끝나면 적막이 감돌고 엄습하는 인생의 무게감이 없다면 거짓말이지만. 모두가 살아가고 있으니 나도 살기로 했다. 조금 더 나를 위한 삶을 살기로. 흔들리면 흔들리고 불안하면 불안하고 억지로 참지 않으며 굳이 숨기지 않으며. '먹고 사는 걱정'보다 '뭘 하고 사는 걱정'에 비중을 더 두기로 하며. 오늘의 나는 내일의 나를 또다시 응원하기로 하며.

2남 중 막내로 태어나 부모님의 사랑을 듬뿍 받아 타인에게 사랑 주는 법, 사랑 받는 법을 잘 알고 있어 평소 친구들로부터 좋은 평을 받고 있다. 초중고 학창시절 반장, 부반장, 선도부 등 다양한 활동을 하며 교우들과 다양한 관계를 맺어 지금도 만나고 있는 친구들이 매우 많다. 경기고등학교 재학 시절 사진부 활동을 하며 풍경 사진 찍는 것을 좋아하게 되어 지금도 길을 거닐며 종종 사진을 찍곤 했다. 청주대학교 입학 후에도 산을 품고 있는 캠퍼스를 보고 많은 사진들을 찍었고, 여행을 다니면서 또한 그랬다. 그런 사진들 중 하나를 선택하여 이 에세이를 쓰는 것이 긴장이 되지만 한편으로는 매우 설레고 기대된다.

사진은 상상으로 만들어진다

김한슬

"사진은 상상으로 만들어진다."라는 말이 있듯이 경험·환경 등의 차이로 인해 사람들은 같은 사진을 보고 다르게 해석하고 의미를 부여할 것이다. 사진은 기표와 기의로 구성되어있고 사진을 통해 사람들과 의사소통을 할 수 있다. 기표는 기호에서 지각되는 부분이고, 기의는 우리 눈에 보이지 않는 부분이다.

야생성을 잃어가는 갈매기들

이 사진은 내가 친구와 인천여행을 갔을 때 월미도에서 갈매기를 찍은 사진이다. 아무런 얘기를 듣지 못하고 사진만 보았을 때 갈매기 떼가 다른 목적이나 이유 없이 단지 무리지어 집을 가는 것처럼 보일 수도 있다. 하지만 저 갈매기들이 맹목적으로 나에게 다가오는 것은 아니었다. 내 손에 새우깡이 있었기 때문이다. 그 얘기를 듣고 사진을 본다면, 갈매기들이 그저 지나가는 길이 아니라 사람들 주위를 뱅뱅 돈다는 것을 알 수 있다. 또한, 제목을 보고 단지 갈매기들의 멋진 비행이나 바다 풍경을 보여주려는 의도가 아니라는 것을 느낄 수 있었을 것이다. 뜬금없는 "야생성을 잃어간다"라는 문구에 당황했을지도

모른다. 바닷가에 가면 많은 사람들이 갈매기에게 새우깡을 주는 모습을 흔히 볼 수 있다. 그런데 이런 사람들의 행위가 갈매기의 야생성을 잃게 할 수 있다는 것이다. 이런 사실을 알고 다시 사진을 보면, 갈매기에게 음식을 주는 행위를 자제해야겠다는 생각을 하거나 저 갈매기들이 야생조류가 아닌 사람들에게 길들여진 야생성을 잃은 갈매기로 보일 수 있다.

사진의 명암

이 사진은 부산여행 중 감천문화마을의 일부를 찍은 것이다. 나는 부산여행 때 찍은 풍경사진 중에 이 사진이 가장 마음에 든다. 사진 속 골목에는 사람이 없고 약간 어두운 느낌도 나는데 앞에 보이는 마을에는 관광객들이 많아서 복잡하고 밝은 느낌이 난다. 이렇게 하나의 사진에서 두 가지 면을 볼 수 있어서 좋고, 골목과 대비되는 마을 풍경을 혼자 조용히 볼 수 있어서 좋았다. 하지만 이렇게 경험해보지 못한 사람들이 이 사진을 본다면, 그냥 감천벽화마을의 풍경이 저러하다는 것을 알게 되고 다른 의미를 부여하지는 않았을 것이다. 감천문화마을은 6.25전쟁 때 사람들이 전쟁을 피해 산으로 올라오다 보니 마을이 형성되었다. 옛날에는 빈집이 수두룩해서 어두웠던 곳이 예술

가들이 모여 이 마을을 멋지게 만들었다고 한다. 그리고 각 집의 조망권을 배려해서 집을 계단식으로 지었다고 하니, 사진에서도 볼 수 있듯이 집들이 가려져 있지 않고 다 보인다. 이렇게 무엇에 대한 경험이 있거나 배경을 알게 되면 그 대상이 처음과는 다르게 보인다.

스포츠의학과
김한슬

입학 전에는 지금 다니는 과가 1순위가 아니었고, 관심이 별로 없었기 때문에 내가 가서 적응을 잘할 수 있을지 걱정했었다. 하지만 내가 하고 싶은 운동치료사가 되는데 많은 도움이 될 것 같아서 지금은 만족하고 있다.

사진이 남기고 간 여행 속에서

고윤희

이 사진의 배경이 되는 곳은 아름다운 자연이 살아 숨쉬고 활기참을 느낄 수 있는 최대의 휴양지 하와이에 '알라모아나 비치 공원'이다. 사진이 보여주는 이미지는 화목한 가정이라는 것을 느낄 수 있다. 부모님의 결혼 20주년을 맞아 간 하와이에서 처음으로 웨딩드레스도 입

어보고 머리에 화관도 쓴 것은 리마인드 웨딩 촬영을 하기 위한 것이
다. 부모님은 20년 동안 함께했던 추억이 다시금 새록새록 피어오르
고, 마치 결혼할 때로 돌아간 것 같아 설레 하면서 그 시절의 소녀와
소년처럼 수줍어하셨다. 이 사진에서 볼 수 있듯이 활짝 핀 웃음을
짓고 있는 그 때가 아직도 나의 마음 깊숙한 곳에서 생생하게 기억되
고 있다.

　우리가족은 여행하는 것을 좋아한다. 매년 2번씩 해외여행을 가는
것을 목표로 하고 지켜 나가고 있다. 수많은 나라 중에서 하와이는 우
리가 가는 곳마다 감탄을 하게 만들었고, 자연의 위대함을 느끼게 해
주었다. 사람마다 그 장소에 대한 기억과 의미는 개인의 차이에 따라
의미가 다를 것이다. 신혼여행을 와서 싸우고 돌아간 신혼부부에게는
기억하고 싶지 않은 장소일 수도 있다. 하지만 우리가족에게 하와이는
가장 인상 깊은 여행지였고 이곳에서 의미 있는 추억을 남겼다.

　가족사진 전체가 아닌 그 속에 담긴 기호를 분석해보면 먼저 나무
에 대한 기표와 기의를 알아볼 수 있다. '나무'라고 소리를 낼 때, 그
소리에 대해 우리가 떠올리는 것은 나무의 개념이다. 이것은 기호의
측면으로 바라보았을 때 '기표'인 것이다. 하지만 사진을 보고 가지들
이 위로 뻗다가 구부러지고 그 가지들이 땅에 닿으면 그것이 다시 뿌
리가 되어 번져 나가는 '반얀나무'를 연상하고 다양한 나무의 종류를
떠올리게 되는데 이것이 '기의'인 것이다. 기표와 기의의 관계는 필연
적이지 않고 자의적인 관계를 가진다. 사진에서 나타난 나무는 우리
나라에서는 '반얀나무'라고 불리지만 외국에서는 'Banyan tree'라고 쓰
인다. 이것은 사회적 관습에 따른 자의적 차이인 것이다.

　웨딩드레스를 살펴보면 드레스는 제1차 언어로 정장, 드레스의 의
미를 가지고 있다. 이것이 제2차 언어가 되면 예복이고 이것은 결혼

식을 한다는 의미로 변화하게 된다. 기존의 대상언어에서 새로운 의미를 부여해 메타언어가 된 것이다. 대상언어와 메타언어의 관계에서 계속 파생력을 가지고 있기 때문에 제2차 언어가 제1차 언어가 될 수도 있다. 사람들은 우리가 촬영을 하는 것을 보고 결혼식을 축하한다고 말하고 어떤 사람은 동생과 내가 둘이 찍고 있을 때 웨딩촬영을 하러 온 줄 안 사람도 있다. 모두의 축복 속에서 박수를 받고 했지만 결혼식이 아닌 리마인드 웨딩 촬영이었다. 이처럼 각자 우리의 드레스를 보고 떠올리는 것은 다양하다. 그들이 스스로 연상을 하고 그것에 새로운 의미를 부여한다.

외시와 공시의 차원에서 '부케'는 1차적으로 여러 꽃이 모인 꽃다발의 그 자체의 의미로 생각한다. 이것이 외시이다. 공시는 부케가 내포하고 있는 심리적인 의미이다. 개인의 연상이나 사회의 관습에 따라 다르게 나타난다. 하지만 부케는 상징적 공시로 따지면 결혼식에서 신부가 들고 있는 꽃이라고 상징하고 있다. 아마 내 생각엔 웨딩드레스에 부케까지 들고 있는 모습이 사람들의 눈에는 웨딩 촬영보다는 결혼식을 한다고 생각한 것 같다. 하지만 나온 사진을 보았을 때는 가족웨딩사진이라는 것을 알 수 있다.

또한, 이것은 언어 의미의 유형에서 연상의미 중 내포적 의미를 나타낸다. 드레스를 입은 여자를 보고 결혼식, 아름다움, 행복함, 하와이에서 결혼식을 하는 외국인으로 연상을 했을 수도 있다. 이처럼 사진에 나온 드레스 하나에도 우리는 여러 가지 기호를 찾아보고 의미를 분석할 수 있다.

사진에서 남자들이 입고 있는 꽃무늬 남방은 하와이 하면 떠오르는 의상으로 이것 또한 연상의미가 될 수 있다. 평소에 우리나라에서 입고 다니는 사람도 있지만 조금은 과감하고 독특한 패션이다. 하지만 하와이에서는 모두가 꽃무늬 남방을 입고 다니고 하나의 관광 상품이 되었다. 이것을 화용론 관점에서는 장소로 구성되는 맥락과 관련하여 의미를 체계적으로 분석할 때 꽃무늬 남방은 우리나라에서는 독특하고 개성 있는 패션이라는 의미가 되지만 하와이에서는 일상적인 복장, 즐겨 입는 옷이라는 의미로 분석할 수 있다. 꽃무늬 남방은 장소에 따른 의미 차이가 되는 것이다.

사진은 언어처럼 우리에게 메시지를 주는 하나의 언어이고 사진에서의 기호는 기표와 기의의 이해와 상징하는 것들을 스스로 분석해나가는 것이 목적이다. 이것을 보고 사진에 담긴 의미와 주제 등을 읽어 낼 수 있어야 한다. 전체적으로 보았을 때 사진에서 기표는 사진 그자체이거나 사진 속의 모습을 말한다. 기의는 전달하려고하는 메시지나 마음을 기의라고 말하지만 기의를 알아내기 어렵다. 작가가 의도한 해석을 하기 위해서는 기호는 큰 도움을 주고 사람들이 사진을 잘못 읽을 때 사진의 기호는 올바른 해석을 하게 이끌어 주는 역할을 한다.

우리는 개개인의 생각과 자신만의 방식으로 사진에 대한 해석을 하려 한다. 한 장의 사진이 무엇을 보여주는 것인지, 작가가 표현하려고 하는 의도가 무엇인지 파악할 수 있어야 한다. 하와이에서 찍은 가족사진은 그 속에 리마인드 가족웨딩촬영이라는 주제가 담겨져 있고, 진실한 마음에서 나오는 웃음은 화목하고 행복한 가정을 이루고 있다는 모습을 나타나는 의미로 분석한다. 또한 사진작가는 주제를 정확하게 전달하기 위해서 그에 맞는 의상과 소품이 사진 속에 첨가한 것이다. '사진기호학'이라는 책에서 테리 배랫은 "사진을 제대로 감상하는 방법으로 먼저, 작품의 형식을 관찰하고, 다음으로 물리적, 정신적 요소들을 깊이 생각하고, 끝으로 사진이 무엇에 대한 것이고 무엇을 전달할 목적을 가지고 있는지 의견을 서로 나누는 것이다"라고 했듯이 사진을 감상할 때는 어떠한 것이 강조되었고 어떠한 것이 중요한지를 먼저 인지해야 하고 작가의 의도대로 올바른 해석을 할 수 있도록 해야 한다. 나는 우리 가족사진의 기호를 분석해 나가면서 그 때를 돌아보고 생각할 수 있는 시간이 되었고, 미처 알지 못했던 감정이나 의미를 다시 느낄 수 있었다.

저는 우리말을 사랑하는 국어국문학과 16학번 고윤희입니다. 겨울바람을 타고 입학한 지 어느덧 2달이 흐르고 매미소리 울리는 여름이 다가오고 있습니다. 저는 학교에 들어와 누구보다 열심히 학교생활을 하며 저의 꿈을 이루기 위해 노력하고 있습니다. 저는 국어국문학과에 들어와 한글을 더 밀도 있게 배우고 싶고 문학이나 여러 작품에 대해 많이 공부하고 싶습니다. 저의 꿈은 국어 선생님이 되어 한글을 모르는 아이들이나 국어를 배울 기회가 부족한 학생들에게 체계적으로 학생들이 교육받을 수 있는 기회를 주고 싶습니다. 또한 모든 일에 항상 열심히 하고, 낭떠러지에 있는 심정으로 나중에 후회하지 말자는 생각을 가지며 최선을 다하면서 살아가는 것이 제 목표입니다.

많은 노력도 해야 하지만 저의 마음가짐을 흐트러지지 않고 바르게 잡아나가는 것이 중요하다고 생각합니다. 저의 꿈을 이루기 위해서는 우선 공부도 1등 해야하고 모든 과목에서 좋은 성적을 얻는 것이 1차적 목표입니다. 이러기 위해서는 정말 최선을 다해야 하고 남들 놀 때 공부하고 유혹에 쉽사리 넘어가지 않는 스스로의 통제력과 의지를 다져 나갈 것입니다. 그리고 한글을 깨우치지 못한 학생들에게 꼭 한글을 제대로 배울 수 있는 기회를 주고 싶습니다. 저의 작은 능력이 누군가에게는 희망이 될 수 있다고 생각합니다.

저는 앞으로 제가 세운 목표를 이루어 나가도록 노력하고, 매사에 열심히 하는 학생이 되고 꿈을 이루어 행복한 삶을 살아가고 싶습니다.

사진이 있는 1박 2일 여행 에세이

이소연

내 인생의 첫 1박 2일 여행을 같은 과 대학교 친구와 함께 하였다.

1학년 1학기와 2학기가 후다닥 끝나버리고 드디어 기다리고 기다리던 종강을 하게 되었다. 그리고 1학년 때의 마지막 방학, 겨울방학이 시작되었다. 나와 내 친구는 여름방학 때부터 "우리 꼭 같이 여행 가자!" 이 말을 수없이 해 왔다. 수없이 해 왔던 말에 비해 우리는 이 약속을 지키지 못하고 있었다. 그러던 와중 최근에 많은 사람들이 사용하고 정보를 얻을 수 있는 SNS에 "순천, 여수 1박2일 여행 코스!"라는 문구가 내 눈을 사로잡았다. 이 소식을 친구에게 전해 우리는 순천, 여수로 떠나기로 하였다.

설렘과 기대를 안고 떠나기 전, 우리는 먼저 계획을 세우러 카페로 향하였다. 계획 없이 가는 즉흥적 여행이 좋을 수도 있다. 하지만 나와 친구는 이왕 가는 곳에 많은 것을 감상하고 느끼고 경험하고 싶었기 때문에 사전조사를 하고 계획을 세웠다. 친구와 함께 어느 곳을 구경하고 어디서 잠을 자고 무엇을 먹을지 함께 고민하는 것부터가 너무나 즐겁고 행복했다. 다른 여행객들이 찍은 사진들을 보면서 이러한 풍경들을 직접 내 눈에 담을 수 있다는 생각에 지금당장 출발하고 싶었다.

출발하기 3일 전, 우리는 시내에서 같이 찍을 사진에 담길 예쁜 옷을 골랐다. 카키색과 검정색으로 색깔을 맞추었고, 흰색 운동화를 신기로 하였다. '계획하고 옷을 사고 짐을 챙기는 것부터 이렇게 즐거운데 그곳에선 얼마나 좋은 추억을 만들까?' 하는 생각이 계속 들었다.

2016년 2월 17일, 우리가 떠나기로 한 날이 찾아왔다. 평소에 아침에 일어나기 정말 힘들었던 나는 유독 이날에는 알람을 듣고 한 번에 눈을 떴다. 이른 아침부터 준비를 하고 약속장소인 터미널로 발걸음을 재촉했다. 터미널에서 우리는 서로 맞춘 옷을 입고 반가운 표정으로 마주했다. 나와 같은 마음이었는지 친구도 입가에서 웃음이 떠나질 않았다. 신나고 들뜬 마음으로 버스표를 받고 우린 정해진 좌석에 앉았다. 순천으로 가는 표를 받고 사진을 찍는 인증샷 코스는 필수였다. 그렇게 표와 함께 찍은 인증샷을 첫 출발로 우리의 여행이 시작되었다.

버스에서 도란도란 얘기를 나누고 사진도 몇 장 찍고 잠을 자다 보니 어느새 순천에 도착하였다. 순천 터미널에서 간단히 토스트를 먹고 시내버스 정류장 쪽으로 갔다. 우리의 첫 목적지는 옛날 교복을 입고 70~80년대의 풍경을 느낄 수 있는 순천 드라마 촬영지였다. 가기 전부터 옛날 교복을 입고 사진을 찍을 생각에 나와 친구는 너무나 들떠있었다. 버스에서 내리고 10분 정도 걷다 보니 '순천 드라마 세트장'이라는 입구가 보이기 시작했다. 아침 일찍 준비해서 나름 빨리 왔다고 생각했는데 예상보다 사람이 많아 놀라웠다.

입장권을 받고 딱 들어가는 순간 입구에서 본 놀라움의 3배 정도 더 놀라움을 느꼈다. 우리가 그토록 원했던 교복을 대여할 수 있는 줄의 처음이 보이지 않을 정도로 너무나 길었던 것이었다. 보고도 믿고 싶지 않은 광경이었다. 안내원의 말을 들어보니 거의 2시간을 넘게 줄을 서 있어야 한다고 하였다.

나는 친구에게 이건 아닌 것 같다고 다른 곳도 들러야 하니 아쉽지만 교복은 포기하자고 하였다. 그런데 친구는 계속 기다리자고 다른 곳은 못 가도 여기서 꼭 교복을 입고 사진을 찍고 싶다고 하였다. 나는 열심히 계획을 세웠는데 여기서 줄 서는데 시간을 낭비하고 싶진 않았다. 처음부터 의견이 달라서 우린 서로 꽁해 있게 되었다. 나는 친구를 계속 설득했고 친구도 내 말에 동의를 하고 아쉬움을 뒤로 한 채 구경하기로 하였다. 이 교복 때문에 친구들과 충돌을 일으키는 사람들이 몇몇 보였다. 서로 의견이 맞지 않으니 이해하려고 하지 않고 자기들 의견만 내세워 말싸움으로 번지게 되는 상황이었던 것이다. 이처럼 친구관계에서도 이해와 배려가 정말 중요하다. 우리는 서로를 이해하려고 노력했기 때문에 드라마 촬영장에서 옛 건물들을 보며 7080세대의 풍경을 느낄 수 있었다.

그리고 내가 정말 가고 싶어 했던 순천만 국가정원으로 향하였다. 위에 보이는 사진도 이곳에서 찍은 사진이다. 가슴이 탁 트이는 느낌을 받았고 '힐링'이란 단어가 딱 어울리는 장소였다. 사진에서만 보던 멋진 장소를 실제로 친구와 함께 보니 정말 가슴이 뻥 뚫리는 기분이었다. 천천히 여유롭게 분위기를 만끽하며 구경을 하고 주변 식당에서 유명한 꼬막 정식도 먹었다. 순천에 있는 동안 많은 것을 보았고 느꼈고 정말 알찬 하루였다.

순천에서의 추억을 마무리하고 가까운 여수로 떠났다. 여수하면 떠오르는 것 중 하나가 여수 밤바다이다. 늦겨울이라 살짝 추웠지만 아름다운 밤바다를 보고 싶어 돌산대교로 향하였다. 수많은 조명들이 바다에 비춰 출렁이는 그 모습은 너무나 아름답고 꿈을 꾸는 것만 같았다. 보고 싶었던 것들을 다 볼 수 있어서 뿌듯했고 친구와 함께여서 좋았다. 이튿날에는 아쿠아리움을 구경하고 바다가 보이는 카페에 앉아 같이 찍은 사진을 보며 이야기를 나누면서 우리의 여행의 마침표를 찍었다.

대학 친구와 함께 이런 멋진 여행을 함께 할 수 있어서 너무나도 행복한 시간이었다. 첫 여행이라 더욱더 설렜고 여행의 매력에 푹 빠지게 되었다. 그리고 무엇보다 친구와의 우정을 확인할 수 있어서 뜻 깊은 경험이었고, 나에게 이런 소중한 친구가 있다는 사실에 너무나 감사하다. 친구란 존재는 인생을 살면서 큰 부분을 차지한다. 힘들거나 기쁠 때 옆에 있어주고 함께 나누며 같이 울고 웃어주는 친구는 꼭 필요한 존재이다. 멀리 있어도 어디선가 서로 응원하고 평생을 함께할 친구와 앞으로도 많은 추억을 남기고 싶다.

저는 청주대학교 간호학과에 재학 중인 이소연입니다.

고등학교 때부터 저희 꿈은 간호사였습니다. 보통 병원에 가면 가장 눈에 띄는 사람은 의사입니다. 그러나 그 옆에는 항상 수많은 간호사들이 보조하고 자리를 지키고 있습니다. 간호사들은 의사를 도와 꼭 필요하고 핵심이 되는 중요한 존재라고 생각합니다. 저는 남을 치유할 수 있는 간호사라는 직업을 가질 수 있다는 것에 대해 큰 자부심을 느낍니다. 제가 생각하기에 저 자신은 책임감이 있고, 욕심 또한 많고, 활기차고 밝지만 때론 단호하게 말할 수 있는 각기 다른 상황에 맞춰 제 자신을 표현할 수 있는 많은 특징을 가지고 있습니다. 하지만 예민한 부분이 있어 남들이 별생각 없이 말한 것에 의미를 두고 깊게 생각하는 경향이 있습니다. 이러한 점들은 단점으로 보일 수 있지만 그만큼 주변사람들에게 주위를 기울인다는 소리고 신경을 써 환자들을 돌보기엔 적합하다고 생각합니다.

과한 욕심은 독이 될 수 있지만 적당한 욕심은 자신의 능력을 발휘하는데 도움을 주는 요소라고 생각합니다. 때문에 끝까지 주어진 일을 최선을 다해 끝내려고 노력하고 열심히 하자는 마음가짐을 항상 가지고 있습니다. 이처럼 저를 한단어로 표현하기에는 역부족합니다.

어느 순간부터 병원에 가면 제일 먼저 눈에 띄는 것이 간호사였고, 내가 간호사가 되었을 때 환자들이 나로 인해 건강해질 수 있다는 사실이 정말 놀라웠습니다. 간호학과에 입학하고 주변에서 많이 듣는 소리가 있었습니다.

"간호사 일하기 정말 힘들다, 공부도 많이 해야 한다, 이직률이 높다" 등 저에게 걱정과 불안을 주는 말들이 많았습니다.

그러나 이러한 말들에 휘둘려 아직 다가오지도 않은 미래에 대해 걱정을 하는 것은 쓸데없고 무의미하다고 생각합니다. 미래 일에 겁을 먹기보다는 현재에 충실하고 나는 할 수 있다는 자부심을 가질 것입니다.

저의 좌우명은 "긍정적으로 살자"입니다. 똑같은 상황이 주어졌을 때 긍정적으로 생각하는 사람과 부정적으로 생각하는 사람의 결과는 크게 다르다고 생각합니다. 앞으로 다가올 미래에는 수많은 시련과 고통이 닥칠 수 있을 것입니다. 이럴 때마다 항상 이 문구를 생각하며 밝고 활기차게 긍정적으로 생활하려고 노력할 것입니다.

청주대학교 간호학과에 입학한 지 벌써 2년째가 되어가고 있습니다. 학기 초부터 가지고 있었던 첫 마음가짐을 쭉 이어갖고 저의 장점을 살리고 단점들은 보안하여 장점으로 되게 할 것입니다. 또한 많은 경험도 하며 미래에 훌륭한 간호사가 되어있을 저의 모습을 상상하며 멋진 대학생활을 만들어 갈 것입니다.

삶은 계란? 삶은 캐치볼(catch ball)

서민경

　미세먼지 농도가 가장 높았던 어느 날, 미세먼지를 피하기 위해 서울숲으로 향했다. 서울 숲은 또 다른 세상에 온 마냥 미세먼지가 없는 듯 다양한 사람들이 마스크를 벗고 여유로운 시간을 보내고 있었다. 자전거, 롤러스케이트, 배드민턴 등 운동을 즐기는 사람도 있고,

텐트와 돗자리를 가져와 그늘 밑에서 바람을 느끼며 피크닉을 즐기는 사람도 있었다. 어느 놀이터 앞에서는 아이의 생일인 듯 출장뷔페와 풍선 부는 아저씨와 함께 아이들은 생일파티를 즐기고도 있었다. 그렇게 다양한 사람들 중에 한 부자(父子)가 나의 눈길을 사로잡았다.

그 부자(父子)는 멀찍이 떨어져 공을 주고받는 캐치볼을 하고 있었다. 아버지가 아이가 잘 받을 수 있도록 조심스레 던지지만, 여전히 아이는 공을 한 번에 캐치(catch)하지 못했다. 아버지는 달랐을까, 아이는 아이가 원하는 방식으로 예측하지 못하게 던지기 일쑤였다. 그러나 아버지는 그 막 던진 공을 받기도 했지만, 놓치기도 하였다. 그렇게 정해진 방식 없이 각자의 능력에 따라 그들은 공을 주고받았다.

그들은 그럼 아무 이유 없이 아무 목표 없이 그냥 단순히 공을 주고받기만 하는 것일까?

그 부자는 공을 주고받으며 운동을 통해 교감을 하고 있는 것이다. 그렇게 공을 주고받음이라는 행동을 통해 부자지간의 관계를 회복하는 것이다. 주고받음과 관계 회복이라는 것이 '공'을 통해 이루어진다. 여기서 '공'을 '마음'으로 표현해보면 어떨까 하는 생각이 들었다. '마음' 또한 사람과 사람사이에 주고받음이 이루어지고, 머리를 통한 관계회복, 교감이 아닌 마음을 통해 교감하고 관계를 회복하는 것이기 때문이다.

아버지는 아이를 사랑하는 마음을 보내지만, 여전히 서툴다. 아이에게 눈을 맞추어 보낸다고 하더라도 아이의 마음을 100% 온전히 이해할 수는 없으며, 이해한다 해도 어떻게 표현해야 할지 모르기도 한다. 왜냐하면 아버지는 처음이기 때문이다. 아버지는 단 한 번의 인생 속에서 단 한 명의 여자를 만나 세상의 하나뿐인 아이를 갖고 키운다. 처음이라 두렵지만, 설레기도 하며, 서툴기도 한다. 그러나 끊임없이 사랑을 표현한다. 그건 아버지가 해야 할 일인 것을 알고 있다.

반면에 아이는 어떨까? 아이에게는 아버지는 나를 사랑해주는 사람, 무조건적인 사람이다. 아버지의 존재는 아이에게 커다란 그늘막이며 언제나 나를 보호해주는 사람이다. 나는 아버지의 아이로서 아버지가 주는 모든 것을 받을 만한 가치가 있다는 것이다. 아이가 아버지에게 장난을 치며, 버릇없게 굴고, 원하는 대로 굴었을 때 아버지에게 혼난다. 그럴 때 아이가 우는 이유는 장난과 버릇없게 구는 것이 아이 나름의 표현이 있었는데 '인정받지 못해서 그렇게 아닐까?' 하는 생각이 든다. 즉, 아이의 서툰 표현력으로 인해 아버지에게 버릇없다고 인식되었을 때 아이는 억울해서 우는 것이 아닐까 싶다.

물론 위의 예시는 글쓴이의 입장에서 보는 아버지와 아이이다. 그렇게 아이와 아버지의 관계, 1차적 관계에 있어서도 서로를 생각하는 것이 다르다. 즉 서로의 입장에 따라 마음을 해석하는 것이 다른 것이다.

인간은 사회적 동물이라고 한다. 공동체 생활, 즉 사람과 사람사이의 관계를 유지하고 회복하고 깨지는 것에 있어서 '마음'이라는 것이 크게 작용한다. 사람들은 마음을 주고받으면서 그들의 입장, 견해 차이를 좁혀나간다. 공을 주고받으면서 좁히고 넓힘을 통해 안정적인 거리를 찾아가듯 사람들은 마음을 주고받으며 그들의 입장 차이를 좁히면서 가장 좋은 대안을 만들어 낸다.

최근 학과에서 이러한 문제에 대해 진지한 토론이 열린 적이 있었다. 청주대 학생들이 모두 소통하고 있는 페이지인 '청주대 대신 전해드립니다.'라는 곳을 통해 2차례나 신방과 재학생의 지적글이 올라왔었다. 첫 번째 글은 신문방송학과 과잠을 입은 몇 명의 학생들이 어느 음식점에서 고성방가를 하며, 주인 아주머니와 주변 손님들의 지적에도 불구하고 고쳐지지 않았다는 내용이었다. 약 2시간 뒤 다시 올라온 글은 청주대 사과대 테라스에서 학생들이 술을 마시며 고성방가를 하고 있다는 내용이었다. 이 두 사건은 같은 학생들이 일으켰으며 같은 날 일어났다는 것이다.

이 사건은 일파만파 커지고 각 단대장과 과 학생회장이 공식사과문까지도 올리며 사람들은 모이기만 하면 이 이야기뿐이었다. 글쓴이 또한 사건에 대해 관심이 컸다. 왜냐하면 1년 동아리 활동을 함께한 후배들이고, 앞으로도 함께할 후배들이기 때문이었다. 딱 그뿐이었다. 동아리 임원직을 맡아 활동하는 후배도 저 사건 현장에 함께 있던 사람이었다.

이 사건에 민감할 수밖에 없었다. 동아리의 명예 또한 달려있다고 생각했기 때문이다. 학과이미지를 넘어 동아리 이미지를 실추했고, 한 친구는 글쓴이가 연출을 맡은 프로그램의 MC이었는데 그 친구를 더 이상 쓰기도 곤란해졌기 때문이다. 그 친구들이 실수한 것에 대한 직접적인 사과를 받아야 하며, 그 친구들이 앞으로 어떻게 학교생활을 할지에 대해서도 듣고 싶었다. 물론 한 번의 실수로 그 친구들을 몰아세우면 안 되는 것을 알지만, 1년을 함께 한 후배이지만, 그래도 그 친구들은 본질적으로 잘못을 저질렀고 그것에 대한 대가를 치러야 한다는 것은 나의 생각이었다.

그러나 나의 생각에 반대 깃발을 들고 달려든 사람이 있었다. 바로 가장 친한 동아리 선배이다. 이 선배의 직책은 동아리 장이다. 그 아이들이 실수를 했다는 것을 듣고 바로 아이들에게 연락을 취한 사람이다. "괜찮냐, 걱정 말라"고 다독였다. 그리고 학과 사람들이 그 아이들을 지적하고 내몰 때, 이 선배는 학과 사람들의 위선이 싫다고 했다. 우리가 언제 학과 명예를 생각하며 생활한 적이 있냐며, 다들 실수를 안 한 사람들마냥 그 아이들이 실수했다는 것에 달려들어 마녀사냥을 하는 것 같다고 했다. 사실, 잘못은 저 아이들이 했는데, 왜 마음 쓰고 고생하는 것을 이 선배가 하는지 이해가 되지 않았다.

사람이 실수를 했으면 실수에 대해 지적을 받고 이 기회에 내가 평소에 어떤 잘못을 했는지 주변 사람들에게 피드백을 받고 더 좋아질 수 있도록, 낳아질 수 있도록 실수를 발판 삼아 나가면 되는 데 왜 마음의 상처를 다독일까 싶었다. 마음의 상처는 스스로가 케어(care)해야지 주변의 누군가가 함께 아파한다고 해서 상처가 나아지지는 않는다는 것이 나의 입장이었다.

그러나 이 선배는 사람은 언제나 실수할 수 있고 실수 때문에 그 사람의 본질이 달라지는 것은 아니며, 그 사람이 받은 상처를 아무 조건 없이 공유하고 함께 아파해야 하고 그 사람에게 손을 먼저 내미는 것이 맞다고 이야기한다. 학과 사건을 통해 가장 친한 사람과 견해 차이를 3일에 걸쳐 대화를 나누었다. 그러나 중첩 점은 찾지 못하였다. 바로 이점에서 캐치볼 같았다. 공을 주고받으면서 어느 정도 거리를 유지하는 것. 사람이 생각과 견해를 나누면서 중첩되지 않고 그 거리감은 여전히 유지가 된다는 것이다.

사람들은 각각의 입장을 나누기 위해 토론을 한다. 그러나 토론의 끝은 정답이 없다. 사람마다 각각의 마음이 있고 그에 따른 견해와 생각의 차이가 존재하며 이것은 언제나 거리감이 있다. 잘 지내고 있던 커플이 싸우고, 아이까지 낳으며 오순도순 잘 살고 있는 부부가 싸우고, 할아버지 할머니가 되어서까지도 싸우는 모습을 보면, 사람들에게는 마음과 생각의 거리감은 분명 존재한다. 그러나 그러한 삶 속에서 한 쪽이 더 기울이고, 더 집중하고, 더 배려하며 다가가면서 사람들의 교류가 원활하게 이루어진다. 삶이란 그런 것이다.

이름 : 서민경

소속 : 청주대학교 신문방송학과

사진 제목 : 날 좋은 날, 날 좋아하는 나.

청주대학교 사회과학대학교 지하 편집실에 항상 있는 친구가 있다. 바로 사진 속 학생이다.

편집실은 지하여서 별을 보지도 못하고 시간의 흐름도 없어지는 영화 인터스텔라 처럼 시간 개념이 사라지는 곳이다. 그곳에서의 삶은 피곤의 연속이다. 잠을 제대로 못자며 언제나 아이디어와 기술에 대한 부족한 점 때문에 고민과 고민의 연속을 보내고 있다. 그렇게 1층으로 나와 햇볕을 쬘 때면 갑자기 여유가 생기듯 날아가는 나비가 예쁘고 풀이 싱그럽진 않다. 나비도 햇볕을 받고 풀도 싱그럽게 바람 따라 여유로운데 왜 난 이렇게 여전히 이러고 있을까.

매번 일이나 과제, 숙제를 제시간에 맞춰 낸 적이 없고, 지각은 밥 먹듯이 하기 일쑤이다. 즉, 시간개념이 없고 약속에 대한 의리가 없다. 내가 못하는 것 내가 안하는 것 내게 부족한 것이 무엇인지 스스로는 너무나도 잘 알고 있다. 그러나 여전히 행동으로는 실천하지 못하는 사람이다.

어떤 일을 함에 있어서 추진력은 그 누구보다 빠르다. 그러나 나의 행동, 습관의 변화에 있어서 거북이보다 더 느린 속도로 아니 어쩌면 시속 0km로 행동을 바꾸려고 하지 않는다.

나는 나 자신을 잘 안다. 내가 이렇게 글을 쓴다 해서 또 바뀔 사람은 아니기 때문이다. 그래도 나는 언제나 나 스스로에게 지적을 한다. 너의 잘못을 인정해라. 너의 실수를 인정해라. 그럴 때마다 나의 자존감은 낮아지고, 내가 왜 이렇게 살고 있지 제발 좀 고쳤으면 좋겠다며 스스로를 자책하기 일쑤이다. 그럴 때마다 나는 친구들을 찾아간다. 친구들은 너 지금 잘 살고 있다며 응원해주기 때문이다. 친구들에게 위로를 받는다. 아니, 친구들보다 바쁜 날 보며 스스로 위로를 하는 것일지도 모른다.

여느 날과 다를 것 없이 밤샘하고 지친 몸을 이끌어 수업을 듣고 점심시간에 밥을 먹고, 커피 한 잔에 나른해진 오후, 햇볕이 내리쬐는 대리석 의자에 눕고 싶어 의자를 향해가고 있었다. 그때 친구가 사진을 찍어주겠다고 의자에 앉아 팔을 곧게 펼쳐 보라 했다. 기분 전환 겸 친구의 주문에 따라 자세를 취했는데, 날 보며 심각하게 핸드폰 카메라를 들고 구도를 잡고 있는 친구가 웃겨 크게 웃었더니 그 순간을 포착한 사진이 나의 인생샷이 되었다.

한창 피곤했을 때 친구라는 존재로 내가 밝게 웃었고, 내가 가장 맘에 드는 사진이 되었다.

새로운 시작

안순규

나는 인천이 원래 고향이지만 지금은 갈 수 없다고 판단했다. 그래서 나는 내가 현재 거주하고 있는 청주, 그 중에서도 현재 봄이 되어서 꽃과 나무들이 모두 무성하게 자라고 파릇파릇한 청주대학교를 글감으로 삼게 되었다.

사실은 나는 학교를 다니면서도 주변의 꽃, 나무들에 관심을 가지지 않고 다녀서 청주대학교 오리엔테이션을 위해서 처음 도착했을 당

시의 앙상한 가지들 그리고 땅에 떨어져 있던 낙엽들을 생각하고 있었다. 그러나 수업이 끝나고 한가한 어느 날 나는 날씨가 최근 들어 많이 따뜻해지고 화창한 것 같아 주변을 둘러보니 옛날에 내가 보았던 앙상한 나뭇가지들과 다 죽어가는 풀들과 낙엽들이 아니었다. 다시 파릇파릇하게 피어나는 새싹, 언제 모습을 감추었냐는 듯이 다시 아름답게 피어나는 꽃들, 그리고 나무들은 다시 나뭇잎들이 많이 생겨서 제법 생기 있게 바뀌어 있었다.

그 죽어있던 풀, 나무, 꽃은 나의 추억이 되어버린 나의 초등학교에서 고등학교의 지나가 버린 추억들을 뜻하는 듯한 느낌을 강하게 받았다. 그러나 새로 피어나는 새싹, 나무, 꽃들은 이제 새로운 나의 대학생활의 시작을 알리는 듯 파릇파릇하게 푸른빛으로 빛나는 것 같았다.

그리고 나는 대학생활을 하면서 청주대학교를 많이 돌아다니지는 못했고 주로 가는 건물은 항상 정해져 있었는데 우선 내가 물리치료학과에 재학 중이기 때문에 보건의료대학건물을 자연스럽게 가장 많이 가게 되었고, 두 번째로는 교양 수업을 위해 가게 되는 종합강의

동 건물이었다. 그런데 그 사이에는 경상대학 건물이 있는데 나는 개인적으로 그 건물의 디자인이 마음에 들어서 '나도 저런 건물에서 수업을 듣고 싶다.'라는 생각을 종종 하곤 했는데, 최근 들어서 그런 생각이 조금 더 자주 든다.

그 이유 중 하나는 보건대와 경상대 사이에 있는 폭포 그리고 경상대의 계단에 있는 흐르는 물이 너무 아름답기 때문이었다. 나는 어렸을 때부터 폭포, 계곡과 같은 흐르는 물이 있는 곳을 좋아했다고 부모님께서 말 해 주신 적이 있는데, 물에 들어가서 노는 것은 별로 좋아하지 않으면서도 유난히 흐르는 물을 보고 있으면 마음이 차분해지고 잡념이 덜어지는 것 같은 기분이 들어서 좋아했다. 그 기분을 느낀 이후에는 거의 마음을 비우게 되어서 내가 하던, 내가 해야만 하던 일들을 새로운 마음으로 다시 시작할 수 있게 되어서 다시 집중할 수 있게 된다. 그런데 최근 들어서 경상대 주변에 있는 폭포와 흐르는 물을 보면, 지나가는 세월과 추억들이라는 느낌을 받는다. 물이 흘러가서 호수를 만들어 내듯이 지금 나의 대학생활의 추억들이 모여서 나중의 내가 앞으로 나아갈 수 있는 원동력이 될 수 있을 것이라고 생각이 들어서 유난히 흐르는 물을 작동시키기 전의 경상대 보다는 요즘 물을 작동시킨 경상대의 모습이 너무 좋아서 여러 가지 생각이 든다. 가끔은 경상대 앞에 앉아서 시간을 아무 생각도 없이 보내곤 하는데 그때만큼은 나쁜 생각들은 모두 정리되고 깨끗해지는 느낌을 받는다.

결국 나는 풀, 나무 그리고 흐르는 물을 주제로 이 에세이를 쓰게 되어서 제목을 '새로운 시작'이라고 쓰게 되었다. 그 이유는 나에게는 풀과 흐르는 물이 비슷한 느낌, 즉 새로운 시작을 상징하거나 그러한 기분을 주기 때문에 그렇게 생각하게 되었다.

이름 : 안순규

전공 : 물리치료학과

나이 : 20

취미 : 영화감상, 여행, 자연감상

출생지 : 인천광역시 계양구

내가 생각하는 나의 장점 : 책임감이 있
고, 주어진 일에 최선을 다하려고 노력
한다.

단점 : 융통성이 부족하며 직설적이다.

선인장

연수빈

저에게 선인장은 남들과는 조금 다른 의미로 다가옵니다. 남들에게 선인장은 찔리면 아플 뿐더러, 시각적으로도 썩 좋지 못한 이미지를 주는 식물일 것입니다. 그러나 제게 선인장은 제 유년시절을 주마등처럼 떠올리게 해주는 소중한 존재입니다.

아마도 초등학교 1학년 때였을 것입니다. 저의 친오빠는 선인장을 지나치게 좋아했습니다. 그래서 저희 집에는 늘 남들이 보면 놀랄 만큼 많은 선인장이 있었습니다. 어느 날 오빠가 선인장을 구경하고 있었고, 저는 장난기가 발동한 나머지 오빠를 밀어버렸습니다. 지금 와서 생각해보면 정말 미안하고 후회스러운 일이지만 말입니다. 오빠는 저에게 밀려 선인장에 엉덩방아를 찧고 말았습니다. 너무나 갑작스러운 상황이었고 아파서 우는 오빠를 보며 어린 저는 방문을 닫고 뛰쳐들어 갔습니다. 아마도 그때 오빠를 바로 치료해 주지 못한 제 탓이 가장 컸을 것입니다. 엉덩이에 박힌 가시는 오빠를 한동안 괴롭게 만들었습니다. 그날 밤 아버지는 오빠의 엉덩이에 박힌 가시를 돋보기를 이용해 핀셋으로 뽑아내셨습니다. 오빠에게 미안해 한참이나 울던 저는 그 장면을 보고 배꼽을 잡으며 웃었고, 아버지와 오빠는 괜찮다며 저를 달래주었습니다. 12년이나 지난 지금까지도 그때의 경험을 다른 일보다 '유독 잘 기억하는 이유는 무엇일까?' 하고 이 에세이를 쓰며 다시 곰곰이 생각해보았습니다. 그 이유는 저와 두 살 차이 밖에 나지 않았음에도 불구하고 화 한 번 내지 않고 저를 너그러운 마음으로 달래주던 오빠의 행동이 가슴에 와 닿았던 것이 아닐까 싶습니다.

또한 이 선인장 사건을 계기로 그 이후로도 줄곧 저는 오빠를 다치게 했고 가끔은 생명의 위협을 느낄 정도의 사건도 저질렀습니다. 얼린 음료수 통의 윗부분을 자르게 하다가 칼날이 그대로 손을 깊숙이 파고들었던 일, 비 오는 날 차 밑으로 들어간 축구공을 꺼내게 하다 손목을 잘못 짚어 탈골 되었던 일, 장난으로 밀었는데 소화기에 머리를 박아 10바늘이나 꿰맨 일 등, 저는 어린 아이여도 용서받을 수 없을 정도의 잘못을 저질렀습니다. 그때마다 오빠의 행동은 늘 변함이 없었습니다. 마치 한참 나이 차이가 나는 오빠처럼 듬직하게 저를 보호해 주고 다독여 주며 제가 마음의 상처를 입지 않도록 해주었습니다. 지금에서야 그때의 일을 돌이켜 보며 오빠에게 둘도 없이 착한 동생으로 살아가고 있지만 모든 마음의 빚을 갚지는 못할 것입니다. 만일 그때 오빠와 내가 바뀌었다면 '나는 어땠을까?' 하는 생각도 해 보았습니다. 아마도 절대 오빠처럼 행동하지 못했을 것입니다. 오빠가 그렇게 늠름하고 듬직할 수 있었던 '그 행동의 원천은 무엇이었을까?' 하는 생각도 해보았습니다. 아마도 오직 저의 기분만을 생각해 주고 싶었던 오빠로서의 책임감이었을 것입니다.

현재까지도 오빠로서의 책임감을 보일 때 저는 그때의 일들을 떠올리곤 합니다. 평탄치만은 않았던 집안에서 저의 심적인 기둥은 엄마도 아빠도 아닌 오빠라고 단연 말할 수 있습니다. 제 유년시절을 모두 담고 있다고 해도 과언이 아닌 선인장은 이러한 이유로 제게 있어서 큰 의미를 담고 있습니다.

안녕하세요 교수님, 치위생학과 16학번 연수빈이라고 합니다.

과의 이름에서 알 수 있다시피 저는 치위생사가 되는 것이 목표입니다. 저는 목표를 향한 열정이 남들보다 뛰어나다기보다는 뛰어나기 위해 노력하고 있는 학생입니다. 하얀 색종이처럼 뚜렷한 색을 갖고 있진 않지만 한편으로는 어떤 색으로든 변할 수 있는 다양성을 가진 학생이 되는 것이 저의 또 다른 목표입니다.

소설

김민준

필자는 소설에 대해서 써 보려고 한다. 소설은 '사실 또는 작가의 상상력에 바탕을 두고 허구적으로 이야기를 꾸며 나간 산문체의 문학 양식'이란 뜻을 가지고 있다. 작가가 상상력을 바탕으로 쓰기 때문에 독자들도 상상을 하면서 글을 읽게 된다. 위의 내용을 바탕으로 소설은 '상상의 매체'로 말할 수 있을 것이다.

소설은 같은 것을 몇 번이고 다시 읽어도 다른 느낌을 받는다. 처음에 읽으면서 결말을 알았기 때문에 다시 읽을 때 느낌이 다르다. 복선을 볼 수 있게 되는데, 예를 들면 나중에 주인공이 불치병에 걸린 것이 밝혀진다고 하자. 그러면

주인공이 갑자기 쓰러지거나 약을 먹는 장면이 처음 볼 때와는 다르게 느껴진다. 때문에 소설은 볼 때마다 변하는 '가변성'을 지녔다고 할 수 있다.

여러 가지 기준으로 소설을 나눌 수 있다. 길이로 나누면 장편소설과 단편소설로 구별 할 수 있다. 장르로 나누면 판타지 소설, 로맨스 소설, 추리 소설, 로맨스 소설 등으로 나눈다. 이렇게 크게 나누는 것 외에도 비슷한 분야를 쓰는 소설이 많이 나오면 따로 부르기도 한다.

예를 들어서 게임 속을 탐험하는 판타지 소설이 많이 나와서 게임 판타지 소설이라고 알기 쉽게 부르기도 한다. 또 다른 예로는 판타지 소설에 로맨스가 합쳐진 것을 판타지 로맨스 소설이라고 부르기도 한다. 이렇듯 소설에는 '다양성'이 있다.

만화, 애니메이션, 영화의 원작이 소설인 경우가 종종 있다. 많이 알고 있는 영화의 경우를 예로 들어보면 해피포터, 반지의 제왕, 트와일라잇 등이 있다. 애니메이션의 경우는 일본에서 라이트노벨(삽화가 있는 소설)을 원작으로 한 것이 많다. 소설은 다른 매체로 전환할 수 있다는 점에서 '전환성'을 갖는다.

이름은 김민준, 서울에 살고 있습니다. 평소에는 소심한 성격으로 조용히 있습니다. 취미는 주로 영화, 만화, 소설 등 주로 무엇인가를 보는 것을 좋아합니다.

가족은 아버지, 어머니, 큰누나, 작은 누나가 있습니다.

음식은 면류나 국밥종류를 좋아합니다. 매운 음식이나 오이는 못 먹습니다.

소소한 즐거움

김규리

나는 청주대학교 3학년 미대생이다. 난 어렸을 때부터 노래를 부르거나 그림을 그리고 무언가 만드는 것을 재밌어하고 좋아했다. 그래서 부모님께서 초등학교 때 피아노학원을 보내주셨다. 누구나 한 번쯤은 어렸을 때 피아노학원을 다녔던 적이 있을 거다. 나와 비슷한 생각을 하고 있는 사람들이 있을지 모르겠지만 처음엔 새롭고 신기한 마음에 즐거웠다. 하지만 시간이 지날수록 지루하기만 했다. 피아노실에 들어가면 느껴지는 피아노 냄새가 있는데 그 냄새만 맡아도 눈이 감기고 지루했다. 레슨 카드는 낙서로 가득했고 아무런 의미 없는 레슨 표시들로 채워졌다. 선생님의 입에서 나는 커피 냄새도 볼펜으로 박자를 맞추는 소리도 모든 것이 싫었다.

이건 아니다 싶어서 바로 그만뒀다. 그렇게 조용히 공부만 하다가 중학교 때 친구들한테 그림을 잘 그린다는 소리를 들었다. 생각해 보니까 어렸을 때부터 나는 피아노 레슨 카드에도 학교 책상 위에도 그리고 교과서, 문제집까지 하라는 공부는 안 하고 그림만 그리고 있었다. 나름 교내에서 그림그리기 대회 상장도 많이 받았었다. 나도 모르게 내가 좋아하는 것을 하고 있었던 것이다. 친구한테 칭찬을 받고 나서 나는 미술이 정말 배우고 싶었다. 내가 잘하는 것, 내가 좋아하는 것이 무엇인지 그때부터 알게 되었다. 오로지 공부 소리만 하시던 '부모님께 어떻게 말씀을 드려야 미술을 배울 수 있을까?' 그렇게 고민만 하다가 중학교 3학년 때 조심스럽게 겨우 말을 꺼냈다. 부모님은 내 걱정과 달리 바로 등록시켜 주셨다. 고등학교도 미술반에 들어가게 되었고 그렇게 4년간 입시생활을 하다가 청주대학교에 입학하게 되었다.

솔직히 학교, 학과 모두 실망스러웠다. 하지만 지금 이렇게 3학년이 되고 나서 다시 되돌아보니 좋은 교수님들을 만나게 되어 많이 배워 가는 것 같아서 오히려 다행이라고 생각이 들었다. 공예디자인도 시각디자인이나 산업디자인처럼 똑같이 컴퓨터 프로그램을 같이 다루기 때문에 내가 배우고 싶던 프로그램도 다룰 수 있게 되어서 지금은 신입생 때 내가 왜 그렇게 실망했는지 잘 모르겠다. 지금은 생각이 많이 바뀌게 된 거 같다.

하지만 조금 그리운 것이 있다면 대학에 와서 그림을 그린 적이 별로 없었다는 것이다. 그래서 가끔 그려볼까 하면 손도 많이 굳어서 다시 처음처럼 많이 연습해야만 된다. 그래도 후회는 없다. 가끔 입시 때 같이 고생하며 그림을 그렸던 친구들과의 추억들과 수없이 그려냈던 나의 그림들이 그리워서 그런 것 같았다.

대학에 들어오고 나서 미술만큼 좋아하는 것이 생겼다. 바로 여행이다. 그리고 여행을 하면서 사진 찍는 것을 좋아하게 되었다. 여행을 하며 남기는 사진들이 과제를 하면서 받는 스트레스 모두 없애주었다. 정말 쉴 틈이 없이 매일 매일이 과제로 넘쳐난다. 과제 때문에 잠도 못자고 다음날 수업을 바로 가야 할 때… 그때는 정말 미대에 온 것을 후회한다. 주말에 가끔 집에 갈 때면 부모님과의 인사는 아주 잠깐이고 하루 종일 잠만 잔 적도 많다.

그런데 방학 때 여행을 하면서 느끼는 여유로움과 사진을 찍으며 하루를 기록하는 일들은 그동안 받은 스트레스를 모두 날려버리는 것 같았다. 이번 방학 때도 열심히 여행을 다니며 사진으로 기록을 할 생각이다. 내가 좋아서 배우게 된 미술로 디자이너가 되기 위해 열심히 노력하고 있는데 그걸로 인해 내가 스트레스를 받는 것이 정말 힘들지만 언젠가는 이 노력이 나를 빛내줄 날이 올 것이라 믿고 끝까지 열심히 해보려고 한다. 내가 좋아하는 일들과 내가 좋아하는 사람들을 위해 디자이너로 꼭 성공할 것이다.

시를 통해 느낀 자연에 대한 고찰

안형진

2016년 봄이 다가왔다. 봄날의 새싹들은 추운 겨울 지나 꽃을 피운다.

문득 봄비를 맞으며 주위에 어우러지게 핀 꽃들을 보았을 때 자연에 대해서 생각하게 되었다.

인간의 사회를 보면 원시시대부터 시작하여 농경사회 산업사회를 거쳐 정보화 시대까지 인간의 사회는 날이 갈수록 급격하게 발전하고 있다. 이러한 발달은 인간의 삶의 질을 높이고 편리함을 가져다주는 결과를 가져왔다. 그러나 계속되는 인간의 사회발달은 장점만 있는 것은 아니다. 계속되는 발달로 인해 우리는 환경오염과 생태계 붕괴를 일으켰으며 이러한 인공사회 속에서 우리는 자연의 소중함을 잊고 살아가는 경향이 있다. 이것은 결국 천재지변과 같은 자연재해로 이루어지며 이따금 우리는 자연의 존재에 대해서 인식을 하게 된다. 그러나 그것도 잠시 다시 인간 문명 속에 다시 살아간다. 나는 시를 읽음으로서 자연의 존재를 다시 한번 생각하게 되었다.

다음 시는 우리나라 현대시인 '백석'의 <절간의 소 이야기>이다.

절간의 소 이야기

백 석

병이 들면 풀밭으로 가서 풀을 뜯는 소는 인간보다 영해서
열걸음 안에 제 병을 낫게 할 약이 있는 줄 안다고

수양산 어늬 오래된 절에서 칠십이 넘은 노장은 이런
이야기를 하며 치맛자락의 산나물을 추었다

시를 보면 산나물을 주스며 칠십 넘은 노승은 이야기를 한다. 자신의 병을 낫게 해줄 것이라고 알고 가는 소의 모습이 인간의 모습보다 더 영하다고 말이다. 생태계적으로 보면 인간은 소보다 상위계층에 속해 있다. 말도 안 되는 소리이다. 하지만 여기서 소가 더 영적인 존재로 판단한 노승의 생각을 보고 나는 생각했다. 소는 자연에서 병을 낫게 해준다고 믿고 그것을 찾으러 걸어간다. 즉 소는 모든 것은 자연 속에 속해 있고 자연은 우리의 병을 낫게 해주며 보호체 같은 존재인 것을 인식한다는 것이다. 그러면서 노승도 소의 모습을 보며 자연의 산나물을 줍는다. 이것은 소를 통해 자연에 존재를 깨달음을 얻

고 그에 따라 동반된 행동이라 생각된다.

분명 우리는 발달한 사회 속에 살고 있고 이러한 사회는 이제는 없어서는 안 되는 필수적인 요소이고 계속에서 우리는 이러한 사회 속에 어우러져 살 것이다. 시를 통해 자연의 존재에 대해 다시 한번 생각하게 되었다. 확실히 우리 사회 위에는 자연이라는 공간이 받쳐주기 때문에 우리가 존재할 수 있는 것이고 이러한 사회를 만들 수 있었던 것을 말이다. 우리는 그러나 이러한 자연의 존재를 인식하지 못하고 자연에 대해 고마움을 느끼지도 못한 채 오히려 자연을 계속해서 파괴한다. 우리 사회 속에서 환경오염은 끊이지 않는 이슈이다. 우리는 이러한 문제에 대해서 자연과 인간문명이 공존할 수 있는 방한을 내놓아야 한다. 물론 방안에 앉아 있는 나로서 뚜렷한 방안을 제시할 수는 없겠지만 아주 사소한 환경에 대한 행동부터 시작한다면 자연과의 공존을 이룰 수 있는 것이 아닐까 생각이 든다. 즉 우리는 자연의 존재에 대해서 좀 더 인식을 해야 한다는 것이다.

글을 쓰면서 마지막으로 나는 생각했다. 여태까지의 논점이 벗어나지만 문득 자연의 존재에 대한 인간의 인식에 대하여 떠올랐다. 우리는 자연에 대해 잊고 살고 있다고 하지만 무의식 속 우리 뇌 속의 깊은 곳에서는 자연에 대해 인식하고 있다는 것을 말이다. 우리는 인간문명에 따른 각박한 현실 속에서 이따금 여행을 가고 싶다는 생각을 한다. 여행은 우리에게 편안함을 느끼게 해주고 생각을 정리할 수 있는 계기를 마련해 준다. 이러한 여행의 힘은 대자연이 갖고 있는 풍경을 통해 그의 웅장함과 거대함 또한 편안함을 느끼는 것에서 비롯되었다고 볼 수 있다. 즉, 무의식 속에서 결국 인간은 본질적으로 자연 안에서 속해 있다는 것을 알고 있기 때문이 아닐까 생각한다.

이름 : 안형진

학과 : 신문방송학과

취미 : 그림그리기, 패션, 영화

장래희망 : 패션디렉터

안식처

이동진

　이곳은 2016년 4월 15일 점심 무렵 상당산성에서 찍은 사진이다. 친구들과 학교 근처에서 밥을 먹을까 하다가 상당산성 구경도 해볼 겸, 맛있다는 묵밥도 먹을 겸 즉흥적으로 놀러갔다. 다른 곳은 벚꽃이 많이 졌다고 들었는데 여기는 아직 꽃잎이 우릴 반겨주고 있었다. 금

강산도 식후경이라고 했다. 친구가 맛있다고 추천한 상당집에 가서 묵밥을 먹었다. 유명해서 그런지 우리가 들어가자마자 꽉 차고 이내 줄을 서며 기다렸다. 맛있게 밥을 먹은 후 바로 산책로로 올라갔다.

사실 상당산성에 오기 전에 SNS로 풍경사진을 봤는데 너무 예뻐서 기대를 많이 하고 왔다. 등산이나 걷는 것도 좋아하지만 기대를 해서 그런지 사실 올라가면서도 정말 기분이 산뜻했다. 적당히 따스한 날씨와 바람도 시원하게 불고 금요일 점심이라 사람도 북적대지 않았다. 문 위에 도착했을 때 본 경치는 정말 오래간만에 느껴보는 상쾌함이었다. 정말 사진에서 본 그대로의 탁 트인 풍경이었다. 거기에 더해 유치원에서 소풍을 왔는지 아이들이 단체로 뛰어놀고 있었는데 그 장면이 너무 귀엽고 평화로웠다. 위에서 친구들과 이런 저런 이야기를 나누고 언덕 아래로 내려왔다. 벚꽃나무와 소나무 등 다른 나무들이 참 조화롭게 심어져 있었다. 청주대학교 캠퍼스를 돌아다닐 때에도 들었던 생각이지만 조경이란 것이 참 중요한 것 같다.

물론 나는 조경학을 전공한 사람도 아니고 조경학에 대해서 배워본 적도 없지만 장소에 따라 느끼는 감정이 다른 이유가 주변 환경 특히 조경이 차지하는 부분이 크다고 생각한다. 청주대학교 캠퍼스는 개인적으로 정말 좋아하는데 물론 높은 지대와 탁 트인 풍경도 있지만 틈틈이 배열된 나무들도 내가 느끼기에는 조화롭고 안정적이었다. 상당산성도 정확히 그런 느낌이었다. 탁 트인 공간과 조화로운 풍경. 보고 반하지 않을 수가 없었다. 집과 가까운 곳에 '이런 곳이 있었구나!' 감탄하면서 걷다가 벤치에 앉아서 아이들과 선생님이 잔디밭에서 뛰노는 것을 구경했다. 그때 찍은 사진이 위의 사진인데 나중에 찍은 사진들을 확인하면서 이 사진을 보고 많은 생각을 했다.

우선 사진이 참 대칭적이고 조화롭게 잘 나온 것 같다. 아이들은 무작위로 뛰놀고 있었지만 사진에서는 원형으로 도는 듯한 느낌이 들고 나무, 잔디와 땅, 하단의 그림자가 사진에 층층이 배열되어 마치 지층 같은 느낌도 들고, 아이들이 너무 행복해 보였다. 흔히들 요즘 아이들은 불과 내가 어렸을 때와도 확연히 달리 디지털 시대에 노출이 많이 되어 놀이터에서 뛰어노는 대신 컴퓨터와 스마트폰을 많이 접하고 활동량이 줄어드는 상황이다.

반면 이 아이들은 이 드넓은 잔디밭에서 뛰놀면서 단지 신체활동뿐만이 아니라 그 이상으로 긍정적인 효과가 나올 것이다. 이를테면 좁은 공간에서는 집중력이 향상하는 반면, 넓고 트인 공간에서는 창의력이 향상된다는 다큐멘터리를 본 적이 있다. 아이들과 같이 협동하고 놀면서 사회적 능력도 키울 것이다. 아이들은 이러한 작은 환경에도 크게 영향을 받는다. 안 좋은 버릇이지만 난 평소에 비속어를 많이 사용한다. 그래도 나름 장소를 생각하면서 말을 주의하곤 하는데 특히나 주위에 저런 어린 아이들이 있을 때는 더욱더 조심하려 한다. 이때도 역시 조심하곤 했는데, 자라나는 아이들이 내가 무심코 던진 말에 받을 부정적인 영향을 생각하니 조심스러울 수밖에 없었다.

상당산성을 돌아다니면서 마음이 편해졌지만 아이러니하게도 정말 생각이 많았던 하루다.

나는 원래 항상 잡생각이 많고 그 중에서도 특히 고민이나 걱정이 정말 많은데 이날은 그런 고민이나 걱정 없이 자유로운 생각을 할 수 있었다. 이를테면 성적이라든가, 현재 재정상황, 과제 등등 여러 걱정거리에서 해방된 후 정말 여유로울 때 할 수 있는 생각, 앞에서 언급했던 조경과 아이들 이야기부터 해서 자유로운 사고활동들 말이다. 그래서 나에게 있어서 상당산성은 안식처와 같다는 생각을 하게 되었다. 사전적 의미로는 '편히 쉬는 곳'이라 한다. 정말 나에게 있어서 안

식처라는 단어가 딱 들어맞는 곳이 바로 이곳이고 강한 기억으로 남을 것이며 아마도 청주대학교를 졸업하여 청주를 떠나기 전까지 자주 올 것 같은 곳이다.

나는 93년 9월 22일 서울에서 태어나 쭉 서울에 살고 있는, 서울은 잘 돌아다니지 않지만 서울 토박이다. 호주 대학교에 가고 싶다며 도피적인 목표를 갖고 있다가, 어쩌다 정신 차리고 어쩌다 청주대학교 유전공학과에 입학하게 되었다. 청주에 와서 자취를 하며 힘겹게 살아가는 것도 아닌 생존하고 있는 중이지만 청주라는 도시의 매력에 빠져 나름 재미있는 삶을 살고 있다. 위 사진은 바이오메디컬학과로 과 이름이 바뀌면서 캠퍼스도 오송으로 이전해 버린 탓에 매일 셔틀을 타다 후배가 찍어준 사진이다. 인위적인 사진이 아니라 자연스레 찍힌 사진이라 내가 추구하는 '자연스러움'에 맞는 이상적인 사진이라 좋은 것 같다.

엄마가 좋아, 아빠가 좋아?

이주영

"엄마가 좋아 아빠가 좋아?"라고 누군가 물으면, 망설임도 없이 엄마라고 말했다. 엄마의 품이 더 따뜻했고 사랑받는다고 느꼈다. 나에게 아빠는 좋은 기억보다 안 좋은 기억이 더 많이 담긴 사람이었고, 보이지 않는 벽에서 소홀함과 적막이 맴도는 사이라고 생각했다. 때로는 눈물이 날만큼 원망스럽고 미웠다. 나를 사랑하지 않는다고 느껴서일까.

가끔 추억에 젖어서 앨범을 뒤적거리다가 발견한 사진 몇 장이 나를 무언가로 퉁- 때리듯 이상한 기분이 몰려오게 했다. 누구보다 사랑스러운 눈을 하고 있다는 것을 알려주듯, 폭 패인 웃음의 주름과 조심스러운 손가락 마디마디가 사랑스러운 사람을 바라보고 있다는 것을 알려주고 있었다. 그동안의 원망한 기억들이 한순간 물러가고, 내가 아빠에게 이런 존재였구나. 모르고 지내온 모습에 사랑을 느끼고, 사랑의 모습에 가슴이 저렸다. 어찌 보면 엄마의 수많은 포옹보다 가장 힘들 때 말없이 안아주었던 그 포옹이 눈시울이 붉어질 만큼 따뜻했고, 내 울음소리에 가장 귀를 기울이고 눈치를 채던 그 모습이 나를 더 따뜻하게 했거늘. 모두에게 저런 순간은 존재할 것이다. TV 속

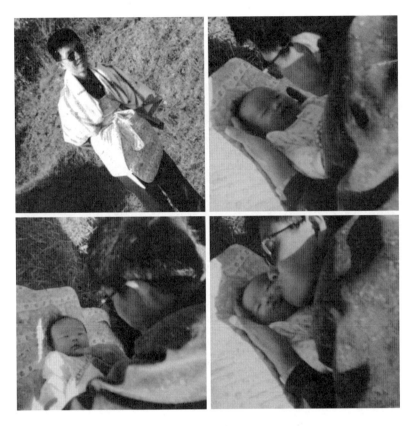

의 이상적이라 여긴 모습들이 우리의 지나온 순간일 것이다. 누구나
자신을 사랑하는 사람은 존재한다. 부디, 많은 아들과 딸들이 지금의
감정으로 함께할 날이 더 많은 그들에게, 우리의 엄마 아빠에게, 우리
를 사랑하던 그 모습을 잊고 지내지 않기를. 세상에서 그 누구보다
나의 태어남에 감사하고 웃음 짓던 모습들을 영원히 간직하고 그들에
게 후회 없는 사랑을 느끼게 해주기를.

고무신

스무 살에 고무신을 신었다. 첫 남자 친구인데, 군대에 갔다.

과CC와 군대는 절대 기다리지 않겠다던 결심을 비웃듯 그 2개를 내가 동시에 하고 있다. 다들 놀리기 바쁘지만 나에겐 그저 연애의 연장선일 뿐이다. 내가 상상밖에 하지 못하는 곳에서, 너는 상상 못할 것들을 경험하고 외로워하고 모든 것을 그리워하겠지. 삐뚤빼뚤한 글씨를 예쁘게 쓰겠다고 꾹꾹 정성스레 쓴 글씨와, 내가 편지에 남긴 향수와 입술 자국에 설레하고, 어느 날은 목소리가 예쁘다며 새삼스럽게 말하는 연애가 나쁘지는 않다. 그래도 너무도 당연한 것들이 나에겐 당연하지가 않다. 다들 눈 감기 전까지 함께이고, 눈 뜨자마자 안부를 묻는데, 정해진 시간이 되어서야 서로의 안부를 묻는다. 힘들 때도 당장 날 안아줄 사람이 없다. 나도 안아주지 못한다. 남자친구가 있는데, 다른 연인들이 부럽다. 전쟁이 날까봐 진심으로 무서워진다.

하지만 군대에 빠삭해지고, 지나가는 사람 중에서 군인을 알아보고, 그들이 얼마나 고생하는지, 그 고생과 외로움이 얼마나 큰지 느낄 수 있는 사람이 된 것이 후회스럽지는 않다. 누군가가 힘들 때 그저 존재만으로도 큰 위로와 행복이 될 수 있다는 것을 알았고, 남들과는 다른 연애지만, 남들 모를 애틋한 감정을 알게 된 것이 특별하다고 생각한다. 몇 년을 기다려도 좋으니, 다치지만 않고 내 곁에 왔으면 좋겠다. 나 때문에 힘든 1년 9개월이 아니었으면 좋겠다.

21살에 이런 연애를 하고 있다. 흔하다면 흔하고, 흔하지 않다면 흔하지 않은 연애지만 나는 이런 사랑을 하고 있고, 후회 없는 21살을 보내고 있다

엄마와 집

원현주

집은 내가 떠나온 곳이고, 엄마는 머무는 곳이다. 집은 내가 엄마를 보러 가는 곳이고, 엄마는 나를 기다리는 곳이다. 집은 그렇게 엄마와 나에게 다른 의미가 있는 곳이다.

오빠는 서른 살, 언니는 스물아홉 살, 나는 스무 살. 나는 1남 2녀 중에 늦둥이 막내다. 오빠와 언니는 결혼하고 독립해서 집에는 할머니, 엄마, 아빠, 나 이렇게 넷이 살았다. 어려서부터 할머니와 같이 살았던 나는 할머니와 엄마 아빠의 사랑을 아낌없이 받고 자랐다. 내가 어디 다치기라도 하면 가족들은 한달음에 달려와 나를 보살펴 주었다.

고등학교 1학년 때 몸이 아팠던 나는 수술을 앞두고 있는 상황이었다. 수술 하루 전 날 나는 겁이 나고 무서워서 쏟아져 나오는 눈물을 참을 수 없었다. 수술 동의서에 서명을 하고 병실로 들어온 엄마는 울고 있는 나를 보며 말했다. "네가 울면 엄마가 미안해지잖아…"

엄마는 나를 약하게 낳아서 미안하다고 찢어지는 가슴을 부여잡고 말하는 것 같았다. 할머니는 내가 집에 없으니까 너무 조용하다며 빨리 나아서 오라며 토닥여 주셨다.

그러나 내가 다 나아서 집으로 돌아왔을 때 할머니는 암 판정을 받았다. 병마와 싸우고 계시던 할머니는 더 이상 싸우기 힘들었던 것인지 2014년 여름에 세상을 떠나셨다. 집은 다시 허전해졌고 할머니의 빈자리가 크게 느껴졌다.

2016년 2월 말, 나는 청주대학교에 합격하고 기숙사에 들어오게 되었다. 집은 할머니와 내가 떠나고 엄마와 아빠만 남게 되었다. 맞벌이 부부라 낮에는 집에 아무도 없고 아빠는 잦은 회식 때문에 늦으시는 날이 많아서 엄마 혼자 집에 있는 경우가 많다. 그래서 엄마는 자주 나에게 전화를 걸기도 했다.

어느 날, 언니에게 이번 주에 집에 내려 올 거냐는 전화가 왔다. 나는 무심하게 "이번 주는 바빠서 못 갈 것 같아"라고 툭 뱉었다. 언니는 잠시 말을 아끼더니 곧 말을 꺼냈다. "너 엄마한테 이번 주에 못 오고 5월까지 못 온다고 했다며. 엄마가 많이 아쉬워해. 그리고 말은 안 해도 너 대학 간 이후로 우리 집에 자주 와. 허전한데 그나마 가까운 게 나니까 자꾸 오는 것 같아. 오빠한테도 애 데리고 한번 오라고, 맛있는 거 해준다고 그랬는데 애가 너무 어려서 못 오겠다고 그랬대. 그러니까 너 못 와도 엄마한테 전화 자주 해."

언니의 말은 내 머리를 세게 친 것 같았다. 엄마에게 전화 오면 친구랑 같이 있다고, 지금 바쁘다고 전화 끊기를 재촉했던 내가 미워졌다. 그리고 텅텅 빈 집에 혼자 있을 엄마 생각을 하니 가슴이 먹먹해지더니 눈물이 나왔다. 엄마는 항상 집에서 내가 오기만을 기다렸을 텐데. 나는 곧장 짐을 싸고 집으로 가는 버스를 예매했다. 아무리 바빠도 집에 가야겠다는 생각이 들었기 때문이다. 엄마 보러 가야겠다. 엄마 보러.

집은 엄마와 내가 만나는 곳이고, 엄마와 내가 함께하는 곳이다.

저는 광고홍보학과 16학번 원현주입니다. 저는 현재 스무 살이고 강원도 원주에서 왔습니다. 고등학교 1학년 때 광고기획자가 되고 싶다는 꿈을 가지고 청주대학교 광고홍보학과에 들어오게 되었습니다. 저는 사람의 마음을 울리는 공익광고를 만들고 싶습니다. 그래서 문화기호학은 저에게 아주 유익한 강의가 될 것 같습니다. '기호'라는 것은 어떠한 뜻을 나타내기 위하여 쓰이는 부호, 문자 등이기 때문에 짧고 굵게 사람의 마음을 울릴 수 있고, 그로 인해 그 사람의 태도를 변화 시켜 나아가 더 좋은 세상을 만들 수 있다고 생각하기 때문입니다.

없음의 기막힌 타이밍

최태현

　아직 무명인 나는 '0'과 '1'의 의미에 대해서 소설을 한 편 쓴 적이
있다. 그리고 소설 초반부에 '0의 고유성'에 대해서 풀어냈다. 하지만
그런 글은 한국에서 통용되는 '에세이'에 맞지 않게 너무 딱딱할 거라
는 생각이 들어, 그 소설의 뒷부분부터 시작되는 '꽃'에 대해서 이야

기를 풀어내려고 한다. 정확히 말하자면 '꽃'에 대해서 소설을 쓰던 중에 내가 겪었던 이야기다.

6월 중순, 장마가 시작되고 일주일이 흘렀다. 일주일 동안 하늘은 하루도 어김없이 먹구름으로 가득 메워져 있었다. 바닥은 진창이 된 지 오래고, 산발적으로 떨어지는 빗방울 소리는 귀에 거슬리다 못해 적응이 됐다. 줄여 말하자면, 집밖으로 나가기에 껄끄러운 날씨였다. 그렇게 집에서 빗소리에 안정을 취하고 있던 무렵 여자 친구에게 연락이 왔다. 우중충한 날씨와는 정반대로 맑고 높은 톤의 목소리로 내게 말을 건넸는데, 꽃을 사러—여자 친구는 정기적으로 한 달마다 꽃을 샀다—가고 싶은데 같이 가자는 거였다. 나는 순간 고민을 했지만 그 고민했던 순간을 여자 친구에게 들키는 게 싫어서, "미안, 잠깐 책을 보고 있던 터라."라고 말한 뒤에 알겠다고 답했다.

어리둥절한 기분—대략 일주일 만에 하는 외출이라—으로 밖에 나오자 비가 그쳐 하늘이 개고 있었다. 한 동안 집에만 있어서 쓰지 않았던 우산을 찾느라 나오기까지 시간이 좀 걸렸다. 우산을 들고 가는 게 거추장스러워 집에 두고 올까 했지만 그래도 언제 다시 비가 올지 모르니 들고 가기로 했다.

나는 비가 오지 않을 때 우산을 들고 다니면 쉽게 잃어버리고 말았다. 비를 피했던 장소에서 밖으로 나올 때 우산을 안 들고 나오면, 나왔는데 비가 내리지 않으면, 우산이 바로 그때 필요하지 않으면, 금방 잊어버리고 말았다. 그리고 빗줄기가 떨어지기 시작하면, 그제야 우산을 찾으러 다시 발길을 돌렸다. 하지만 대부분 우산을 잊고 나온 날에는 하늘이 화창하게 개서 다음 번 비가 내리는 날에서야 우산을 찾기 시작했다. 막상 찾으려고 하면 잃어버린 장소도 가물가물해지고, 그 장소로 되돌아간다고 해도 우산이 있을 리 없었기에 매번 새로 샀다.

어쨌든 우산을 들고 여자 친구와 만나 꽃집으로 갔다. 가던 중에 다시 비가 내려, 꽃집 밖으로 나온 식물들이 차양이 있었는데도 바람에 기울은 비를 맞으며 투둑 투둑 소리를 냈다. 꽃집 안은 공기가 쾌적했다. 눅눅했던 셔츠가 부드럽게 말라갔다. 나는 주위를 둘러봤다. 사방이 빼곡히 식물로 가득 차 있었다. 바닥에는 무언가를 감쌌던 거로 보이는 신문지 뭉치가 여러 겹으로 쌓여 있었다. 꽃집 주인이 막 신문지를 정리하려던 참에 우리가 들어온 것 같았다. 주인 아주머니가 앞치마에 손을 닦으며 다가왔다.

"어떤 거 찾으세요?"

웃으며 그렇게 묻는데, 인상이 너무나 편안해 보였다. 나는 딱히 찾고 있는 건 없었기에 멀뚱히 서 있었다. 여자 친구는 어느새 여기저기 둘러보고 있었다. 그러고는 입술 위에 검지를 올려놓고는 생각하는가 싶더니, 갑자기 손을 뻗어 손가락으로 이 꽃, 저 꽃을 가리키며 모두 달라고 했다. 마치 어린아이가 젤리를 가득 파는 집에 가서 마음에 드는 젤리를 봉지에 담아 넣는 것처럼 천진난만해보였다. 주인 아주머니는 여자 친구가 꽃을 볼 줄 안다면서 그녀가 가리켰던 꽃들을 한 단 씩 빼냈다.

주인 아주머니가 작업대 위에 꽃들을 늘어놓자, 이번에는 내가 손가락으로 꽃을 가리키며 물었다. 이건 무슨 꽃이에요? 저건 무슨 꽃이에요? 그러자 주인과 꽃에 대해 해박한 여자 친구는 겨끔내기로 상냥하게 일일이 대답해줬다. 이건 스카비오사, 그리고 이건 과꽃, 베들레헴, 리시안셔스, 캄파눌라, 옥시. 한 번도 들어보지 못했던 생소한 이름들이었다. 나는 이번에 꽃말을 물었다. 여자 친구는 꽃말에 관해서는 가물가물했는지 이번에는 주인만 상냥하게 웃으며 일일이 대답해줬다. 과꽃은 믿음직한 사랑, 베들레헴은 일편단심, 리시안셔스는 변치 않는 사랑, 캄파눌라는 따뜻한 사랑, 옥시는 상냥함. 나는 주인이 갖고 있는 꽃에 대한 지식에 감탄했다. 그런데 여자 친구는 그것보다 다른 것에 신기했나보다.

"꽃말이 모두 좋기만 하네요"

"꽃은 보통 사랑하는 연인에게 주거나 자신이 감사하는 사람에게 주니까요. 그러니 꽃말이 좋을 수밖에요. 길을 가다가 꽃 한 송이 꺾어주고 '널 사랑해'라고 말하면 그게 꽃말이지 뭐겠어요. 그러면 그 꽃을 받은 사람에게는 꽃말이 '사랑'이 되는 거죠"

그런데 꽃 주인이 무언가 하나를 빠뜨리고 말했다는 생각이 들었다. 연분홍빛의 레이스처럼 화려한 잎을 가진 꽃의 꽃말을 말하지 않았다. 그래서 나는 그 꽃을 가리키며 꽃말을 물었다.

"아, 스카비오사요? 이루어질 수 없는 사랑이라는 뜻이랍니다." 나는 갑자기 기분이 언짢았다. 그런데 주인은 그걸 눈치라도 챈 듯, "일부러 빼먹고 말한 건 아닌데, 하지만 이걸 연인에게 건네는 순간 그건 이미 이루어진 사랑이 아닐까요? 꽃말에 너무 연연하지 마세요. 꽃을 건네고 받은 둘 사이의 관계에서 꽃말은 재정의 되는 거니까요. 꽃을 파는 입장에서 이런 말하는 게 안 어울릴지도 모르겠지만, 정해진 꽃말은 사실 없는 거나 마찬 가지랍니다."

나는 꽃 포장이 끝나갈 동안 소설 마지막 부분을 마무리 하려고, 스마트폰으로 웹서핑을 하며 '0'에 대한 정보를 찾고 있었다. 그런데 때마침 '0'에 대한 칼럼이 나와 있는 게 아닌가. 칼럼에 따르면 이랬다. 0이라는 것은 없는 것을 표현하기 위한 방법이라고. 사실상 우리는 0개가 있다고 말하지 않고, 그저 없다고만 말한다고. 하지만 0이라는 숫자를 씀으로써 없음을 있게 만들어 준다고. 사람들은 단지 그것을 모를 뿐이라고. 0이라는 숫자를 정말 없는 것처럼 쓴다고. 하지만

'0'이라는 숫자가 있어야 '없음'을 표현할 수 있다고

꽃말의 '없음'과 '없음'을 표현할 수 있는 '0'. 기막힌 타이밍이 아닐 수 없었다. 그리고 한 주 뒤에 소설을 잘 마무리했다. 몇 개월 뒤에는 여자 친구와 맞춘 커플링에 이렇게 새겼다.

'I Love Your 0'.

최태현

서울 태생
문예창작동아리 '필' 회원 중 한 명
'門 to Moon' 예비 주인

여행과 사진에 관하여

장영우

　나와 친구들은 서울로 가는 버스에 올랐다. 나는 서울에 가 본 적
이 많지 않다. 어렸을 때 갔었으니 기억도 잘 나지 않거니와 나의 어
렸을 때 서울과 지금의 서울은 많이 다를 것이다. 그 세월의 격차만

큼의 설렘을 품고 버스는 출발했다.

우리들이 서울을 가는 이유는 LG U+ 대학광고제에 참가하게 되어 공모 관련 안내를 받기 위한 이유에서였다. O.T.는 7시로 예정되어 있었다. 하지만 우리들은 조금 더 이르게 서울로 향했다. 오후 한 시 반에 출발해 두 시간을 달려서 오후 세 시 반쯤 서울에 도착했다. O.T. 시작까지 약 세 시간 반의 시간이 우리에게 주어졌다. 긴 것 같지만 짧을 수도 있는 시간이 우리에게 주어졌다. 막상 여유시간이 주어지니까 우리들은 무엇을 해야 할지 고민했다. 떠오르지 않았다. 바쁜 일상 속에서 잠시 벗어나 가지게 된 여유, 어쩌면 흔치 않은 기회가 주어졌다. 우리는 버스에서 내렸고 어딘가로 향했다. 하지만 우리들은 계획이 없었다. 계획성 없이 무작정 걸었다. "뭐할래?" "어디 갈래?" 보통은 여행을 갈 때면 우리들은 계획을 짠다. 언제 어디서 무엇을 할지, 밥은 어디서 먹을지, 교통편은 무엇이 있는지, 잠은 어디서 잘지, 우리는 계획을 하고 그에 따라 움직인다. 하지만 우리가 정한 것은 언제, 어디서뿐이었다. 목적지만 정해져있는 무계획 여행이었다.

어느 친구가 말했다. "석촌 호수 벚꽃이 그렇게 예쁘대." "그래? 그럼 가자." 그렇게 우리의 목적지는 석촌호수가 되었다. 갈 곳을 잃어 헤매고 있었던 우리의 발걸음은 석촌호수로 향했고 우리는 걷고, 지하철에 올랐다. 다행히도 석촌호수는 가까웠고 얼마 지나지 않아 도착했다. 벚꽃이 만개해 있었다. 그 풍경은 감히 사진으로 담아 낼 수 없을 정도로 아름다웠다. 우리들은 그 벚꽃 길을 그저 걸었다. 우리는 여유를 즐겼다. 꽃향기도 맡았다. 넓은 호수만큼 우리들의 마음은 열렸고 수많은 벚꽃들이 우리를 감싸 안았다. 우리들은 벚꽃의 품에 안겼다. 어쩌면 우리들은 착각하고 있다.

우리들은 여행을 갈 때 여행계획을 짠다. 그 계획 속에 우리는 우리를 가두어 버린다. 우리는 여행 일정에 따라 움직이고 행동한다. 우리들은 계획에 쫓기며 그 속에 여유란 없다. 볼 수 있었던 아름다운 것들도 우리들은 지나쳐 버린다. 하지만 우리들은 계획이 없다. 계획 없이 떠난 여행이었다. 지금 우리들은 석촌호수에 있지만 다음 목적지는 아직 정해지지 않았다. 우리 여행에 계획은 없었다. 여유가 있었다. 못 보았던 아름다운 것들도 보인다. 꽃길을 걸으며 행복을 느꼈다. 그뿐이다. 여행에 있어서 계획은 필요 없다. 계획이 있는 여행은 여행이 아니다. 우리들은 계획 속에 살고 있다. 우리들은 지켜야 할 계획이 있으며 그 계획에 따라 살아간다. 그러한 삶속에 여유란 찾아볼 수가 없다. 그 계획을 지킬 것을 강요받으며 계획 속에 갇히며 계획에 쫓긴다. 지친 우리들은 마음의 여유를 찾기 위해 여행을 떠나곤 한다. 하지만 그 여행도 우리 일상과 다를 것이 없다. 정해져 있는 계획을 그저 따를 뿐이다. 일상을 탈피하고 싶어서 떠난 여행에서 우리는 어느샌가 여행의 본질을 잃었다. 계획 없이 떠난 우리들, 우리들의 여행에 다음이란 없었다. 우리들은 지금 석촌호수에 있다. 그게 전부이다.

우리들은 소중한 추억을 카메라에 담고 사진으로 남긴다. 나중에 그 사진을 보며 그때를 회상하며 추억에 젖기도 한다. 나는 사진 찍는 것을 좋아하지 않는다. 이유는 그저 사진 찍는 것이 귀찮아서일 수도 있으며 자신이 나온 사진을 싫어하는 것일 수도 있다. 이유가 뭐든 사진 찍기를 싫어한다. 하지만 유난히 그날은 사진에 다양한 것들을 담고 싶었다. 어떻게 하면 잘 찍을까도 고민하고, 어떤 카메라 필터를 쓰면 예쁠까도 고민해 보았다. 나와 내 친구들은 사진을 찍었다. 주위 사람들도 모두들 사진을 찍고 있었다. 사랑스러운 커플, 가족들, 친구들 모두가 사진을 찍었다.

SNS 문화가 왕성한 요즘 사람들은 자신의 모습이나 주위의 자신과 관련된 것들을 사진으로 찍어서 올린다. 그러한 게시물에 '좋아요'를 누르기도 하며 댓글로 소통한다. 좋아요가 많아질수록 우쭐해지기도 하며 더욱 더 관심을 갈망하며 더한 관심을 받고 싶어서 다른 사진도 올린다. 사람들은 자기 자신을 과시하고 싶어 한다. 그러한 가장 좋은 예가 SNS이다. 어느 누구는 좋아요가 몇 개 이상이면 자동차에 깔리는 영상을 올리는 사람도 있다. 언제부턴가 사람들은 SNS에 빠져 시간을 낭비하곤 한다. "SNS는 인생의 낭비다(퍼거슨)." 어쩌면 SNS를 할 시간에 정말 책 한 장이라도 더 읽는 것이 더 이득일 수도 있겠다.

여행을 떠날 때 우리들은 사진으로 아름다운 순간들을 남긴다. 하지만 여행에 있어서 가장 필요 없는 물건은 카메라이다. "남는 건 사진밖에 없다"라는 말도 있을 정도로 소중한 순간들을 사진으로 찍고 싶어 하며 오랜 시간이 지난 후에 사진을 둘러보며 회상을 하곤 한다. 하지만 카메라 속의 시각은 오히려 우리들을 방해한다. 카메라의 시각은 지극히 좁으며 한정적이다. 카메라로 바라본 것들은 전체의 일부에 불과하다. 또한 카메라 때문에 우리들은 너무나 많은 것들을 놓친다. 요즘 공연장에서 볼 수 있는 공통적인 행동들을 우리는 찾을 수 있다. 너도나도 공연장의 공연을 핸드폰으로 촬영하고 있다. 그러고 눈으로 볼 수 있는 순간들을 카메라의 좁은 시각으로 보고 있다. 나는 그들이 너무나도 한심하다. 눈이라는 좋은 카메라가 있음에도 불구하고 사람들은 카메라로 그것들을 포기한다. 사진을 찍지 말라는 것은 아니다. 카메라를 내려놓음의 가치를 사람들이 알았으면 한다. 내가 사진 찍는 것을 싫어하는 이유는 어쩌면 이런 이유에서일 수도 있겠다.

안녕하세요, 저는 광고홍보학과 15학번 장영우라고 합니다. 저는 청주에서 태어나고 쭉 청주에서 자랐습니다. 초, 중, 고 순으로 개신초, 성화중, 충북고등학교를 졸업하였고, 2015년도에 청주대학교에 입학을 했습니다. 광고홍보학과는 제가 고등학교 2학년 때 우연히 취업교육 시간에 광고홍보학과에 대한 소개 영상을 보고 그때부터 광고홍보학과를 꿈꾸었습니다.

저희 가족은 아버지, 어머니, 여동생이 있으며 아버지는 중국에서 일하십니다. 그래서 일 년에 4번만 한국에 오십니다. 너무나도 아버지가 보고 싶습니다. 어머니는 전업주부이십니다. 말 안 듣는 저를 언제나 사랑해주십니다. 여동생은 고등학교 2학년이고 충북 예술고를 다니고 있습니다. 대학에 가려면 공부를 해야 하는데 공부를 안 합니다. 그림은 잘 그립니다.

저는 현재 지금 청주에 살고 있으며 학교에 오려면 버스를 40분이나 타고 와야 합니다. 차타는 것을 많이 힘들어 해서 항상 피곤합니다. 제 꿈은 AE(광고기획자)입니다. 제 손으로 직접 광고를 기획해서 TV 속에 제가 기획한 광고가 나오는 것이 저의 꿈입니다. 저는 공부는 자신 없지만 창의성만큼은 자신 있습니다. 그래서 광고홍보학과에 온 것을 한 번도 후회한 적이 없고 적성에도 아주 잘 맞는 것 같습니다. 학과 공부도 재미있고 할 만합니다.

저의 장점은 예의가 바르며 친절합니다. 저의 단점은 성격이 소심하며 낯을 많이 가립니다. 저의 취미는 피아노치기입니다. 피아노는 어렸을 때부터 쳤지만 그렇게 잘 치진 못합니다. 전 음악 중 클래식 음악을 좋아합니다. 그 이유는 어렸을 때 피아노를 배우면서 클래식 음악을 많이 접했고 좋아하게 되었습니다. 가장 좋아하는 음악가는 쇼팽입니다. 쇼팽 왈츠로 피아노 콩쿠르에서 대상을 받은 적도 있으며 쇼팽음악을 가장 좋아합니다.

저는 키가 작습니다. 어렸을 때 밤늦게 자고 그래서 그런 것 같습니다. 저는 꼭 유명한 AE가 되어서 돈을 많이 벌어 멋있는 차를 끌고 다니고 싶습니다. 저의 드림카는 포르쉐입니다.

영영사전

김민정

    영영사전을 처음 사 본 것은 고등학교 1학년 때였습니다. 고등학교에 막 입학해 영한사전도 준비하지 못했을 무렵 영어 선생님께서 영영 사전을 한 명도 빠짐없이 사오라고 하셨습니다. 당시 신입생이었기 때문에 새로 사는 참고서며 보충교재 값도 만만치 않게 들던 차에 영한사전이나 한영사전이 아니라 별로 쓰지도 않을 것 같은 느낌이 드는 영영사전을, 그것도 무조건 사라고 하시니 부담이 되고 이해가 되지 않으면서도 선생님께서 사라고 하시니 억지로 서점에 가서 사 온 기억이 납니다.

그래도 막상 사고 나니 영어 공부를 열심히 하고 싶은 마음과 영영사전을 보게 될 것이라는 뿌듯한 마음이 제 속에 밀려들어왔습니다. 영영사전을 모두 준비한 후 첫 수업시간이 되었을 때 '이 학교는 역시 이렇게 영영사전을 볼 정도로 공부를 열심히 하는 학교구나!'라는 생각을 하며 한시 빨리 영영사전으로 수업을 해 보고 싶었습니다. 그런데 사전은 첫 수업 때도, 두 번째 수업 때도, 그리고 몇 주가 지나도 사용되지 않았습니다. 영영사전을 들고 가긴 하는데, 사용하지를 않으니 실망을 감추지 못한 채로 계속 수업을 들을 수밖에 없었고, 점점 사전에 대한 기대도 사라져 갔습니다.

그러던 어느 날 선생님께서 영어를 사용하여 완성하는 낱말 퍼즐 게임을 하자고 하시며 사전을 이용하라고 말씀하셨습니다. 그동안 쓰지도 않아서 별로 신경도 쓰이지 않을 정도가 되었던 사전을 사용하라고 하시니 기대가 되지도, 뿌듯한 마음이 생기지도 않았습니다.

그런데 막상 조를 짜서 게임을 시작하고, 조원들끼리 서로 협력하고 다른 조와는 경쟁하여 먼저 단어의 뜻을 찾아 낱말을 맞춰갈 때마다 점점 영어로 풀이되어 있는 영어단어를 공부하는 것이 흥미로워졌고, '게임이 끝난 뒤에도 계속 이 사전을 사용해서 많은 공부를 해야겠다.'라고 다짐하게 되었습니다. 하지만 그런 다짐도 잠시, 영어로 되어 있는 풀이를 보면 또 그 풀이 속의 단어를 찾는 것이 여간 귀찮은 일이 아니었기 때문에 저는 수업시간 이외에는 자연스럽게 영영사전

273

에서 손을 떼게 되었습니다.

 그렇게 2년 뒤에 저는 수능을 치루고, 번역가가 꿈인 저는 청주대학교 영어영문학과에 지원하여 합격하게 되었습니다. 수능이 끝난 뒤, 책 정리를 하다가 오랜만에 발견한 영영사전을 보니 예전의 추억과 열정이 떠오르기도 하면서 한편으로는 '이 사전이 번역가가 될 나를 위해서 미리 준비된 것이 아니었을까?'라는 생각이 한참 동안이나 들었습니다.

 그래서 영영사전은 저에게 있어 그 사전이 본디 지닌 의미를 갖는 것뿐만 아니라 제 추억이자 미래를 위한 선물이라는 의미를 갖고 있습니다.

 이제 제게 이러한 의미를 가진 사전의 내용에 대해서 기호학적으로 접근해 보도록 하겠습니다.

 먼저 사전이라는 단어가 본디 지니는 의미에 대해 알아보겠습니다. 사전은 '어떤 범위 안에서 쓰이는 낱말을 모아서 일정한 순서로 배열하여 싣고 그 각각의 발음, 의미, 어원, 용법 따위를 해설한 책' 이라는 의미를 가지고 있습니다. 이처럼 사전의 본래 성질인 개념을 '기의' 라고 합니다. 또한 이렇게 기의를 나타내는 특정 집단의 말인 '사전'은 '기표'가 됩니다.

 이때 기표는 감각으로 지각되는 소리이기 때문에 고유한 언어를 가진 각각의 나라마다 다르게 나타납니다. 그래서 우리나라에서는 사전의 개념을 가진 것이 '사전' 이라고 표현되지만 중국에서는 '辭典', 프랑스에서는 'dictionnaire', 독일에서는 'Wörterbuch'라고 각각 다르게 표현됩니다. 이렇게 고유한 언어를 가진 각각의 나라마다 같은 개념을 가진 단어가 다르게 표기되는 것을 보면 기의와 기표는 절대적인 관계에 놓여있는 것이 아니라, 상대적인 관계에 놓여있는 것임을 알 수 있습니다.

그런데 앞서 말한 것처럼 저에게 사전은 1차적인 본래의 의미 이외에도 추억이자 미래를 위한 선물이라는 2차적인 의미를 갖고 있습니다. 이 경우에 1차적으로 기존의 단어가 기존의 뜻을 갖는 것을 '외시'라고 하고, 2차적으로 기존의 단어가 어떤 새로운 뜻을 갖는 것을 '공시'라고 합니다. 어떤 사람에게 사전은 지루하고 따분한 책이 될 수도 있고 혹은 언어의 창고로 여겨질 수도 있는 것, 이것이 바로 공시의 또 다른 예라고 할 수 있습니다.

이제 사전을 이루고 있는 개념 이외의 요소들을 기호학적으로 분석해 보도록 하겠습니다.

사전은 알파벳 A로 시작하는 단어부터 Z로 시작하는 단어까지를 차례대로 나열하고 있습니다. 따라서 A로 시작하는 단어, B로 시작하는 단어, Z로 시작하는 단어는 각각 A부터 Z까지의 알파벳으로 시작한다는 공통점을 가지고 있습니다. 사전에서 이런 공통점이 있는 단어들을 '동위소'라고 볼 수 있는데요, '동위소'는 구체적인 표현이 달라도 동일한 의미나 형식 등을 가진 것이기 때문입니다. 그런데 이런 동위소들의 모임, 즉 같은 알파벳으로 시작하는 단어들의 모임은 다른 알파벳으로 시작하는 단어들의 모임과는 구분되는 것을 알 수 있습니다. 이때 같은 동위소끼리 묶어서 형성된 집단이 분류소가 되고, 이러한 분류소가 다른 분류소와 구분되어지는 것을 알 수 있습니다. 여기서 분류하는 것과 구분하는 것이 반대된다는 것 또한 알 수 있습니다.

이번에는 사전의 첫 알파벳인 'A'라는 기호에 주목해 봅시다. A라는 기호는 사전에서뿐만 아니라 알파벳의 첫 글자임을 알 수 있습니다. 성적체계에서도 A는 가장 높은 등급으로 사용되어 첫 번째를 의미하고 있습니다. 그런데 A라는 기호가 어느 체계에서든지 첫 번째, 가장 우선이라는 의미를 지니고 있을까요? 정답은 아닙니다. 우리가 흔히 밖을 걸을 때 볼 수 있는 자동차들을 주목해 봅시다. 자동차 체계에서 A는 가장 우선을 의미하는 것이 아니고, S라는 기호가 가장 높은 등급을 의미하고 있음을 알 수 있습니다. 이런 예로 미루어 보아 이제 우리는 어떤 기호가 체계마다 다른 가치를 가진다는 것을 파악할 수 있습니다.

지금까지 제게 의미 있는 사전을 가지고 기호학적으로 접근하여 기호학의 여러 개념들을 살펴보았습니다. 사전이라는 국한된 소재 내에서 기호학의 개념들을 알아 본 것이지만, 일상생활 속 모든 기호들에 개념을 하나하나 대입하여 활용하다 보면, 그 기호들을 각자만의 새로운 의미로 해석할 수 있을 것입니다. 또한 지금까지는 그냥 가볍게 보았던 주변의 사물들이 그냥 지나쳐지지 않고 분석의 대상으로 느끼게 될 것입니다.

저 또한 기호학에 대한 개념을 공부하고 나니 사물을 볼 때 그냥 지나쳐지지 않고 그 사물에 내포된 의미를 자꾸 분석하게 됩니다.

안녕하세요! 저는 청주대학교 인문대학 영어영문학과에 재학 중인 16학번 김민정입니다.

제가 영어영문학과에 들어온 이유는 앞서 말했듯이 번역가가 되기 위한 준비를 하기 위해서입니다. 영어뿐만 아니라 영어를 그 시작으로 해서 여러 나라의 언어를 공부하여 세계에서 가장 아름다운 언어로 책을 번역하여 독자들에게 감동을 줄 수 있는 번역가가 꼭 되고 싶습니다.

이 문화기호학 강의를 수강한 이유도 기호 중의 하나인 언어를 분석하는 데 도움이 될 수 있을 것 같아서였습니다. 비록 처음 보는 개념들로 이루어진 강의여서 처음에는 힘들기도 했지만, 강의 때 배운 내용을 주변 사물에 대입시켜서 여러 사물들을 기호학적으로 분석하며 공부하다 보니 어느새 각 사물에서 다른 의미들을 찾아내는 것이 재미있어졌습니다.

앞으로 번역활동을 하고 또한 글을 쓸 때에도 이러한 기호학의 개념들을 적용하여 언어해석의 재미를 독자로 하여금 느끼게 하고 싶습니다.

움트는 빛

방의진

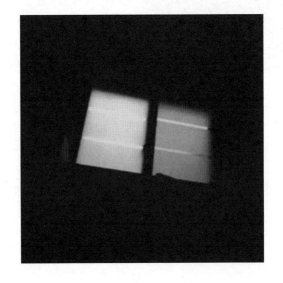

움튼다.
빛이 움튼다.
소리 없이, 그러나 두드러지게.

하늘은 처음에는 어두웠다가 조금씩 푸른빛을 띠더니 곧 완전히 파란색으로 변한다. 페인트를 들이부은 것처럼 색이 선명하게 꽉 차는 순간 하늘은 물이 빠지듯 점점 희끄무레해지고, 곧 이전의 어두움은 찾아볼 수 없을 정도로 밝아져 온다.

공간에 푸르스름한 빛이 물든 시간, 하늘이 온전히 밝아지기 직전의 창을 쳐다보았다. 아직 어둠이 가시지 않은 주변은 고요로 둘러싸여 있다. 나는 완전히 잠에서 깨지 않은 몽롱한 정신으로 이루마의 passing by를 재생한다. 나직한 피아노 소리와 첼로 선율이 귀에 감긴다. 휴대폰 화면을 만지작거리다 소리의 볼륨을 조금 낮춘다. 지금 내가 보고 있는 광경이 꿈일까 현실일까, 언뜻 고민하다가 이내 자세를 고쳐 앉는다.

내게 빛을 비춰주는 통로는 오직 창문뿐이다. 창문을 통해 푸른 빛, 그리고 하루의 시작을 바라보는 순간. 365일 빠짐없이 늘 존재하는 순간이지만 실제로는 이 순간을 마주하는 날은 얼마 되지 않는다. 마주하게 되는 이유는 제각각이다. 하기 싫어 계속 미루고 미루던 과제를 자정이 넘은 시각에서부터 시작하여 마침내 끝냈을 때. 시험공부를 하다 깜빡 잠이 들어, 문득 벌떡 일어나 반쯤 남아 있던 캔커피를 쏟으며 얼굴에 붙은 종이를 떼어낼 때. 아무런 이유 없이 왜인지 눈이 일찍 떠져 지금이 새벽일까, 저녁일까 생각하며 문득 창밖을 쳐다볼 때. 파란 공기가 춥게 느껴지면서도 멀리 존재하는 것 같아 그 거리가 아득하게만 느껴진다.

보통 해가 질 때에는 모든 것이 동시에 어둑어둑해진다. 해가 질 무렵 방 안에서 불을 끄면 창문에서 보이는 하늘의 색과 내 주변의 색이 비슷하다. 하지만 움트는 빛은 다르다. 좁은 곳부터 범위를 넓혀가며 차례차례 밝아지는 식이다. 그것도 균일하지 않고 내가 보는 위치에 따라 조금씩 달라진다. 비스듬한 각도에서 쳐다본다면 어느 곳이 조금 더 밝고, 어느 곳이 조금 더 어둡고, 어느 곳이 더 파랗고, 어느 곳이 더 깨끗하고 그러다가 문득 정신을 차려보면 어둠은 이미 걷혀 있다. 움트는 빛은 정말 빠른 속도로 퍼지기 때문에, 어물쩍 기다리고만 있다가는 금세 해가 뜨고 날이 밝아올 것이다. 이 아름다운 순간들을 조금 더 즐기기 위해서는 부지런한 마음으로 시간을 붙잡아야 한다.

나는 눈을 느릿하게 깜빡인다. 아직 잠에서 덜 깬 채로 고개를 주억거린다. 마음속 누군가가 내게 피곤하면 이만 다시 자는 게 어떻겠냐고 물어본다. 나는 움트는 빛을 바라보며 고민한다. 이 순간을 그냥 보낼 수 없는 가장 큰 이유 한 가지는, 결국 다른 모든 것들과 마찬가지로 이 순간 또한 지나가기 때문이다. 움트는 빛을 마주한 이상 더 이상 잠에 들 수 없는 이유를, 움트는 빛이 내게 주는 너무나도 많은 의미를 꼭꼭 삼킨 채 카메라를 든다. 그리고 시시각각 변화하는 움트는 빛을 차례대로 내 마음 안에 담는다. 파랗고, 푸르고, 푸르스름하고, 청량했다가 이내 점점 채도가 높아지거나, 혹은 날이 흐릴 경우엔 더 이상 진전이 없을 수도 있는 빛. 하지만 그것도 나쁘지 않다. 빛이 확연히 드러나지 않고 어딘가에 몸을 숨기고 있는 것도 그 나름대로의 질서와 매력이 있다.

움트는 빛이 나를 깨운다.

내 잠들어 있던 마음을 깨운다. 빛이 움트는 것처럼, 소리 없고 두드러지는 방식으로 나는 조금 더 또렷해진 정신을 붙잡고 한참을 망설이다가 창문을 연다. 창문 틈새로 사월(四月)의 바람이 들어온다. 아직은 조금 쌀쌀한 바람이다. 창문이 만든 바람의 통로에 얼굴을 가져다 대고 숨을 크게 들이쉰다. 내 주변을 밝게 물들이는 흰 빛과 함께 나는 조금씩 변해간다.

바람이 옅어진다. 이제는 빛이 완전히 움텄다. 곧 온 세상이 밝게 뒤덮일 차례이다. 나는 쓸쓸한 표정으로 하늘을 올려다 본다. 그리고 움트는 빛에 나지막한 목소리로 인사한다. '내일도 이 빛을 보고 싶다'라는 가능성 없는 다짐을 하며.

움튼다.
빛은 비밀스럽게 움튼다.
아주 가까이에 있으면서도, 가장 비밀스럽게.

방의진, 1994년 겨울 생.
무슨 일을 해야 할지 몰라 매일매일
방황의 나날을 보내고 있지만, 그 방
황마저 대학생의 특권이라 여기며
정신없는 하루들을 보내고 있는 낭
만 여대생. 'Be the change you
want to see in the world'라는
간디의 명언을 모토로 삼으며 매일
변화하고 진보하는 삶을 꿈꾸고 있
다. 움트는 빛을 볼 수 있는 하루에
늘 감사함을 느낀다.

인도네시아 여행

이성은

　지난 겨울 인도네시아에서 두 달간 여행을 했다. 재작년 연말, 힘에 부쳐 사표 내듯 휴학계를 내고 짧은 생 처음으로 맞는 온전한 휴식기가 눈 깜짝할 사이에 지나가 버렸다는 사실이 받아들이기 힘들었던 예비 복학생의 마지막 발악이었다. 막상 어디론가 떠나고 싶다는 생각을 하면서도 쉬이 갈피를 잡을 수 없었던 것은, 여행하는 것은 좋아했지만 내 해외 경험은 일본여행 몇 번이 전부였고, 그마저도 내가 구사할 수 있는 언어를 쓰는 나라를 골랐던 내 스스로가 못미더웠기 때문이다. 하지만 다행히 그 일본여행에서 알게 된 지인의 추천으로 당차게 여행길에 올랐다.

인도네시아의 수도 자카르타까지 인천공항에서 6시간, 그리고 다시 국내선 비행기를 2시간 타고 도착한 자카르타는 천둥 번개와 후덥지근한 공기로 나를 맞이했다. 동남아시아 우기의 한중간에 상륙한 나는 아침에 해가 뜨다가도 갑작스런 비가 천장을 뚫을 것처럼 쏟아지곤 하는 알 수 없는 기후에 당황하다가도 점점 그에 익숙해졌다. 관광객 티를 열심히 내면서 빡빡한 스케줄로 하루를 채우는 것은 성미에 맞지 않는다. 그것이 일부러 진득하게 눌러 앉는 장기여행을 선택한 이유였고, 하루 종일 비오는 날은 숙소에서 뒹구는 것이 일이었는데 그것 또한 즐거운 기억 중 하나다. 여행을 온 내가 방구석에만 있는 것이 못마땅했든지 나를 여행길로 이끈 지인은 결국 나를 스쿠터에 태우고 본격적인 관광을 시작했다.

걷는 사람 찾기가 힘든 인도네시아에서는 스쿠터나 오토바이가 다리를 대신한다고 볼 수 있을 지경이다. 오토바이 한 대에 5인 가족이 타는 것은 예삿일이고 8살도 안 되어 보이는 어린 아이도 스쿠터를 몰고 다닌다. 덕분에 대로 근처는 언제나 매연이 깔려 매캐한 냄새가 머리를 지끈지끈 하게 하는 한편 강한 햇빛과 세찬 소나기를 맞으며 자란 식물들은 한국에서 보는 것들보다 두세 배는 되어서 도로 옆의 싱싱한 나무들을 보면 그 모습이 참 아이러니하다. 어쨌든 이 오토바이 숲에서 배출되는 배기가스도 시외로 빠져나가면 눈에 띄게 줄어들기 시작한다. 가장 좋았던 곳은 메라피 화산이다. 숙소에서 스쿠터를 타고 40분 정도 떨어진 리조트에 숙소를 잡고, 다시 스쿠터를 타고 화산가까이 산등성을 타고 오른다. 지금도 활동 중인 메라피화산은 몇 년 전에도 폭발하여 인근 민가가 다 재가 됐다. 그래서 화산 근처로 갈수록 페인트칠이 깨끗한 새 집과, 집 짓는 모습을 보게 되는데, 이렇게 위험한 데도 불구하고 가난한 사람들이 싼 집값 때문에 많은 사람들이 살고 있다. 그리고 벽이 없이 기둥과 지붕으로만 이루어진 '와룽'이라고 하는 인도네시아 특유의 식당은 우리나라로 치자면 김밥천국이나 백반집 같은 것으로 볼 수 있는데, 어디든지 곳곳에 자리하고 있어 식사를 해결하는데 문제가 없다. 보통은 안개에 가려 화산꼭대기가 보이지 않는데 운이 좋아 전체 모습을 다 사진에 담을 수 있었다. 답답한 헬멧을 벗고 스쿠터를 달리면 바람을 그대로 느낄 수 있고 눈앞에 펼쳐지는 이국적인 경치에 여기까지 온 게 참 뿌듯하고 알 수 없는 기분이 되었다. 여행이 참 마음을 많이 뒤바꾸는 것 같다는 생각이 든 순간이었다.

한참 후에 느끼게 되는 것이지만 한 번 한 번 경험할수록, 생각도 마음가짐도 변한다. 일 년 전, 공부도 알바도 하기 싫고 차곡차곡 쌓아왔던 깊은 자기혐오에 빠져서 헤어나오지 못했을 때 도피여행으로 간 일본에서 두 달 머물렀다. 많은 사람들을 만나고 다양한 이야기를 들으면서, 이렇게 알 수 없게 사는 것이 사람인데 내가 무엇을 잘못한다고 해도 그걸로 움츠러들지 말고 받아들이고, 고치고 싶으면 고치고, 정말 싫으면 놔둬도 괜찮다고 스스로에게 말하며 조금씩 마음이 편해져 갔다. 지금은 가끔 너무 풀어진 것이 아닌가 싶을 때도 있지만, 어느 쪽이냐고 하면 마음은 살짝 내려놓는 편이 항상 행복하다. 내가 필사적으로 매달렸던 과제나, 학점 같은 것이 사실 내 인생에서 얼마나 작은 것인지, 그 작은 것 때문에 정작 내가 불행하고 있지는 않은지 생각하면, 마음이 가벼워진다. 물론 어느 정도의 노력은 하겠지만 지금까지 여행을 통한 학습으로는, 무엇이든 그것의 목표가 나의 행복이 되는 일을 따를 것이다. 신입생 때는 여행을 꼭 해봐야 한다는 애기를 들으면서도 알 수 없었지만, 이제는 확실히 느끼게 된다. 생각이 넓어지고 깊어지는 것과 얼굴이 두꺼워지는 것. 쑥스럽고 민망해서 길도 못 물어보던 나는 이제 영어가 통하지 않는 택시 아저씨에게 손짓 발짓으로 숙소 가는 길을 설명하고 있다. 장족의 발전이 아닌가.

무언가를 잘하지 못해도 괜찮다. 나는 마음 편하게, 행복하게 살고 싶다. 누군가 어떻게 살 것이냐고 물으면 '열심히, 최선을 다해서'라는 뻔한 대답 대신, 열심히 최선을 다해서 행복하게 살 것이라고 말하고 싶다.

청주대 시각디자인학과 3학년 이성은
1994년 전주에서 태어났습니다. 어렸을 때부터 그림 그리는 것이 좋아서
미대에 진학해 디자인공부를 하고 있지만
사실 전공공부보다는 여행 다니고 일기 쓰는 것이 훨씬 재미있어요.
종이책 느낌이 좋아서 언젠가는 꼭 나만의 책을 내보고 싶어요.

인도여행

양경희

처음 인도여행을 계획했을 때 나에겐 인도에 대한 환상이 있었다. 갠지스 강에서 화장하는 것을 지켜보며 죽음을 가까이서 체험하는 일, 쏟아지는 별이 있는 사막에서 침낭에 몸을 의지하며 하루를 보내는 일, 다른 나라 다른 언어를 가진 이들 사이에서 용감하게 여행을 마치는 일이 그 환상이었다.

물론 인도는 충분히 환상을 가질 만한 곳이었고, 또 그 환상은 충족되었다. 혼자 강가에 나와 빨래를 하는 여인들을 지켜보고 바로 옆에서는 죽은 사람들을 화장하고 목욕을 하는 사람들, 화장터 옆 허름한 건물에서 죽음을 기다리는 노인들을 바라보며 인생이 허망하다 느꼈던 감정들, 좁은 골목골목마다 소와 개가 있고 오지랖 넓은 인도인들의 관심을 받는 일들, 스쿠터를 타고 인도를 누비며 새벽시장에 가서 새우와 바다가재를 사와 조리해 먹는 일, 다양한 나라의 사람들과 캠프파이어를 하며 사람들만큼이나 다양한 생각들을 마주하는 일들은 잊지 못할 경험을 안겨주었다.

한국과 너무도 다른 인도의 모습들은 내가 특별하다 여겨지기에 충분했다. 한국에서 온 나를 너무도 신기하다는 듯이 사진을 찍어달라는 사람들 속에서 마치 연예인이 된 느낌이었다. 젖을 물리며 아이를 내세워 돈을 달라는 사람들을 보며 혀를 찼다. 아이를 내세워 동냥하는 여인들을 보면 책임을 지지 않으면서 아이만 낳는 것이 비인간적이라는 생각도 했다.

40여 일의 인도여행을 마치며 성장한 나 자신이 너무도 대견했고 아무도 모르는 인도에서도 기죽지 않고 여행한 내가 자랑스러웠다. 모든 여행이 끝나고 비행기를 타기 전, 마지막 인디아 게이트를 보기 전까지 인도에 대해서 모르는 것이 없다고 생각했다.

인디아 게이트에 도착한 나는 항상 울리는 클랙슨 소리가 없는 인디아 게이트가 고요하고 평화롭게 느껴졌다. 40일 만에 처음으로 쉬는 느낌이었다. 모든 것이 아름다워 느긋하게 걸어가는 도중 한 아이를 만났다. 웃음이 너무 예쁜 소녀였다. 아이와 인사를 하고 예쁘다며 칭찬을 하는데 아이의 머리를 쓰다듬으려는 찰나, 아이 머리에 붕대를 보았다. 사진을 찍기 전에는 보지 못했다. 그 소녀의 웃음이 너무도 예뻐 이끌리듯 사진을 찍었으니 말이다. 나도 모르게 손이 주춤했다. '예쁘다.'라는 말 도중에 나의 목소리의 흔들림은 아이도 느꼈을 것이다. 소녀는 동양 여자인 내가 신기한 듯 나를 보며 수줍어했다. 소녀는 여느 8살 9살 아이들과 다르지 않았다. 이곳이 인도라는 것을 빼면 말이다. 해진 셔츠와 붕대를 보는 내 마음이 너무도 쓰렸다. 인도의 아이들은 모두 해진 셔츠를 입고 있지만 이 아이는 내게 조금 더 특별하게 다가왔다. 붕대를 매고도 사랑스러운 웃음을 짓는 이 아이와 있는 내가 해줄 수 있는 것은 아무것도 없었다.

그때 이 아이의 어머니가 왔다. 아이와 내가 웃음 짓고 있는 것을 저 멀리서 보다가 사진을 찍으니 온 것 같다. 손바닥을 내밀며 돈을 달라는 여인을 보며 이곳이 인도임을 다시금 느꼈고, 무수히 뿌리쳤던 손바닥을 또다시 뿌리치는 나에게 이질감을 느꼈다. 어이없다는 듯 쓴 웃음을 짓고 모르는 척 뒤돌아 길을 걷는 내내 '나에게 사랑스러운 웃음을 주었던 아이는 무슨 죄인가.'라는 생각이 들었다. 그리고 그들이 보이지 않을 때야 비로소 나는 얼마나 대단한 사람이길래 이 아이의 웃음마저 차갑게 외면한 채 그들에게 면박을 줄까라고 생각했다.

인도에 간 한국인들은 "절대 아이에게 돈을 주면 안 된다."라고 이야기한다. 이유는 외국인 여행객이 돈을 주면 다음에 온 외국인 여행객이 또 돈을 주어야 한다는 것이다. 우리 돈으로 단돈 2,000원은 나에게 밥 한 끼 사 먹을 돈이지만 월평균 소득이 16만 원인 이들에게는 큰돈이다. 이런 말을 수도 없이 들은 나는 '주면 안 된다니까 주지 않는다'라고 생각해왔다. 하나 마음을 나눈 이 아이를 매정하게 돌아선 나는 늦게 깨닫고 말았다. 나의 40일의 여행은 인도인의 입장에서 인도를 바라본 여행이 아니라 단지 여행객의 관점에서 누리기만 했다는 것을 말이다.

결국, 나에겐 100장이 넘는 인도 사진보다 이 한 장의 사진이 내가 느낀 인도를 가장 잘 설명해주는 사진이 되었다. 나도 모르게 그들을 나보다 가난하고 수준 낮은 사람들이라고 생각하고 있었다. 그러면서 인도를 다 아는 척, 인도는 너무 아름다운 곳이라고 생각했다. 가장 낯선 곳에서 나를 알 수 있다는 말 한마디에 온 인도지만 나는 그들에게 낯선 사람일 뿐이었다. 나와 대화한 인도인을 인도 전부라고 생각한 나는 인도의 아름다운 풍경의 이면은 바라보지 못했다.

만약 내가 이 소녀의 어머니에게 돈을 주었더라도 이들은 바뀌지 않지만 이들을 차갑게 바라볼 필요는 없었다. 여행객인 나를 보며 돈을 달라는 것은 어찌 보면 이들에게 당연한 일일지도 모른다. 10살의 어린 아이부터 70세의 노인까지 자전거를 끌며 생계를 이어가는 인도인들에게 꿈이란 이 하루의 고통을 벗어나는 것이다. 10살의 어린 소년이 자전거를 끌며 꿈이라는 것을 가질 수 있었을까. 그들이 보는 나는 돈을 쓰며 여행을 할 수 있는 대단한 사람으로 보인다는 것을 나는 늦게 깨달았다. 단지 내 기준에서 한국인의 기준에서 인도인들을 바라보며 비인간적이라는 표현을 썼던 것이다. '인간적'이라는 말은 기준에 따라 다른 말임을 그때는 미처 알지 못했다.

먹을 것이 없어도 길거리에 소와 개가 있으면 나눠주는 인도인들, 거지도 살아갈 수 있는 나라가 인도이다. 욕심 없이 가질 수 있는 것들을 갖고 신을 모시며 제 자리에서 제 할일을 하며 살아가는 인도인들을 나보다 낮다고 할 수 있을까? 현실 도피를 하듯 떠나온 나, 25살에 부모님께 용돈을 받으며 살아도 만족하지 못하는 내 자신이 너무도 부끄럽다.

진정한 여행이란 이면을 바라보는 것이며 나의 자세를 낮출 수 있을 때야 비로소 나를 알 수 있다는 것은 나에게 큰 깨달음이었다. 붕대를 감고 헤진 셔츠를 입은 소녀의 사랑스러운 눈빛과 단지 몇 푼 돈 때문에 어린 아이를 차갑게 바라봤던 나의 부끄러운 감정은 평생토록 잊지 못할 것이다.

양경희

청주대학교 영화학과 재학

영화 연출가를 꿈꾸며 세계를 유랑하는 것이 목표이다.

인천의 문화관광형 시장, 신기시장

박동현

역사와 전통, 풍성한 먹거리와 즐길거리로 시민을 사로잡다

만약 여러분들이 인천을 방문하는 내, 외국인들에게 인천의 명소를 소개한다면 어떤 곳을 추천하시겠습니까? 일반적으로 월미도, 인천대 공원, 송도국제도시 등 먹거리와 볼거리, 즐길 거리 등을 중심으로 이

미 명소가 된 곳을 추천하실 텐데요

그런데 의외로 인천 남구 주안에 위치한 전통시장인 '신기시장'이 새롭게 떠오르는 관광지로 이름을 알리고 있습니다. '문화관광형시장'의 콘셉트로 기존의 전통시장의 이미지를 개선하고, 다양한 먹거리와 즐길 거리를 바탕으로 새로운 시장의 트렌트를 형성하고 있습니다. 일반적인 시장의 분위기와는 다르게 새로운 문화공간으로 거듭난 신기시장은 일반적인 전통시장에 익숙한 시민들에게 어떤 메시지를 전달하고 있을까요.

신기시장이 원래부터 '문화관광형시장'의 콘셉트로 운영하게 된 이야기가 있습니다. 원래 신기시장은 문학산에서 농사를 짓던 아낙네들이 1980년대부터 푸성귀를 팔기 시작하면서 자연스럽게 형성됐습니다. 1987년부터 개설되었고 2005년부터 대통령령에 의거한 기준에 적합판정을 받아 인천시의 인정을 받게 되었습니다. 다른 일반적인 전통시장과 유사하게 생필품과 식료품을 바탕으로 한 소규모 점포가 주를 이루고, 시장중앙에는 먹거리골목이 형성되어 신기시장의 상권에 속하는 시민들과 희노애락을 함께하게 되었습니다.

그러나 점차, 소비자의 소비패턴과 수준이 달라지고, 주변에 있는 대형마트와 구월농산물도매시장등을 이용하게 되면서 시장을 이용하는 소비자의 수가 점점 줄어들었습니다. 점점 전통시장의 경제상황이 호전되지 않자, 신기시장은 '문화관광형시장'을 콘셉트로 기본적인 먹거리뿐만 아니라, 볼거리, 즐길 거리 등을 시장에 접목해 새로운 트렌드의 시장을 형성하게 되었습니다.

전국적으로 신기시장의 콘셉트가 주목을 받고 있으며, 인천지역을 떠나 신기시장의 문화관광형시장 콘셉트를 벤치마킹을 하는 시장도 생기고 있습니다. 전문가들은 "'문화관광형시장'의 콘셉트를 가진 신기시장이 우리의 전통문화를 아시아국가와 유럽국가 등 다양한 국적의 외국인들에게 우리의 전통문화를 친근하게 알릴 수 있는 기회가 될 것이다."라고 평가하고 있습니다.

신기시장의 한 상인은 "인천시 전통시장 중에서 신기시장이 가장 사람들이 많은데, 그래도 예년보다 소비자들이 줄어들었다. 하지만, 신기시장이 '문화관광형시장'으로 변화하게 되면서 많은 단체와 외국인관광객들이 시장을 찾아 활기를 찾고 있다."라고 말했습니다.

점차 시장을 찾는 사람들이 내, 외국인으로 점차 그 영역이 넓어지고 있고, 개인이 아닌 단체로 찾아오는 경향을 보이면서 2014 인천아시안게임으로 우리나라를 찾은 내, 외국인 관광객들의 인천의 먹거리와 즐길 거리를 쉽게 찾을 수 있을 것으로 보입니다. 신기시장은 소비자들이 더욱 편리하고 저렴하게 시장을 이용할 수 있도록 3가지의 특징을 가지고 있습니다.

첫 번째로, 시장을 주로 찾는 고객들에게 편리하고 좀 더 저렴하게 시장을 이용할 수 있도록 쿠폰북을 발행해 운영하고 있습니다. 쿠폰북은 각 점포마다 구매제품의 가격에 따라 일정량의 쿠폰을 발행하는 제도입니다. 하나은행과 협력하여 쿠폰제도를 도입했으며, 쿠폰을 일정량 모을 경우 보유 쿠폰만큼 일정금액을 할인받을 수 있고, 쿠폰을 가지고 하나은행에 찾아 갈 경우, 쿠폰에 해당하는 금액만큼 현금으로 교환도 가능합니다. 구매실적에 따라 일정금액을 할인받을 수 있다고 하니 소비자들이 알차게 시장을 이용할 수 있고, 시장을 더 많이 찾아올 것으로 예상됩니다.

두 번째, ICT 체험공간과 북카페, 전통문화체험관을 시민들에게 개방하여 자유롭게 시설을 이용할 수 있습니다. ICT 체험공간은 어린이들의 놀이와 학습을 도와주는 SK텔레콤의 교육용 로봇 '알버트'와 '아띠'를 무료로 체험하면서 아이들이 즐겁고 유익한 시간을 보낼 수 있도록 구성되어 있습니다. 북카페는 여러 종류의 도서와 컴퓨터가 비치되어 있어, 자유롭게 이용을 할 수 있습니다. 신기시장의 상인과 방문객 모두 무료로 이용할 수 있어, 신기시장의 복합휴게공간으로 손꼽히고 있으며 원두커피를 신기통보 2개의 가격으로 제공하고 있습니다. 마지막으로 전통문화체험관은 한지공예, 자개공예, 민화채색, 원목공예 등 다양한 공예품을 직접 제작하는 프로그램을 제공하고 있습니다. 특히 외국인 관광객들이 선호하는 프로그램이며, 외국인 관광객, 어린이는 물론 남녀노소 누구나 신기통보 4개(2000원)를 사용하면 체험을 할 수 있습니다.

세 번째, 신기시장 내에서 화폐로 사용할 수 있는 엽전, '신기통보'입니다. '신기통보'는 신기시장의 '신기통보 가맹점'에서 개당 500원의 화폐가치로 사용되는 엽전으로 물품 구매뿐만 아니라 북카페, 전통문화체험관에서도 사용이 가능한 엽전입니다. 신기시장의 전통문화와 정체성을 전국에 알리는 가장 큰 역할을 하는 엽전이기에, 일부 소비자와 관광객들은 신기통보를 기념품으로 간직하고 있습니다. 엽전으로 이뤄진 신기통보, 우리나라를 대표하기에 안성맞춤이지 않나요.

잠시 동안 전통시장만의 색깔로 인해 도외시되었던 신기시장이 지금은 인천시민의 애환과 즐거움을 공유했던 공간으로 그리고 새로운 문화를 공유하는 공간으로 탈바꿈되었습니다. 단순한 시장이라고 생각했던 생각의 경계가 점점 무너지고 있습니다.

전 세계의 주목을 받는 인천, 인천에서 주목을 받는 신기시장, 인천의 대표시장으로 신기시장만의 독특한 색깔과 즐거움이 인천을 찾는 내, 외국인들에게 전달되길 기대합니다.

박동현

이번 문화기호학을 신청하면서 여러 가지 시나리오를 짜 보았다. 내가 이 문화기호학에서 얻어갈 수 있는 것이 무엇일까? 먼저 나에게 부족한 대담력, 어휘력, 위기관리 등을 얻어갈 수 있을 것 같아 신청하였다.

이번 과제를 하며 나의 꿈을 다시 돌아볼 수 있는 기회가 된 것 같다. 처음 학교 올 때만 해도 나는 그냥 학교 4년 다니고 졸업해서 '아무 곳이나 가야지' 하는 생각이 작년까지만 해도 있었다. 하지만 작년에 광고촬영장에서 조감독으로도 일해보고 프로야구 경기 카메라보조도 해 보았을 때 그 일이 재미있기도 했었고, 이후에 내가 참여했던 영상이 티비에서 나오자 무언가 신기하면서도 보람찬 느낌이 들었다. 방송관련 직종에 흥미가 있고 그 중에서도 카메라로 영상을 제작하는 분야에 재미를 많이 두고 있다.

내게 가장 소중한 3가지는 첫째 부모님이다. 부모님께 많은 실망도 드리고 걱정도 많이 끼치지만 그래도 부모님께서는 나를 믿어주시며 응원까지 해주시는 정말 평생을 가도 그 은혜를 갚지 못할 만큼 소중한 분이다. 둘째 고교 친구들 내 군생활 중 부모님이 자영업일로 바쁘셔서 면회를 못 오실 때에도 강원도 양양(인천에서 차타고 3시간)까지 와서 면회를 와주던 친구들이다. 또한 내가 말하지 못할 일로 고민하고 있을 때 옆에서 힘이 되어준 친구이다. 셋째 노트북과 핸드폰이다. 방송에 관심이 생기면서 가장 접근하기 쉬운 아프리카TV를 했었다. 처음에는 게임방송으로 시작했지만 그것에는 콘텐츠의 한계가 있고, 너무 많은 BJ가 있어 경쟁력이 떨어졌었다. 이후 주로 다른 사람들의 방송을 보며 연구하는 시간을 가졌고, 그때 다른 BJ들이 잘하지 않는 외부 콘텐츠를 시행했었고, 그것이 인기가 게임방송할 때보다 인기가 좋았었는데, 그 주 장비가 노트북과 핸드폰이다.

자동차의 의미

김용성

자동차의 사전적 의미—자동차(自動車, car)는 자체 엔진에서 만든 동력을 바퀴에 전달하여 지상에서 승객이나 화물을 운반하는 교통수단이다. 자동차를 뜻하는 영국 영어 단어인 'car'는 라틴어 'carrus' 혹은 'carrum'(바퀴달린 탈것)에서 왔고, 미국 영어 단어인 'automobile'은 그리

스어 'autos'(스스로)와 라틴어 'movere'(움직이다)에서 왔다. 즉, "스스로 움직인다"라는 뜻을 가지고 있다.

한국에는 1911년에 대한제국 순종의 전용차와 조선총독부의 관용으로 처음 들어왔다.

자동차의 역사—1769년 프랑스의 공병 장교 니콜라스 조셉 퀴뇨가 대포를 견인할 목적으로 발명한 증기 자동차로부터 자동차의 역사는 시작된다. 최초의 가솔린 자동차는 1885년 카를 프리드리히 벤츠가 발명한 삼륜차 <벤츠 페이턴트 모터바겐>이다. 자동차의 역사는 디자인과 기술의 발전에 따라 시대를 나누는 것이 일반적이다.

그러나 기호학적인 분석에서는 단지 교통수단뿐만이 아니다. 자동차는 생긴 모양과 성능, 크기와 좌석 같은 것들로서 쓰임새가 바뀐다. 다수의 사람이 타는 버스나 많은 양의 짐을 싣는 화물차 같은 것들도 있다. 그 외에도 무언가를 끌어올리거나 끌고 가거나 들어올리거나 하는 셀 수 도 없는 많은 양의 종류가 있는 것이 자동차이다.

그리고 자동차의 종류뿐만 아니라 자동차는 누군가에게는 생계유지의 수단이요, 누군가에게는 친구이자 가족이며, 누군가에게는 꿈이자 목표가 될 수 있는 것이다. 자동차가 없으면 생계유지가 안 되는 여러 직종들

도 있으며 로망이던 자동차를 사기위한 꿈이 생기고 그 꿈을 이루기 위한 목표와 의지가 생길 수도 있는 것이다. 그리고 그로 인한 인간관계도 형성될 수 있는 것이고, 또한 상대방 또는 불특정 다수에게 자신의 능력이나 재력, 또는 소속감, 유대감, 애정과 같은 것을 나타내는 외적인 지표가 될 수도 있는 것이다.

실제로도 TV프로그램에서 실험한 적이 있다. 같은 길에서 같은 상황으로 국산 경차와 세계적인 슈퍼카회사의 약 7억 원 상당에 달하는 자동차와의 비교실험이었다. 사람들의 반응과 양보의 상태는 천지차이였다. 이러한 사회적 인식도 문화적 기호에 해당한다고 볼 수 있다. 위의 사진으로 보이는 기호는 파란색, 자동차, 마크, 도어라이트, 컨버터블과 같은 것들일 것이고 유추할 수 있는 것은 뻥 뚫린 상쾌한 드라이빙느낌이나 부러움 또는 질시의 대상이며, 차주의 직업이나 능력일 것이다.

글을 쓰고 있는 본인의 이야기를 하자면 본인도 자동차동호회를 4개나 하고 있다. 수입차동호회, 오픈카동호회, BMW동호회, 튜닝동호회 이렇게 활동을 하고 있으며, 모르는 사람과의 인간관계가 발전되고 자동차라는 매개체로 인하여 유대감과 소속감을 느낄 수 있다. 또한 함께 취미활동을 즐김으로서 자동차는 충분한 역할을 소화하고 있다고 볼 수 있다. 서로의 자동차를 보면서 부러움을 가지고 다음 목표를 정하고 꿈을 가질 수도 있고 그 꿈을 이룬 사람들도 보아왔다.

또한 같은 자동차라고 하더라도 차주의 애정과 성향, 또는 성격이나 선호도에 따라서 차를 꾸미고 치장하고 튜닝하고 바꾸는 것이 다르며 그런 것들을 보며 서로 간에 애정을 알게 되거나 지식을 공유하고 도움을 주며 더 나아가 자동차뿐이 아니라 정말 인간관계가 형성이 되는 것이 많다.

자동차라는 동일한 기호 하나가 가지고 있는 무한에 가까운 의미
와 발생되는 부가적인 관계들은 이 글로 전부 표현하지 못할 정도이
다. 자동차라는 것 하나로도 수많은 직업과 수많은 생각과 수많은 꿈,
목표, 그리고 관계가 생겨나게 된다. 이 어찌 놀랍지 않은 기호라고
할 수 있을까.

이름 : 김용성
나이 : 91년생 양띠 26살
본관 : 광산김씨 문정공파 39대손
출신지역 : 서울
현재 거주지역 : 증평
취미 : 소설책보기, 드라이브, 드레그레이싱,
롤링레이싱, 와인딩, 당구, 볼링
특기 : 검도, 당구, 운전, 각종 작문

저는 사람들과 어울리는 것을 좋아하며 여러 가지 동호회나 모임을 자주 가지는 편이며 그 외에도 사람들을 좋아하여 항상 누군가와 만나 시간 보내는 것을 좋아합니다. 취미들 또한 사람들과 어울리는 것들이 대부분이며 카페에 가만히 앉아 있는다고 하더라도 누군가와 함께 있는 것이면 상관없어 합니다. 일단은 누군가를 만났기 때문인 것이죠. 혼자 있는 것을 싫어하며 항상 누군가와 어울리고 싶어 하는 성격 때문에 주변에 인간관계가 나이, 직업, 국가를 막론하고 넓은 편입니다.

성격은 쾌활하고 적극적이며 직설적이고 외향적인 스타일입니다. 검도선수생활을 7년간 했었으며 그 외에도 복싱이나 무에타이, 태권도 같은 격투기도 배웠습니다. 볼링동호회도 했던 적이 있었으며 현재 활동하는 동호회는 자동차관련동호회 4개가 있습니다. 장난기가 매우 많으며 낯가림이 없고 어떠한 것이든 리드 당하는 쪽보단 리드하는 것을 선호합니다.

솔직히 말해서 장래희망은 '돈 많은 백수'지만 이루어질 수 없는 꿈이기에 남들처럼 평범히 그러나 좀 더 풍족하게 살기를 희망하고 있습니다. 저는 원칙주의자, 현실주의자이며 에고이스트적 성향을 조금 가지고 있습니다. 이상주의자나 매사에 진지한 사람과는 상성이 맞지 않습니다.

작별(作別)

이진경

그림을 그리셨던 큰아버지, 미술 교사이신 고모, 그림을 좋아하시는 아빠.

집 창고엔 냄새를 뱉으며 하는 그림들이 있고, 거실의 큰 캔버스엔 정체 모를 색과 선들이 아빠의 담배 연기와 함께 큰 타원을 그리고 있었다.

한 달에 한 번씩은 온 가족이 전시회를 갔고, 집으로 돌아오는 차 안은 그림과 작가 얘기로 정신이 없었다. 그림은 내 곁 가까이에 있었고, 나는 쉽게 감상자가 될 수 있었다. 일정한 차로에서 차가 달리듯, 그렇게 자연스럽게 그림을 그리게 되었다. 미술 상장들은 내 앨범의 끝장을 하나 둘씩 채워나갔다. 방과 후엔 어두워진 미술실에 남아 그림들을 훔쳐보았고, 주말엔 눈을 뜨면 미술학원으로 갔다.

자연스럽게 미술대학 입시에도 도전하게 되었다. 자신감은 없어지고, 손은 무거워진 채 갈 곳을 잃게 되었다. 입시철에 그림을 그리면 시작과 동시에 날카로운 스케치 소리가 모인다. 그 소리는 비가 내리는 것만 같다. 맑지도, 처량하지도 않은 그 소리는 내게 두려움으로 다가왔다. 아침은 피하고만 싶고, 돌아온 밤은 매번 실망스러웠다.

"네가 좋아하는 거 하루 종일하는 거 힘들어도 어렵지는 않잖아." 주변에서 자주 듣던 소리다.

좋아하는 거… 한참을 생각했던 것 같다. 거친 선과 청신한 색감의 그림을 좋아하는, 그런 그림들을 보면 흔들린 사진처럼 마음이 부푸는… 그렇다고 그림을 '그리는 것'이 내가 진짜 좋아하는 일일까? 이미 시작된 일, 쓸데없는 고민이었다. 의심을 숨긴 채 계속 그렸다.

어느 날, 아빠가 말하셨다. "그림 그리는 거 좋아한다는 놈이 어째

집에 끄적여 논 낙서 하나 없냐." 아빠는 '낙서'라고 하셨다. "저 그리는 거 안 좋아해요." 깨진 유리 위에 선 기분이었다. 순식간에 나온 말이었지만 이내 정확하다는 것을 깨달았다. 떨어진 연필심에 바닥이 긁힌 것 같았다. 내 크로키북은 두툼해지는 것이 아니라, 매번 찢겨나가 쇠약해져 갔다.

입시, 그리고 실패

실패하고 난 뒤 온 가족은 충격에 빠졌다. 잘 될 리가 없었다. 스스로도 알고 있었다. 누구보다 잘 알고 있었으리라. 그림에 있어서 언제나 난 감상자였다. 그려야만 하는 상황이 올 때 오히려 난 두려움에 빠졌다. 두 번째 입시에서 길이 열렸으나 그림에 작별을 고했다.

제 힘으로 어찌할 수 없는 헤어짐을 이별(離別)이라 하고, 제 힘으로 힘껏 갈러서는 헤어짐을 작별(作別)이라 한다. 이별은 '겪는' 것이고 작별은 '하는' 것이다. -신형철, 『몰락의 에티카』中

그는 작별이 인정이고 선택이고 결단이라고 했다. 나는 그림과 작별했다. 나는 결단하고 선택했다. 좋은 감상자가 되기로…

이진경

추운 겨울, 한 해의 마지막 날, 아빠의 눈과 엄마의 코를 닮은 첫째 딸로 태어났다. 낯가림이 심하고, 소심한 성격을 가지고 있다. 게을러 할 일 없이 누워 있다가 잠에 드는 것을 제일 좋아한다.

전봇대 가로등

김미리

　처음 청주로 이사 온 열여섯 사춘기 때는 길을 걸을 때 땅만 보고 걸었다. 검은 아스팔트에 친한 친구들 얼굴, 정들었던 학교, 선생님, 집 앞 마트까지 그려져서 우울해지면 어느새 낯선 우리 집 앞이었다. 그땐 친한 친구들과 멀어진 것이 그리 슬펐다.

고등학교 등하굣길에도 같은 길을 지났다. 그 길에 작은 전봇대 가로등이 있다는 것을 고등학교 때 처음 알았다. 야자를 끝내고 느릿느릿 집에 가던 어느 날 평소와 같이 어둑한 하늘을 올려다보며 걷다가 작은 가로등을 만났다. 작고 둥근 가로등 불빛이 꼭 아기 보름달 같아 마음속으로 귀여워하기 시작했다. 매일같이 같은 길을 지나다니면서 가로등에도 정이 들었었나 보다. 친구들과 함께 집에 가며 조금 빠르게 아기 달 가로등을 지나칠 때면 아쉬운 마음이 생겨서 작은 가로등 있는 길 혼자 지나칠 때면 꼭 잠깐 멈춰서 짧은 상상을 하다가 갔다. 넌 보름달 빛이 넘쳐흐르던 날 모두 잠든 사이에 비처럼 똑 똑 떨어졌나. 작은 빛방울로 나리다가 얼기설기 전깃줄 검은 그물에 걸려 이리 주저앉아 예쁜 곳 못 밝히고 빛으로 우나 하면서.

어느새 작은 가로등은 나에게 달이었다. 어느 날 어두운 길, 나의 달빛을 올려다 볼 때면 잘 받은 모의고사 점수가 둥둥 떠다니고, 또 어느 우울한 날에는 그 아이가 둥실 떠 있기도 했다.

무작정 걷고만 싶었던 며칠 전, 문득 나의 보름달이 그리웠는지 가로등을 달 삼았던 교복 입은 내가 그리웠던 것인지 대학교 들어가기 전 매일매일 다니던 그 길을 찾아갔다. 도착한 추억 길에 나의 보름달은 없었다. 지저분한 전깃줄과 그냥 전봇대에 달린 조그만한 등은 있었다.

이른 저녁인데 전봇대 가로등에 '깜빡' 하고 빛이 들어왔다. 변함없이 밝았다.

내 마음 불빛이 어두워져서 나의 보름달이 사라졌나 하는 생각에, 조금씩 나이를 먹고 있다는 생각에 긴 산책의 끝은 우울이었다.

문화콘텐츠학과 김미리입니다. 별명은 미미리와 김말이입니다.

나를 드러내는 일에 익숙하지 않아 글쓰는 것도 어려워하고 낯가림도 있는 내향적인 성격입니다. 나를 잘 드러내는 내향적인 사람이 되는 것이 올해 목표 중 하나입니다.

전 이불 덮고 가만히 누워있는 일과 뭔가 만드는 일을 좋아합니다. 그래서 요리도 좋아하고 피피티 만드는 것도 좋아합니다.

하고 싶은 일이 참 많아 취미는 자주 바뀌는 편이지만 요즘은 클레이로 귀여운 것 만드는 일이 취미입니다. 친구들 얼굴을 똑같이 만들어 주는 것이 이 취미의 목표입니다.

정적인 활동을 즐기지만 날이 좋으면 공원에서 음악을 들으며 보드 타고 산책하는 것도 좋아합니다.

전주 한옥마을에서 느낀 한복의 멋

손민정

2016년 2월, SNS에서 유명세를 탔던 전주에 드디어 가게 되었다. 이젠 전주 한옥마을보다 전주 맛집이 더 유명해져서 그 의미가 퇴색되었다는 소리가 있었지만, 그래도 나름의 환상을 가지고 있었기에 출발 전부터 굉장히 설렜다.

청주에서 2시간 반, 엄청 먼 거리처럼 느껴졌는데 한숨 자고 일어나니 전주에 도착해 있었다. 패딩을 입어도 추운 날씨였다. 날이 이렇게 추워서야 계획했던 교복, 한복 체험을 할 수 있긴 할는지 걱정되었다. 전주에서 가장 유명한 곳에서 콩나물국밥을 먹고, 게스트하우스 사장님께 양해를 구하고 짐을 맡겼다. 한옥마을을 걷는데 SNS에 한참 올라왔던 길거리 맛집이 보여서 친구랑 몇 가지를 사 먹었다. 생각했던 것보다는 맛있었지만 아까 아침에 먹었던 콩나물국밥이 훨씬 기억에 남았다.

주전부리를 하나씩 입에 물고 인터넷에서 미리 봐 두었던 한복집을 찾아다녔다. 지도 어플을 이용해서 길을 찾았는데 완전 반대편 길로 가는 바람에 한참을 걸었다. 어플에서 방향까지 알려주는 데도 길을 못 찾는 것을 보니 나는 정말 길치가 맞긴 하나 보다. 예전이었으

면 종이 지도를 들고 길을 찾아야 할 텐데, 아마 그랬으면 난 평생 도착하지 못했을 것이다. 추운 날씨에 헤매다 한복집을 발견했을 때 얼마나 반가웠는지 모른다. 줄 서서 기다려야 된다는 말에 최대한 일찍 가려고 했는데 막상 가보니 생각보다 대기 손님이 없어서 좋았다. 아무래도 평일이라 그런가 보다. 원하는 저고리와 치마를 고르면 한복집 아주머니가 옷을 입혀주시고 머리를 땋아주신다. 나는 결정을 잘 못하는 편이라 이것도 입고 싶고 저것도

입고 싶어서 정말 많이 고민했다. 결국엔 화려한 어우동 한복을 입기로 했다. 빨간 꽃이 그려진 저고리를 고르고 그에 어울리는 치마를 골라야 했는데, 주인아주머니께서 무늬가 빨간색이니 만큼 빨강 계열의 치마가 예쁘다고 조언해 주셨다. 나는 저고리 손목 부분이 남색인 것을 보고 남색 계열의 치마도 괜찮을 것 같아서 입어 보니 이 조합이 훨씬 차분하고 예뻤다.

고른 옷을 입기 전에 속저고리와 속치마를 입혀 주셨는데, 속치마가 내가 알고 있던 것과 달랐다. 중세 시대에 외국에서 드레스 밑에 입던 '파니에'랑 비슷하게 생겼다. '버팀살'이라고도 하는데, 철사 같이

단단한 걸 치마에 덧대서 모양을 예쁘게 잡아주는 역할을 한다. 어우동 한복은 치마의 풍성함이 생명이라 이 속치마가 꼭 필요하다고 하셨다. 그리고 머리를 예쁘게 땋아 주셨는데 뭔가 부족한 것 같아 전모를 쓰기로 했다. 사실 처음에 골랐던 건 무채색에 꽃무늬가 드문드문 그려진 무난한 전모였는데, 같이 간 친구 한복에 더 잘 어울려서 양보했다. 그리고 고른 게 저 파란 꽃무늬 전모인데, 이걸 썼을 때 전체적인 색감이 조화를 이루는 것 같아서 아주머니께 씌워달라고 부탁드렸다. 전모를 머리에 고정하기 위해 전모에 달린 끈으로 얼굴을 묶는데, 생각보다 얼굴을 부각시켜서 좀 부담스러웠다. 나는 얼굴이 동그란 편이라 머리 묶는 것도 조심스러웠는데 전모 끈으로 얼굴까지 꽉 묶어 놓으니 완전 달덩이가 따로 없었다. 잠시 다이어트의 필요성을 느꼈다.

옷매무새를 정리하고 나와 보니 벌써 점심시간이 지나 있었다. 한복 입은 사람들이 훨씬 많아졌다. 전주 한옥마을 거리엔 반 이상이 한복차림이라 화려한 한복을 입어도 부끄럽지 않았다. 얼마 전 경복궁에 갔을 때에도 한복을 대여했는데, 이 차림으로 지하철을 타려니 너무 부끄러워서 택시를 타고 다녔던 기억이 난다. 다음에 또 한복이 입고 싶어지면 그냥 전주를 가야겠다고 생각했다. 그만큼 전주 한옥마을에선 한복을 입는 게 부담스럽지 않다. 추울까봐 저고리 속에 붙이는 핫팩까지 붙였는데도 그 정도로 춥지 않아서 돌아다니기 딱 좋았다. 지나다니면서 다른 한복은 어떻게 생겼나 구경했는데, 우리가 일반적으로 생각하는 전통한복이 가장 많았다. 웨딩드레스처럼 전체가 하얀 레이스로 디자인된 한복도 있었고 어떤 남학생들은 남자 한복 말고 단체로 어우동 한복을 입고 있었다. 정말 신기해서 쳐다보다가 그 중 한 명과 눈이 마주쳤는데, 치맛자락을 잡고 다소곳이 인사를 하기에 자지러지게 웃었던 기억이 난다. 나도 다음엔 선비 옷을 입어 봐야겠다고 생각했다.

전동성당에 가니 사람이 너무 많아서 단독으로 사진 찍기가 어려웠다. 몇 장 찍다가 그냥 경기전으로 갔는데, 눈이 덜 녹았지만 대나무 숲이 울창해서 구경하기에 좋았다. 경기전 이곳저곳을 돌아다니며 사진을 많이 남겼다. 지나가던 어르신 분들이 한복이 너무 곱다며 칭찬해주셔서 더 신이 났다.

찍은 사진을 보니 치마가 정말 예쁘게 나오긴 했는데, 솔직히 말하자면 너무 불편했다. 내 키가 작은 것도 있고 눈 때문에 길바닥이 질척거려서 걸을 때마다 치마밑단을 신경 써야 했다. 내 발에 치마가 밟힐 수도 있어서 크게 걸을 수도 없었다. 또, 한복이 펑퍼짐해 보인다고 착용감까지 편한 건 아니었다. 일단 속저고리로 가슴을 매어놓아서 답답한 기분이 든다. 속치마와는 별개로 넓은 허리띠 같은 것도 매는데, 아주머니께서 이걸 정말 꽉 묶어주셨다. 나중에 반납하러 갈 때쯤엔 장기가 눌리는 것 마냥 배가 저렸다. 이런 것들 중에서도 가장 불편했던 건 화장실이었다. 속치마에 철사가 덧대어져 있어서 도저히 화장실에 갈 수 없었다. 치마를 벗자니 다시 입기에 시간이 너무 오래 걸릴 테고, 그냥 올리려고 하니 올라가지도 않았다. 철사의 고정력이 생각보다 강력해서 당황스러웠다. 이렇게 불편할 줄 알았으면 옷을 갈아입기 전에 미리 다녀왔을 거다. 하다못해 일반 속치마를 입었다면 이것보단 편했을 거라 생각한다.

어렸을 적 설날에나 입어봤던 한복을 20대가 되어서 입어보니 느낌이 새로웠다. 촌스러운 분홍색 한복만 입어봐서 내가 한복이 안 어울리는 사람인 줄 알았는데, 생각보다 잘 어울린다는 걸 알게 됐다. 그리고 위에서 말했듯이 보폭을 좁게 걸을 수밖에 없으니 자연스레

313

조신하게 걷게 된다. 걸음이 변하니 행동과 말투도 조심하게 됐다. 한복 하나 입었을 뿐인데 마음가짐 자체가 달라지는 기분이었다. 전혀 그런 걸 신경 쓰는 성격이 아닌데도 말이다. 전주에 다녀온 이후로 한복에 관심을 갖고 여러 가지를 검색해 보다가 '한복의 날'이 있다는 걸 알게 되었다. 올해로 9회를 맞는 행사인데, 홍보가 부족해보였다. 보통 그런 행사는 블로그에 방문 후기가 올라오는데 그것마저 부족했다. 행사 때 사람들이 체험할 수 있는 콘텐츠를 늘리고 홍보 방식을 바꾸어 '한복의 날'을 더 적극적으로 알렸으면 좋겠다. 요즘에 인기를 끌고 있는 생활한복도 다룬다면 효과적일 것이다. 앞으로 한복을 접할 수 있는 기회가 늘어서, 지나가는 사람이 한복을 입고 있어도 이상하게 쳐다보는 일이 없도록 변하길 바란다.

청주대학교 국어교육과에서 공부하고 있는 16학번 손민정입니다. 새로운 것을 좋아합니다. 새로운 만남, 새로운 경험, 새로운 배움 등에 흥미를 느낍니다. 특히 음악에 관심이 많아서 항상 이어폰을 끼고 삽니다. 웬만한 장르는 다 듣지만 헤비메탈은 취향이 아닙니다. 호불호가 확실하나, 우유부단하게 고민하는 일도 많습니다. 그리고 매사 긍정적으로 좋게 생각하려 노력하고, 실제 그렇게 살고 있습니다. 국어교사가 제 꿈이며 잘 가르치는 선생님보다 잘 보듬어주는 선생님이 되고 싶습니다.

정원

박지윤

성인이 되어서 일 년에 한 번 정도는 우물 안 개구리를 벗어나고자 마음먹고 일본에 다녀오곤 했다. 아이디어 상품, 개인주의가 바탕이 되어 만들어진 독창적인 개성 이런 것들이 디자인을 공부하고 있는 나에게는 한국과는 또 다른 영감을 주고 내 머릿속의 디자인이라는 영역을 좀 더 폭넓게 만들어 주곤 했다. 가까운 나라 일본, 그렇지만 너무도 다른 나라. 그렇기에 일본은 나에게 생각의 전환을 가능하게 하고 다름에서 많은 것을 배우고 이해할 수 있게 되었다.

오늘은 그 많은 이야기 중에서 '정원'이라는 것에 대해 한번 이야기해 볼까 한다. 정원이라 한다면 한국인은 흔히 어떤 생각을 가장 먼저 떠올릴까? 일본에는 유명 관광지마다 소정의 입장료를 내고 들어갈 수 있는 정원이 있는데 보통 돈이 아깝다고 들어가지는 않는다. 하지만 그때 나도 모르게 '예술을 하고 있는 입장에서 돈이 아깝다고 안 들어 갈 수는 없지'라며 나도 모르게 입장료를 지불하고 한번 들어가 보았다. 처음 그 당시 느낀 감정은 실로 대단했다. 지금도 그 순간을 생각하면 가슴 벅찬 그 감정이 잊혀지지가 않는다. 단순히 산책로가 아닌 자연과 하나 되어 만들어져 있는 예술 작품 그 이상이었다.

멈추지 않는 시간마저 잠시 한숨 돌리고 제 갈 길을 가지 않을까 싶을 정도의 마음의 안정을 느끼고 등 돌리며 피하기 바쁜 바람마저 나에게 온기를 불어 넣어 주고 가는 느낌이었다. 푸른 생명력을 한껏 느끼게 해 주는 이끼와 꽃잎 한 장마저 아름다움을 뽐내며 건물을 받쳐주고 있는 그 모습에 넋이 나가 다음부터는 정원에 내가 먼저 찾아가게 되었다.

마음의 여유를 즐기며 앉아서 담소를 나누고 있던 일본인들과 나눈 이야기가 있는데 입장료가 필요하다고 생각하는지 물어 본 적이 있다. 대답은 물론 당연히 이런 예술을 감상하는데 이 정도의 대가는 필요하며 여기로 오는 사람들은 다들 자연과 하나 되는 예술을 느끼며 그 안에서 나지막이 흘러가는 시간을 즐긴다는 것이다. 돈을 지불했기에 구석구석 아름다움을 찾아볼 수 있으며 그 안에서의 시간을 좀 더 값지게 보낸다고 하더라. 또 하나 '나'로 인해 이곳이 유지되며 이 아름다움을 계속 즐길 수 있고 후대에게 보여 줄 수 있다는 자부심. 나는 그 말을 듣고 '과연 한국인도 이런 마음을 가지고 있을까?'하며 깊게 생각해 보았다.

나는 아니 우리는 입장료에 대해 아깝다고 생각해 본 적이 있지 않을까? 나도 돈을 내고 본다는 것에 대해 한 번쯤은 그런 생각을 해본 것 같다. 정작 외국에 나가서는 돈을 받으니까 당연히 내고 이런 모순되어 있는 내 모습을 보니 부끄러웠다. 내 나라를 사랑하고 최고라 여기는 마음을 한국인은 얼마나 가지고 있을까? 이런 것을 보면 선진국이라는 것은 '애국이 먼저가 아닐까?' 생각한다.

작은 관광지마저 보존하며 세심한 관심을 가지고 거기서 일하는 관리사도 나의 일에 자부심과 책임을 느끼는 그런 모습. 한국은 5천 년의 역사를 지니고 있다고 자랑스러워 하지만 과연 그것을 지금 잘

보존하고 있을까? 일본이 물론 전부 뛰어난 것은 아니지만 확실히 이런 점은 배울 것이 많은 나라라고 생각했다. 공짜가 없는 일본 그만큼의 결과를 보여주는 국가. 정원의 아름다움에 반해 들어가서 나에 대한 반성을 하고 이 사람들이 가지고 있는 생각을 부러워하게 되었다. 우리도 과연 그렇게 할 수 있을까? 그 날 나의 시간은 고요한 아름다움과 함께 많은 생각을 가져다주었다.

안녕하세요. 저는 박지윤입니다. 시각디자인을 전공하고 있습니다. 좋아하는 것은 여행입니다. 여행은 제게 많은 것을 주기 때문에 좋아합니다. 스트레스도 풀어주고 추억도 주고 그리고 공부도 하게 해줍니다. 그리고 부모님도 여행을 좋아하셔서 어렸을 때부터 전국 곳곳을 돌아다니며 여행을 할 수 있었습니다. 어릴 때부터 저에게 많은 경험을 하게 해주시고자 하셨던 부모님 덕분에 여행을 다니면서 너무도 감사한 경험을 했습니다. 그 덕분에 혼자서도 이곳저곳 탐방하며 직접 보고 느끼는 것을 저도 모르게 즐기게 되었습니다. 밖으로 나가서 직접 보고 느끼며 제 머릿속에 그려둔 기억들이 나의 자산이 될 것이라 생각하며 보낸 시간들이 디자인을 전공하고 있는 저에게 많은 힘을 실어주고 있습니다. 앞으로도 많은 것을 보고 배우며 그렇게 나만의 길을 한 걸음 더 내딛고 싶습니다.

제주도 이야기

최세중

　친구들이 핸드폰 사진첩을 보다 이 사진을 보면 "바다 예쁘다", "시원해 보인다" 등 각자의 느낌을 말한다. 보통 바다 사진, 섬 사진을 보면 사람마다 편안함, 시원함, 잔잔함, 생동감 등 각자의 느낌을 받거나 또는 낚시, 해변, 튜브, 수영, 물고기 등의 단어를 연상하기도 한

다. 역시 이 사진도 마찬가지로 보통의 바다, 섬 사진처럼 위의 단어들을 연상하겠지만 이 사진은 나에게 보통 바다 사진이 아니라 추억을 담고 있는 사진이다.

이 사진은 제주도에서 찍은 사진이다. '제주도야 얼마든지 갈 수 있지', '제주도가 뭐가 특별해'라는 생각을 또 가질 수도 있겠지만 제주도라는 말 앞에 고등학교 학창시절의 수학여행이라는 말을 덧붙인다면 다른 사람들도 특별하다 생각하고 또한 그들의 학창시절 수학여행을 상기시키기도 할 것이다.

고등학교 2학년 때였다. 18살, 늦다면 늦은 나이에 첫 비행기를 타며 설레는 마음을 가지고 제주도로 갔다. 나처럼 비행기가 처음이었을까, 날씨가 좋아서일까, 친구들과 함께여서일까 비행기에서의 친구들은 모두 나와 같이 설레는 마음을 가지고 있었다. 비행기 창밖의 풍경은 잔잔한 바다와 아늑한 느낌을 주는 섬의 풍경을 자랑했다. 비행기에서 본 제주도도 아름다웠지만 비행기에서 내려 배를 타며 본 제주도의 풍경은 더욱 아름다웠다. 그때의 아름다움을 사진으로 담을 수 없지만 바다를 가르며 달리는 배 위에서 찍은 이 사진을 보면 그때의 설레는 마음, 바다의 비릿하면서도 시원한 공기, 물에 젖어가며 친구들이랑 바람을 맞으며 사진을 찍었던 기억이 담겨 있다. 바다를 가르며 달리는 배는 파도와 부딪쳐 짠맛을 주었고 친구들끼리 바람에 엉클어진 머리를 서로 보며 웃었다. '친구들과 함께라서였을까?' 모든 즐거움이 두 배가 되었다.

또, 이런 느낌과는 달리 그리운 마음과 아쉬운 마음이 든다. 제주도의 사진을 보며 느꼈던 그때의 기억들, 이미 알고 있는 사실인 다시 학창시절을 돌아갈 수 없다는 것을 '너무나 잘 알고 있기 때문인 걸까?' 마음 한쪽에 그리운 마음과 학창시절 영원히 고등학생일 것만 같았던 그때의 철없던 나를 생각나게 한다.

어느새 대학생이 되어 한 장의 사진이 담고 있는 학창시절의 추억들을 다시 생각하고 있다. 사진 한 장 속에서도 다른 사람이 가지고 있는 의미와 달리 자신만의 의미를 가지고 덧붙여진 감정을 가질 수 있다. '직접 제주도 사진을 찍었기 때문일까?, 제주도 사진 속 상황에서 경험한 기억 때문일까?' 이처럼 하나의 제주도 사진 속에서도 각자의 상황 가치관 개인적 경험이 있다면 그 사진 속에는 남들과는 달리 특별한 의미가 내포되어 각자에게 연상되는 의미가 다를 것이다. 또, 그 사진 속에도 한 사람이 다양한 감정을 느낄 수도 있고 그 감정의 서로 상반되는 감정을 동시에 느낄 수도 있다.

그 상황의 시간도 중요하다. 하나의 사진이 그 상황의 개인의 추억을 담고 상기시킨다는 것은 같은 제주도 사진이라도 그때 당시의 추억을 떠 올릴 수 없다는 것이다. 예를 들어 만약 다시 제주도를 가서 사진을 찍는다면 이 사진에서 느꼈던 학창시절 수학여행, 친구들과의 추억을 다시 느끼지 못하고 다시 찍은 사진 속에서는 또 그때의 상황, 경험, 추억들을 담고 있는 사진이 된다.

이름 : 최세중
나이 : 1997년생
청주에서 운호고등학교 졸업
청주대학교 광고홍보학과 16학번으
로 재학 중

세 : 세상에서 빛나는 너를
중 : 중요하게 생각하길

즐거움

김정원

나는 어렸을 때부터 그림 그리는 것을 무척이나 좋아하던 아이였다. 무엇을 그리 그릴 것이 많았는지 한 달에도 스케치북 몇 개를 해치웠다. 초등학교 1학년 때는 언니를 따라 미술학원에 다녔지만 너무 어려서 크레파스만 사용하다 끊어 버렸다. 그렇게 고등학교를 갈 때까지 그림 그리는 것을 좋아만 했지 진로로 삼겠다거나 하는 진지한 생각은 해본 적 없었다.

고1에 처음 친해진 친구는 미술학원을 다녔었다. 나는 집에서 낙서 수준으로 끄적이거나 하는 것을 그 친구는 선생님과 다른 학생들과 함께 미술을 '배운다'라고 생각하니 뭔가 정말 멋있어 보였고 나도 곧바로 학원에 등록했다. 정확히 기억은 나지 않지만 3시간씩 그림을 그렸던 것 같다 처음에는 나이가 어려 입시반에는 들어갈 수 없었고, 소묘반을 들어가게 되었다. 3시간은 짧지 않은 시간이었지만 이젤 앞에만 앉으면 시곗바늘이 금방 달음박질쳤다. 너무 즐거웠다. 집에서는 나오지 않을 퀄리티의 작품이 하나 둘 완성되어 갔다.

그렇게 고2가 되었고 나도 입시반으로 올라가게 되었다. 비싼 만큼 태가 나는 화구박스를 받자 정말 내가 예술가가 된 듯한 느낌이 들어

설렜다. 그러나 입시 미술은 내가 생각한 것과는 전혀 다른 세계였다. 내가 제일 싫어하는 수학처럼 '공식'이란 것이 존재하고 있었다. 모든 개체를 강조해선 안 돼, 앞에 있는 것은 진하게 뒤에 있는 건 채도를 낮춰 색을 빼고, 실제로는 안 그렇지만 여기선 이렇게 강조해야 되고… 이것저것 생각하다 보니 머릿속이 혼란스러워졌고 결국 당장 불태워도 미련 없을 망작이 탄생했다.

문제는 그림의 기교뿐만이 아니었다. 기초디자인이라고 여기저기 균형 있게 배치하며 그리는 그림과, 발상의 전환이라고 달팽이에 기계를 붙이거나, 도대체 어디에 쓰이는지 모를 요상한 기계들을 그려내야 했다. 그렇다, 나는 세심해서 곧잘 따라 그리지만 창의력이 없는 아이였던 것이다. 이 생각까지 하니 이제 미술학원에 가는 것이 즐겁지 않았다. 지웠다 그렸다 할 수 있는 스케치가 끝나고 붓을 드는 일은 나에게 너무나 두려운 일이 되었다. 너무 슬프고 내 자신이 싫었다. 내가 제일 좋아한다고 생각했던 일이 이제는 무섭다고 생각되니 한순간 갑자기 미아가 되어 버린 기분이었다. 그렇게 나는 자신감을 잃어갔고 그것은 내 그림에도 표현이 되었다. 큰 도화지에 작고 초라한 그림, 색도 모양새도 어디 하나 멋지지 않은 위축된 그림, 그리고 그 그림은 다른 아이들 그림과 함께 벽에 붙여져 평가를 받았다. 그러던 어느 날 선생님의 평가가 무척이나 날카로웠던 날이 있었다. 평가가 끝나고 원장님이 원생들에게 시켜주신 치킨, 피자에 나는 입도 댈 수 없었다. 솔직히 쓰레기가 된 기분이었다. 나를 미워해서 한 말씀이 아니라는 건 잘 알고 있다. 그렇지만 정말 못난이 그림이라고 인증받은 기분이었다. 그러니까 한마디로 최악이었다.

그렇게 고2 겨울방학을 맞고 나는 도망쳐 버렸다. 솔직히 너무 후련했다. 미대를 가리라고 굳게 믿고 있던 부모님께는 정말 죄송하지만 '진작 관둘 걸 그랬나' 하는 생각이 들 정도로 그해 겨울방학에는 정말 그림 한 장 그리지 않았다.

개학을 하고 무작정 도망쳤던 학원에 다시 갔다. 짐을 가져와야 했기 때문이다. 화구박스를 챙겨 나오는데 선생님이 잠깐 얘기 좀 하자고 나를 상담실로 부르셨다. 뭔가 약간 민망했지만 인사는 하고 나오자는 생각에 상담실로 따라 들어갔다. 선생님은 내가 학원에 나오지 않는 사이 선생님들끼리 내 그림을 보며 이야기를 많이 하셨다고 했다. 그리고 이렇게 힘든 것을 알았다면 진작 얘기를 한번 나눠 보았을 것이라고 하셨다. 그 한마디에 왈칵 눈물이 차올랐다. 목이 메어서 아무 말도 못하고 고개만 겨우 끄덕였다. 이 두려운 공간에서 내 맘을 헤아려준 한마디였다. 나는 애써 괜찮은 척 울음을 참아냈고 그렇게 잠금장치가 고장 난 화구박스를 품에 안고 학원을 나섰다. 정말 안녕이었다.

그렇게 시간이 흘러 고3이 되었고 나름대로 열심히 공부에 집중했다. 그렇게 겨우겨우 찾은 학과인 청주대학교 광고홍보학과에 입학했다. 엄마는 광고라면 그림이랑 좀 관련된 것 아니냐며 좋아하셨다. 나도 그런 생각을 하고 선택한 과이기도 했다. 사실 그동안 그림을 좀 그렸다. 다시 예전처럼 낙서수준으로 그리기도 하고 내가 좋아하는 연예인을 그려 커뮤니티에 공유하기도 했다. 행복했다, 그림 그리는 것은 다시 나에게 즐거움이 되었다.

생일 선물로 무엇을 받고 싶냐는 친구의 선물에 나는 '크레파스'라고 답했다. 요즘 다시 어렸을 때 언니를 따라 다녔던 학원에서 그렸던 그림이 생각났기 때문이다.

나는 받은 크레파스와 스케치북을 펼치고 평소 좋아하던 작가 '흰 종이에 달이 스치운다'의 금붕어 그림을 카피했다. 몇 년 만에 잡아본 크레파스 그렇지만 낯설지 않았다. 학원에선 달달 떨면서 몇 시간을 그렸을 그림을 슥슥 겁 없이 그려냈다. 앞으로는 카피말고 나만의 그림도 그려 볼 예정이다. 좋아하는 일을 하면서 너무 스트레스 받는 것은 정말 불쌍한 일이다. 잠시 내려놓고 멈춰 생각하는 것도 나쁘지 않다. 나는 이제 다시 그림 그리는 것이 즐거워졌다.

스물한 살 김정원 광고홍보학과에 재학 중입니다. 좋아하는 것은 아이돌이고 취미는 아이돌보기 특기는 아이돌보기입니다. 아이 돌보기가 아니라 아이돌/보기 입니다! 하핫 대학 와서 숨기려고는 하지만 피부를 뚫고 나오는 덕후심에 오타쿠라고 놀림 받는 중입니다. 틀린 말이 아니라서 반박할 수가 없습니다.

초등학교 때부터 지각이 불치병 수준이었는데 낸 등록금이 어마무시해서 요즘은 완치된 상태입니다. 성격이 소심하고 예민한데 감추느라 고생이 많습니다. 또 호불호가 너무나 심해서 안 그러려고 노력 중이지만 정말 좋은 것은 좋고 싫은 것은 어떻게 해도 싫습니다.

만사가 귀찮고 자는 것을 좋아해서 집밖을 잘 나가지 않아 집순이라는 별명이 있습니다. 그래서 그런가 모태솔로인데 별로 신경 쓰이지는 않습니다. 세상엔 연애 말고 재미있는 것이 너무나 많습니다.

청주대학교 기숙사 운동장에서

전예인

처음에 기숙사 쪽 운동장은 낮에는 많은 사람들의 축구나 스포츠를 즐겨하는 곳의 장소로 많이 이용하는 장소이다. 하지만 나는 운동장을 보면서 과연 내가 저 곳에서 무엇을 할까? 과연 지나치기만 하는 것이 아니라 무엇을 하게 될지 생각조차 안 하고 있었다.

그러던 어느 날 친구들끼리 여자들의 최대의 고민 다이어트를 생각하기 시작했다. 같이 운동을 하는 친구 중 한 명은 자신이 효과를

봤던 다이어트 방법인 줄넘기를 말해서 시작되었다. 운동장은 밤이 되면 여름에는 반팔에 반바지, 겨울에는 긴팔, 긴 바지에 겉옷까지 입고 나와 하나둘씩 운동을 하기 시작한다. 우리들도 운동을 하려고 집에서 가져 온 줄넘기를 들고 운동장으로 나갔다. 처음에는 누가 많이 하는지 내기를 하다가도 점점 시간이 지나면서 자기만의 페이스를 찾아서 운동을 한다. 줄넘기를 끝마치고 운동장 걷기 시작한다. 한 바퀴, 두 바퀴를 넘어 계속 돌았다. 줄넘기와 다르게 우리는 천천히 걸었다. 노래를 틀면서 얘기를 하면서 시간표가 크게 다르지도 않았던 우리지만 우리는 오랜만에 만난 친구들처럼 이야기를 모아준 것만큼 이야기를 했다. 이렇게 운동으로 친해지고 나서 우리는 그 운동장을 떠나서 점점 홈플러스로 걷기 원정을 떠났다. 운동장에서 줄넘기를 하고 운동장이 아닌 홈플러스로 홈플러스에는 우리가 먹고 싶은 것들이 쌓여 있었다. 우리는 운동을 합리화로 두유, 떡볶이, 빵, 삼각김밥 등을 사들고 먹었다.

그러다가 우리는 정신을 차리고 홈플러스에 발을 끊고 운동장으로 들어왔다. 줄넘기를 다시 시작하고 운동장을 걷기 시작했다. 처음부터. 하지만 그것은 오래가지 못했다. 하나둘씩 저녁약속을 잡기 시작하고 우리는 저녁에 각자의 시간을 갖기 시작했다. 나는 약속을 되도록 저녁약속을 잡지 않아서 저녁에는 혼자라도 줄넘기를 하러 나갔다. 하지만 운동장에는 혼자서 돌기에는 전과는 다른 느낌의 걷기였다. 노래를 틀어도 나아지지 않았다. 이야기할 친구가 없어진 것이다. 나는 다시 친구들을 꼬드겨 운동을 시작하기 시작했다. 친구가 줄넘기를 안 해도 운동장은 같이 걷자는 말, 기숙사 운동장이 모래가 있어서 불편하면 대운동장으로 가자는 말로 친구들을 하루에 한 명씩 불러냈다. 지금은 그 친구들은 여성전용 헬스장을 다니지만 나는 여전히 그 운동장을 떠날 수 없다. 나도 헬스장으로 떠났지만, 잠시 자리를 비웠다고 생각한다.

나는 다시 운동장으로 돌아와 줄넘기를 하려고 한다. 이번에는 기숙사 친구였던 친구들이 통학을 하고 다른 헬스장을 다니면서 나는 새로 들어온 기숙사 친구들이랑 줄넘기를 시작하기로 했다. 또 날씨가 좋은 초여름이 시작되고 나서 우리는 저녁에 간간히 운동장에서 예대 건물 쪽으로 올라갈 수 있는 계단에서 일명 우리들의 언어로 '노상을 깐다'고 말하는 계단에서 맥주 캔을 사서 떠들고 놀았다. 즐길 때는 즐기자 라는 우리들의 생각으로 하루는 운동을 하지 않고 여러 친구들을 모아서 놀았다. 기숙사 주변이라 금방 들어갈 수 있고 사람들의 시선을 보지 않아도 될 정도로 괜찮은 장소였다. 운동장을 비추는 약간은 가로등과 우리를 신경 쓰지 않고 운동하는 사람들. 그 여유로움이 너무 좋았다. 이것은 어느 순간부터 우리의 일상의 스트레스해소로 작용하고 있었다. 자주 모이는 것은 안 좋지만 다 같이 모여서 수다도 떨면서 음주가 아닌 조금의 과자, 분식으로도 우리는 운동장에서 행복을 느끼고 추억을 많이 쌓았다.

시간이 지날수록 학년이 지날수록 모이기가 힘들다는 것을 느끼고 더 '지금을 확실히 즐기자'라는 생각으로 지금 아니면 언제 또 이렇게 모여서 놀 기회가 없는 생각도 했다. 그곳에서 우리의 주제는 다양하다. 모일 때마다 그날 있었던 일들, 그러다가 예전에 있었던 일들, 어디서 본 것들 등등 끊임없이 이야기가 이어지는 것 같다. 또 앞에 음식이나 과자들이 있으면 먹느라 정신이 없고 좀 채워지면서 말문을 트기 시작하는 것이 내 친구들의 특징이다. 그리고 대학친구들은 그냥 스쳐가는 존재라는 말을 깰 수 있는 게 내 주변의 친구들이다. 우리는 힘들 때, 지칠 때 서로를 찾으면서 다른 장소가 아닌 기숙사 운동장에서 운동장을 몇 바퀴 돌다가도 계단에 앉아 얘기하고 그런 사이가 되었다. 그래서 기숙사 운동장은 1년 넘게 나의 상담소, 스트레스를 풀고 운동을 즐길 수 있는 장소가 되었다. 낮에는 마치 다른 사람들이 우리의 운동장을 빌려 쓰는 것처럼 느껴질 때도 있었다.

그리고 내 친구들은 사람 구경하는 것을 좋아한다. 한 친구는 여러 사람을 보는 친구가 있고, 한 친구는 자기가 꽂히는 사람 한 명만 계속 쳐다본다. 가끔은 친구들이 다른 사람들을 쳐다보는 시선이 민망할 정도로 많이 볼 때도 있다. 하지만 이제 숙련이 된 친구들은 눈을 피하면서 잘 보는 것 같았다. 그리고 이런 얘기를 둘이서 할 때, 사람들을 쳐다볼 때에 가장 좋은 방법은 선글라스를 쓰고 쳐다보면 모른다는 사실도 말하면 여러 주제들도 이야기들이 많다. 기숙사에서 항상 볼 수 있는 우리를 기다리고 있는 그런 느낌과 추억이 있는 곳이다. 한마디로 표현하면 기숙사 운동장은 1년이 넘는 추억 동영상이라고 할 수 있다.

안녕하세요. 저는 청주대학교 15학번 간호학과 전예인입니다. 대학교에 입학하고 벌써 일 년이 지났습니다. 대학교 생활을 하면서 고등학생 때의 같은 시간표에서 지내는 것이 아니라 좀 더 자유로움 속에서 자신의 목표를 향해서 스스로 공부하는 것이 처음에는 적응이 안 됐습니다. 항상 맞춰진 속에서 몇 년 동안 살아왔지만 지금은 지금에 적응하면서 살아야 해서 구체적인 자신의 목표를 찾고 이룰 방법을 찾을 수 있도록 학교에서 많은 프로그램을 만들어 주고 있는 것 같았다. 그리고 원하는 교양을 들으면서 자신의 분야에 더 맞고 흥미 있는 활동을 하는 것이 좋았다.

초코에몽 에세이

이상우

저 사진을 찍게 된 상황은 수업이 끝나고 친구랑 버스를 타러 가던 도중 초코에몽을 사 먹으면서 친구가 초코에몽을 하루도 빠짐없이 먹냐고 혹시 집에 쌓여 있는 것 아니냐고 물어 봐서 생각해 보고 집에 도착하여 컴퓨터 밑을 보니깐 저렇게 초코에몽들이 쌓여 있어서 사진을 찍고 친구에게 보내면서 나도 모르게 저렇게 쌓아가며 마셨다고

하면서 이야기하게 되었다.

나는 여태껏 여러 종류의 음료수와 우유 등 다양한 마실 것들을 마시면서 살아 왔다. 그 중에 초코에몽은 내가 마셨던 것들 중 제일 좋아하게 되는 음료가 되었다. 초코에몽이 출시된 지 얼마 안 되어 처음으로 마셨고 나는 그 맛의 푹 빠져버렸다. 그 이후로 거의 음료는 초코에몽을 사기 시작하였다. 나는 이 초코에몽에 생각보다 많은 기억이 있고 즐거울 때, 슬플 때 등 마시며 다양한 추억도 쌓은 거 같다. 어느 순간 초코에몽은 거의 물과 같은 존재로 나의 곁에 있었고 친구 같은 기분이 드는 신기한 우유였다. 나는 원래 하나에 빠지면 그거에 몰두하는 성격을 가지고 있는 것 같다 그래서 그런지 초코에몽은 질리지가 않고 늘 맛있게 마시고 있다. 친구들이 툭하면 초코에몽을 마시냐고 물어도 그저 맛있으니깐 먹지라고 대답도 하며 일상의 한 부분으로 차지할 만큼 내 곁에 있었다.

혹시 누가 초코에몽을 왜 마시냐고 물어본다면 초코에몽의 달달한 맛이 기억 속에 뚜렷이 남아서 먹게 된 것 같다고 딱히 이유가 없이 어느 순간부터 그래왔던 것 같다. 내 생각에는 앞으로도 나는 초코에몽을 꾸준히 사 먹을 것이라고 생각한다 그래서 군대를 가면 마시기 힘들어 지니깐 약간의 걱정이 생기는데 하지만 그냥 군대라는 것에 아무 생각도 안 들 것 같아서 상관은 없을 것 같다.

아마 앞으로도 나는 초코에몽을 자주 마실 것 같고 그러다 보면 이런저런 새로운 기억도 점점 쌓일 것 같다.

또 초코에몽은 행사를 자주 하여서 1+1, 2+1 등 이런 행사들로 더욱 저렴하게 많이 마실 수 있기 때문에 더 찾게 되는 것 같다. 내가 생각하기에 초코에몽은 남녀노소 어른, 아이 상관없이 좋아하는 입맛이고 같이 즐기면서 이야기하며 마실 수 있기에 좋은 달콤한 우유이다.

초코에몽은 편의점에서 1000, 1200원에 파는 쉽게 살 수 있는 우유이며 인기가 많다. 초코에몽을 처음 먹었을 때 나는 어렸을 때 처음 먹었던 초콜릿의 그 달달한 맛이 기억이 나서 빠지게 된 것 같다.

대학교에 와서 수업 시간이 되기 전에 매점에 들려 초코에몽을 사고 수업을 들으러 가는 것이 나의 일상이고 집에 가거나 동아리 회식을 하기 전에 하나씩 먹는 것 또한 일상이 되었다. 요즘 들어 나는 초코에몽을 더욱 많이 사먹는 것 같은 기분이 든다. 왜냐하면 거의 하루에 2개 이상 사 먹기 때문이다. 그 이유가 보통 수업 2시간을 듣고 난 후엔 공강이 있고 다시 수업이 있는데 수업이 시작하기 전 초코에몽을 하나 사서 수업을 듣기 때문이다.

초코에몽을 좋아해서 좀 힘든 점이 있다면 1000원, 1200원 정도 하는 초코에몽을 하루에 2개 정도씩 사서 마시기 때문에 금전적인 부분에서 약간의 타격을 느끼는 점이다. 어느 날은 초코에몽을 줄이면 밥값도 부담 없이 맛있는 걸 더욱 많이 먹을 수 있다고 생각하게 되는데 정작 초코에몽을 사서 마시면 밥에 대한 생각보다는 지금 마시고 있는 초코에몽의 달달한 맛 빼고는 아무 생각이 들지 않기 때문에 마실 때는 금전적인 부분에 대한 생각을 잊고 있게 된다.

가끔은 초코에몽을 보면 이 정도 마신다면 초코에몽 회사에 들어가 초코에몽 디자인, 맛, 만드는 법 등을 배우는 것도 한번 해 볼 만한 일이라고 생각이 든다. 초코에몽은 또 편의점에서 데워 팔기도 한다. 이 데운 초코에몽은 초콜렛 맛이 더욱 진하게 느껴지고 달달한 맛이 기분 좋게 입속에 퍼지게 되어 더한 행복감을 나에게 준다.

초코에몽은 어느 순간 나에게 깊숙이 들어와 다른 곳으로 도망가지 않는 친구 같은 존재가 되어 나의 곁에서 언제든지 있을 것 같은 기분이 든다.

그저 돈을 내고 내가 사야 되는 조건이 붙는다지만…

돈을 내게 된다지만 나는 겨우 몇 푼의 즐거운 나의 행복을 살 수 있다는 것에 만족하며 지내고 있다.

초코에몽에 대해 더욱 생각해 보면은 여러 가지 어떻게 사람들은 도라에몽이라는 캐릭터에 초코우유를 더하여 이런 초코에몽이란 우유를 만들게 된 것인지 그저 신기하고 대단한 것 같다. 그리고 나는 초코에몽 덕분에 잠도 편하게 자게 된 것 같다.

왜냐하면 나는 원래 초코에몽을 마시기 전에는 늘 커피우유나 편의점에서 파는 카라멜마끼아또 등 달달한 맛의 커피를 즐겨 마셔서 새벽에도 잠에 들지 않고 깨어 있어서 다음날은 피곤에 빠져 든 적이 한두 번이 아니었다. 근데 초코에몽을 마시게 되면서 커피를 마시지 않아서 그런지 새벽에도 잘 자고 있고 나름 카페인도 몸에 쌓이지 않아서 건강해진 기분이 든다.

초코에몽은 이렇듯 나에겐 달달한 맛을 주고 행복감을 들게 해주는 것은 물론 건강 등 다양한 도움을 주는 우유가 되고 존재가 되었다.

앞으로도 초코에몽은 자주 마시게 될 것이고 질리지 않아 친구들에게 추천도 하며 즐겁게 생활할 것 같다. 그리고 이 글을 쓰는 지금도 초코에몽의 달달한 그 맛과 냄새가 생각난다.

저를 소개하자면.

저는 청주대학교 광고홍보학과 15학번 이상우입니다.

저는 축구와 당구, 게임 등의 취미가 있습니다. 보통 수업이 끝나고 공강 시간이 되면 같은 과 동기랑 당구를 주로 치면서 시간을 보내고 밥도 먹고 쉬면서 다시 수업을 들으러 가는 반복된 일상을 즐기고 있습니다.

또 가끔은 친구들과 떠들며 놀고 술을 마시는 등 즐거운 생활을 하고 있습니다.

그리고 저는 저희 과 동아리 영상동아리에 들어가서 영상을 다루는 법 제작, 카메라를 다루는 법 등 다양한 것을 배우고 연합제, 광고제등 과 특성에 맞는 여러 가지 활동들을 하면서 시간 가는 줄 모르며 학교를 다니고 있습니다.

점심으로 즐겨 먹는 음식은 오니기리 컵밥이나 우암골, 돈가스, 다드림 등 여러 가지 가게에 다니며 맛있는 것을 친구들이랑 먹으며 재미있는 학교생활도 하고 있죠

대학에 다니며 좋은 점이 수업을 선택하여 듣는 것으로 원하는 수업을 들어 재밌게 배우고 있기도 하고 가끔 잠도 자면서 2학년 1학기 생활을 하고 있습니다.

남은 반 학기 동안 체육대회, 축제, 연합제 등 다양한 활동을 즐겁게 참여하며 친구들과 놀기도 하면서 남은 학기를 즐겁게 보낼 예정에 즐거운 마음으로 학교를 다니면서 수업도 듣고 그럴 것입니다.

군대를 가기 전까지 거의 놀자는 마음을 가지고 생활하고 있었는데 중간고사를 보고 나서 그래도 열심히 남은 학기 마무리하며 편안하게 군대를 갈 생각으로 바뀌게 됐습니다.

군대에 다녀오고 나서는 어떨지는 까마득해서 아직 생각을 해 본 적이 없기에 기대 반, 걱정 반의 상태로 요즘은 군대를 가는 날을 기다리며 그저 시간이 흘러가는 대로 지내고 있지만 앞서 말했듯이 이런 생각을 버리고 학교생활, 수업 등 집중하여 공부하고 남은 학기를 후회를 남기지 않고 보낸 뒤에 군대를 갈 것입니다.

커피

김세윤

커피, 커피란 원래 커피 나무에서 열리는 열매를 뜻한다. 우리는 이 열매를 볶아서 끓여 차로 만들어 마시는 이것을 흔히 커피라고 부르고 있다. 이 커피는 대부분 기호에 따라 마시고 다른 목적을 가지고 마시기도 한다. 예를 들면 잠을 깨는 목적이나 또는 여유를 가지며 휴식을 취하려고 마시기도 한다. 나 또한 이러한 용도로 커피를 많이 마셨지만 커피는 나에게 참 특별한 존재이다.

나에게 있어서 커피는 참 고마운 존재다. 누군가에게도 그러하겠지만 잠이 남보다 다소 많은 나에게는 커피는 정신적 지주 역할을 해준다. 때론 내가 커피를 마셔도 졸겠다는 것을 인지하지만 몇 개씩 마시면서 계속 버틸 수 있다고 생각하게 된다.

항상 그러했듯이, 이번 시험기간에도 마찬가지였다. 생각보다 공부할 것이 많았던 나는 시험기간 내내 거의 밤새고 그것을 옆에서 도와준 나의 벗은 커피였다. 4월 16일부터 4월 21일까지 공부할 것이 많았던 나는 쪽잠을 제외하곤 잠을 잘 수 없었다.

첫날의 시험은 특히 그러했다. 첫날에 시험 보는 것은 한 과목이었지만 내용이 주로 줄글형식이었고, 글을 읽는 것을 딱히 좋아하지 않았던 나는 공부를 계속 미뤄왔기 때문에 공부해야 할 양이 산더미였다. 그렇기에 나는 더더욱 커피를 옆에 쌓아두고 계속 마시며 밤샐 수밖에 없었다. 그렇게 첫 시험을 마치고 너무 피곤했던 나는 잠시 자는 것을 원했고 그래서 친구에게 잠시 후 깨워 달라고 했었다. 그런데, 세상에 믿을 사람 한 명 없다더니 그 친구는 날 깨우지 않았다. 옆에서 같이 나란히 자고 있었던 것이었다. 그렇게 공부해야 할 시간이 모자랐던 나는 결국 또 커피의 힘을 빌리기로 했고 옆에 커피를 좌르르 쌓아놓고 홀짝홀짝 마시며 공부를 했다. 그래도 친구보단 커피가 더 믿을 만했었던 것 같다.

도서관에서 커피를 줄줄이 쌓아놓고 마시면서 공부하니 지나가던 친구들이 한 캔씩 뺏어가고, 그러다가 지나가는 친한 선배님 계시면 드리다 보니 내 벗들이 점차 사라져갔다. 눈물을 머금고 그 야심한 새벽에 편의점에 가서 또 커피를 줄줄이 구입한 나는 그래도 이걸 마시면 졸진 않겠지 하는 마음으로 다시 책상으로 돌아가 마시며 커피에게 의지했다.

이렇게 시험 끝날 때까지 쭉 커피로 연명하던 나는 하루 평균 캔 커피 3개, 커피우유 3개, 카페 커피 1잔씩 마셨고 시험 끝날 때까지 약 40잔의 커피를 마셨으며 5일간의 커피 값으로 6만원이 나왔다. 역시 나의 정신적 지주는 비쌌지만 그만큼의 값어치는 있었던 것 같다.

이렇게 정신적인 지주인 커피는 '설렘의 시작'이라 생각되어지기도 한다. 작년 겨울 방학 때, 내가 집에 박혀 있을 때마다 부모님께서 항상 밖에서 활동적이고 생산적인 일을 하라고 하셨기에 특별한 약속이 없으면 책을 가방에 넣어 도서관으로 어김없이 가곤 했었다. 하지만 앞에서 말했듯이 잠이 많았던 나는 졸리던 졸리지 않던 무관하고 열심히 책을 피고 잠을 청하곤 했었다. 그렇게 며칠을 도서관에서 따스한 햇볕을 받으며 잠을 자던 나에게 한번 쪽지 한 장과 커피 한 잔이 놓여 있었다.

누구나 그렇겠듯이 누군가가 자신에게 몰래 자그마한 선물과 쪽지를 준다면 기분이 들뜨고 설렐 것이다. 나 또한 그 굴레 안에서 벗어날 수 없었다. 그 쪽지에는 도서관에서 자주 와서 자는 것을 보고 피곤해 보인다며 커피를 선물로 준다고 쓰여 있었다. 도서관에서 유난히 더 잠이 많았던 나는 설렘 때문에 잠을 청할 수 없었다. 이 설렘은 몇 시간 지속되었고, 끝내 누군지는 찾을 수 없었다. 하지만 이 설렘은 그 다음날도 그리고 그 다음날까지도 계속 남아있었고 방학동안 할 일 없을 때 도서관에 자꾸 가게 되는 계기가 되었었다. 그렇게 계속 도서관에 나가다 보니 친한 친구가 왜 하지도 않던 짓을 하냐고 묻기에 앞에 일어났었던 이야기를 말해 주었는데 그 친구는 대수롭지 않게 여겼다.

그렇게 설렘이 식어갈 즈음에 어김없이 도서관에 가는 길이었는데 친구가 자신하고 친한 여자애를 소개시켜 주겠다고 제안을 했었다.

내가 자꾸 도서관에 나가서 시무룩해서 와서 그런지 자기가 더 좋은 친구를 소개시켜주겠다고 한 것이었다. 그렇게 만남은 시작되었고 그 만남도 카페에서 이루어졌었다. 원래 만남은 설렜지만 그 만남에 항상 가운데에 있던 매개체는 다름 아닌 '커피'였다. 그때 커피를 같이 주문하고, 같이 이야기하면서 마신 커피는 설렘의 시작이었었다. 그렇게 이야기를 나누고, 서로의 공통 취미나 좋아하는 음식 등, 친구 이야기를 하면서 같이 공감대를 형성하며 마신 그 커피는 내 기억 속에 아직도 고스란히 남아있다. 누군가의 도움과 커피로 시작된 설렘의 끝이 달달한 기쁨은 아니었지만 매 순간 순간 커피와 함께한 시작은 달달했고 설렘으로 가득 찼었다.

그래서인지 항상 커피를 마실 때마다 목적이 비록 피곤을 풀려고 혹은 잠을 안 자려고 마시려고 했던 것이라도 누군가와 만나게 되지는 않을까 하는 생각에 설렘이 먼저 다가오곤 한다. 그리고 나뿐만 아니라 다른 사람들도 그렇게 느끼지 않을까 생각하곤 한다.

저는 청주대학교 간호학과 재학 중이고 이름은 김세윤입니다.

영어 이름은 Se Yun Kim입니다. 저희 가족은 부모님과 저보다 3살 위인 누나 그리고 저로 구성되어 있고, 제가 좋아하는 운동은 농구이고, 취미는 음악듣기 그리고 좋아하는 음식은 고기입니다. 좋아하는 차는 녹차이지만 커피도 자주 마시는 편입니다.

토마토 육아 일기

남석인

저는 요즘 기숙사에서 토마토를 키우고 있습니다. 이름은 메로, 틈메이로(토마토의 영어 발음)의 줄임말입니다. 기숙사에 함께 사는 친구들과 직접 지은 이름이라서 더욱 애정을 가지고 토마토를 돌보고 있습니다. 다른 화분보다 쉽게 죽지 않고, 물을 주는 간격의 차이가 그리 크지 않은 토마토는 매일 일과 시간이 똑같지 않은 대학생들이 키우기에 딱 좋은 식물이라고 생각합니다.

사실 저는 토마토 알레르기가 심해 토마토를 먹지 못합니다. 그래서 처음엔 토마토를 심는 것에 대해 그렇게 관심이 크지는 않았습니다. 하지만 친구와 함께 토마토에게 '메로'라는 이름을 지어주고 하루하루 싹이 돋아나는 메로의 모습을 보면서 토마토에 관심이 생기지 않을 수 없었습니다. 처음 2, 3일간은 흙 위로 어떤 작은 싹도 모이지 않았던 메로는 5일차를 지나면서 급격하게 자라나기 시작했습니다. 메로가 초록색 머리를 조금씩 보일 때마다 저희 방 친구들은 함께 기뻐했습니다. 식물은 예쁜 말을 들으면 더 잘 자란다는 말을 듣고 온 한 친구는 메로에게 매일 예쁜 말 한마디 식 해주기를 제안했습니다. 덕분에 저는 요즘 하루에 한 번씩 메로에게 어떻게 하면 더 예쁜 말을 할 수 있을지 고민하는 것이 하루 일과가 되었습니다.

애완동물조차 한 번도 키워본 적 없는 저는 이번 기회를 통해 메로를 통해 엄마의 마음을 느낄 수 있었습니다. 햇빛이 잘 드는 곳이 있으면 메로 생각이 나고, 때때로 메로가 다 자랐을 때를 상상하게 됩니다. 비록 토마토를 먹지 못해 메로가 주는 빨갛고 탐스러운 열매를 먹어 보지는 못하겠지만 메로의 열매를 기다리는 일만으로도 이렇게 행복할 수 있다는 것이 너무 신기합니다. 방 친구들과의 대화에서도 화제는 항상 메로일 정도로 저희 모두 메로가 다 자랄 날만을 기다리고 있습니다. 토마토는 이렇게 저희 일상의 사소한 부분들에 활력을 불어넣어 주었습니다. '우리 메로'가 자라는 날까지 저희 '메로 엄마'들은 메로의 헬리콥터맘이 되기로 했습니다.

저는 청주대학교 신문방송학과에 재학 중인 남석인입니다. 아버지 어머니와 함께 평범한 가정에서 외동딸로 태어나 많은 사랑을 받고 자랐습니다. 하지만 모든 행동에 칭찬을 받으며 마냥 공주님처럼 자란 것은 아닙니다. 예의를 중요시하시는 부모님의 교육철학 덕분에 저는 예의나 인성에 대한 교육만큼은 항상 확실히 받을 수 있었고, 어디서 예의 없다는 말은 듣지 않고 자랄 수 있었습니다. 또 저희 부모님께서는 항상 저의 생각을 존중해 주셨고, 제가 엉뚱한 생각을 하더라도 "아니야", "틀렸어"라는 말씀은 하지 않으셨습니다. 제가 다양한 생각을 할 수 있게 도와주시고 엄할 때, 따뜻할 때를 구분해 저를 대해주시는 부모님을 보며 저는 올바른 교육에 대한 가치관을 형성하며 자랐습니다.

제 자신에 대해 한마디로 설명해야 되는 순간이 오면, 저는 항상 저를 비타민 같은 사람이라고 말합니다. 주위 사람들에게 밝은 기운을 주고, 함께 있을 때 피로가 풀리는 사람이 되고 싶기 때문입니다. 아직 많이 부족하지만 저는 그런 사람이 되기 위해 항상 열심히 노력하고 있습니다.

생각이 같은 사람들을 만나 함께 방송, 프로그램이라는 틀 안에서 사람들에게 생각할 기회를 줄 수 있는 좋은 작품을 만들어 내는 것이 저의 오랜 꿈이자 목표입니다. 저는 이러한 저의 꿈에 한 발 더 다가가기 위해 신문방송학과에 진학했고 앞으로 더욱 노력하려고 합니다. 언젠가 TV를 통해 저의 손에서 만들어진 프로그램을 접할 많은 사람들에게 기대해도 좋다는 말을 남기고 싶습니다.

특별한 의미

김정현

이 사진은 나에게 10년이 지나도 아니 그보다 더한 세월이 지나도 잊지 못할 추억이 담긴 사진이다. 그 추억이라 함은 내가 국가의 부름을 받아 군인으로서 생활을 하던 때 나의 사랑스러운 여자 친구가 강원도 화천군 사창리까지 면회를 와주었고, 그녀와 함께 밥을 먹고, 카페에 가서 일상적인 이야기를 나누었고, 함께 즐거워했고, 그녀와 다시 헤어짐을 아쉬워하며 그녀가 탄 버스 밖에서 배웅을 하던 것을 의미한다. 나는 가끔씩 이 사진을 꺼내 보고는 그때의 애틋함을 떠올리며 옅은 미소를 지어보이고는 한다.

그래서 나는 나에게 잊지 못할 추억을 주는 이 사진이 표면적으로 담고 있는 기표는 무엇이며 그 안에 의미하고 있는 기의는 무엇인지에 대해 좀 더 자세히 분석해 보고 싶었다. 이 사진을 기호학적으로 분석하면 기표는 창밖으로 보이는 군복을 입은 20대 남성이 될 수 있겠고, 좀 더 세부적으로 들어가자면 이 사진을 본 대부분의 사람들은 군복에 대해 보편적으로 군대에서 입는 옷, 군인임을 알 수 있는 표시 정도의 의미를 부여할 것이다. 사진에 담긴 군복을 입은 군인에 대해서는 남성성, 기강, 절도, 절제 등의 기의를 부여할 것이다.

그렇다면 다른 시각에서 이 사진을 분석한다면 어떻게 그 의미가 변할까? 당시 나는 오랜만에 만난 여자 친구와 다시 헤어진다는 사실에 굉장한 상실감과 슬픔, 아쉬움 등의 복합적인 감정들을 느꼈다. 그리고 집으로 돌아가는 버스에 올라 타 촉촉해진 눈가로 나에게 웃어보이던 그녀의 모습을 보았을 때 마음 속 깊숙이 무언가 올라오는 것을 느꼈다. 그렇기 때문에 나는 이 사진을 보았을 때 남자답고, 절제된 군인이 보이기보다는 한 여자의 남자친구로서 사랑하는 여자를 떠나보내야만 하는 남자, 그녀의 곁에 있어 줄 수 없는 자신의 상황을 자책하고, 원망하는 남자가 보일 뿐이다. 그러니까 이 사진에 대한 기의는 사랑하는 애인을 떠나보내기 아쉬워하는 어느 군인의 아련한 눈빛과 슬픔이다.

글을 마무리 하면서 내가 느낀 점은 하나의 사진을 보고 누군가는 그 사진이 나타내는 형상 그대로만을 이해하고 단정 짓지만 또 다른 누군가는 형상적 의미를 넘어선 특별한 의미를 부여할 수 있다는 것이다. 또 하나의 사진을 바라보는 관점의 차이는 하나의 세상을 바라보는 시선의 차이와 다르지 않다는 것이다. 그러니까 우리는 때때로 하나의 세상을 볼 때, 예를 들면 군인을 볼 때 '그는 강인해', '그는 용감해', '그는 지치지 않아', '그는 남자다워'라고 보이는 그대로만 이해하고 단정 짓는다. 그러나 누군가에게 그 군인은 '속이 여린 사람', '눈물이 많은 사람', '무서움을 많이 타는 사람' 일 수 있다. 여기서 내가 하고자 하는 말은 세상 사람들이 하나의 사진을 볼 때도, 하나의 세상, 한 명의 사람을 볼 때도 겉으로 나타나는 형상만으로 그 존재의 의미를 단정 짓지 말고 그 안에 숨어 있는 의미를 생각해볼 수 있었으면 좋겠다는 것이다.

폭포를 보며 생각한

정크리스토퍼

　서양에는 3월은 사자처럼 오고 양처럼 간다는 속담이 있다. 3월이 시작될 때에는 겨울의 매서운 추위가 남아있지만, 이것이 점점 풀림으로 4월이 막 올 때쯤이면 따뜻하고 안락한 봄 날씨를 맞는다는 의미이다.

　나는 이 속담이 사람의 삶에도 연계되지 않은가 싶다. 한국에서는 3월이면 입학식을 진행하며, 새로운 학기가 시작된다. 처음 만나는 얼굴들과 인간관계를 막 쌓아 올리는 시기이며, 새 터전에 적응하는 시기이다. 비교적 녹록하였던 겨울에 비교해 참으로 어수선한 시기가 아닐 수 없다.

이러한 3월도 한참 전에 갔고, 이제 4월도 끝나 간다. 쌀쌀하다는 생각을 했던 게 엊그제건만 어느새 날씨는 풀어지다 못해 더워졌고 풀이 돋아난 데에는 꽃이 만발하여 눈이 즐겁다. 겨울 동안 잠들어 있던 자연의 활력이 마침내 기지개를 켠 것이다. '이제야 제대로 된 봄이 왔구나!' 하고 느낀다. 너무 늦게 온 거 아니냐고 불평하는 대신, 와준 것만 해도 어디인가 하며 감사의 마음을 가져본다.

이런 나날에는 어디든 절경이지만, 특히 대학로의 인공폭포가 확하고 내 이목을 끌었다. 나는 이 폭포의 추레한 모습을 기억하고 있다. 겨울에 이 폭포는 그저 바위를 쌓아올려 만든 조형물에 불과했다. 물이 흘러내리지 않는 폭포란 보는 입장에서 얼마나 덧없던지. 그랬던 것이 봄의 활기와 어우러지니 이토록 강렬할 수가 없다. 덕에 오랜만에 상쾌한 기분을 만끽했다.

물이 콸콸 소리를 내며 경쾌히 쏟아지는 모습을 바라보며 폭포나 봄에 대한 시 한 편 떠올릴 수 있을 만큼 감성적이었다면 좋았겠지만, 아쉽게도 내게 그 정도의 운치는 없는 모양이다. 대신이라고 하기는 뭣하지만 나는 저 사진 속의 폭포를 바라보며 이어령의 '폭포와 분수'라는 수필을 떠올렸다.

어디서 읽었는지 기억나지는 않지만 분명 폭포를 사랑하는 동양인과, 분수를 사랑하는 서양인의 사고를 비교하는 내용이 머리 구석에 어렴풋 자리 잡고 있다. 서양인의 분수는 인위적인 힘으로 역류시켜, 부자연스럽게 위로 솟구치는 물이다. 반면 폭포는 자연스럽게 아래로 흐르는 물이 있는 그대로의 모습으로 이러한 폭포와 분수의 성질이

동양인과 서양인의 사고의 차이를 대변한다는 것이 내용의 요지였던 것으로 기억한다.

나는 여기서 이에 대한 내 생각을 정리해 보고자 한다. 아래로 쏟아져야 하는 물을 위로 솟구치게 하는 분수는 만유인력의 법칙과의 대립이자 자연과의 투쟁이다. 서양인들 도대체 왜 자연과 투쟁하는 분수를 만든 것일까?

서양인들의 사고에 가장 큰 영향을 준 것은 기독교의 정신이라고 생각한다. 그네들의 역사에는 세속적인 권력보다 교권이 우위를 점했던 시절이 있다. 우리가 흔히 중세라 부르는 시절이다. 정확한 시작과 끝에 대한 의견은 분분하지만 어쨌든 약 천 년에 가까운 긴 세월 동안 서양인의 삶은 기독교 정신과 함께했다.

기독교의 경전인 성경에 따르면, 사람은 조상인 아담과 이브가 선악과를 따먹음으로써 원죄를 타고난 채 태어난다. 이 원죄를 사함받기 위해서는 하나님의 은총이 필요하더란다. 인간은 하나님의 도움 없이는 결코 죄를 씻을 수 없으며, 완전해질 수도 없다는 의미이다.

하지만 동시에 사람은 하나님이 자신의 본질을 따 만든 유일한 피조물이기도 하다. 이로부터 세상 만물은 오롯이 사람에게 이용받기 위해 존재한다는 인간중심적인 사고방식이 꽃피었다고 말한다.

유일신만을 섬기는 기독교에서 나무나 자연물을 숭상하는 토테미즘을 배척하고 이 과정에서 자연은 어우러져 함께 하는 존재가 아닌, 대립하고 투쟁하여 끝내 개척해 내야만 하는 대상으로 격하되었다는 일설 등도 존재한다.

하지만 분수 자체는 기독교 정신이 중세를 지배하기도 훨씬 전인 고대 로마 시절부터 있어왔다. 그러니 분수와 기독교 정신과 연관 지을 수 있을지언정 탄생배경, 자연을 통제한다는 사고의 근원은 다른

데 있다고 보는 게 옳으리라.

'동과 서'라는 다큐멘터리를 본 적이 있다. 다큐멘터리에 따르면 유명한 아리스토텔레스의 물리학에서는 사물의 움직임을 순전히 사물자체의 속성으로 설명했다. 바위가 물에 가라앉는 건 '물에 가라앉는 힘'이 있기 때문이다. 반대로 나무가 뜨는 건 '물에 뜨는 힘'이 있다는 것이다. 물론 이것은 분명 틀린 설명이다. 하지만 이 오류에서도 눈여겨 볼 만한 점이 있는데 바로 옛 서양인은 모든 사물을 독립적인 객체로 인식했다는 점이다.

옛 서양인의 우주관에선 물질들 사이가 텅 비어 있고 환경과 사물은 객체로 존재한다. 반면 동양은 오래전부터 두 개의 물체가 떨어져 있더라도 서로 상호연관을 갖는다고 믿었다. 옛 동양인의 우주관은 기로 가득 차 있으며, 공간 가득 찬 기가 모여 사물을 이루고, 이 기가 모여 이룬 사물은 주변의 기와 항상 연결된 상태이다.

만물이 연결되어 있고 상호작용을 한다고 믿었던 동양과 달리 서양은 이러한 발상이 없거나 미미한 수준으로 보인다. 서양인은 사물의 객체성을 강조한다. 모든 게 독립된 객체이다. 그래서 서양인들은 사람에 대해서도, 자연에 대해서도 언제나 타자화가 기능했던 게 아닐까?

타자화는 대상을 자신과는 다른 존재로 봄으로서, 분리된 존재임을 부각하는 언동이나 사상 등을 가리킨다. 사람과 사람 사이의 타자화는 비정상인을 타자화함으로써 비정상인을 정상인과의 권력관계에서 아래에 두려고 할 때 발생한다. 서양인들의 이러한 타자화가 자연에도 그대로 기능했다면, 자연과 환경을 통제하고 제어할 수 있다고 믿은 전근대 서양인들의 발상도 납득할 수 있다.

성명 : 정크리스토퍼
학교 : 청주대학교
학과 : 사회과학대학 사회학과
나이 : 만 21세
출신 : 대한민국 서울

94년 7월, 대한민국 서울에서 기록적인 폭염으로 기록되던 시기에 태어남. 서울 은평구에서 고등학교를 다녔으며 이후 2013년에 청주대학교의 사회학과에 입학하여 현재 3학년으로 재학 중. 취미는 독서와, 소설집필 그리고 게임.

봄에 대한 찬송에서 어느 순간 맥락 없이 '왜 서양인은 분수를 만들게 되었는가.'라는 주제로 빠져버렸습니다. 하지만 폭포 사진을 찍을 때부터 이런 주제의 글을 쓰고자 생각하고 있었습니다. 봄다운 날씨가 되어 들뜬 마음에 서문이 너무 길어진 게 문제가 아닐까 싶습니다.

저는 상당히 내향적인 사람으로, 봄이든 여름이든 그리 좋아하지 않는데요. 오히려 집에만 있어도 되는 겨울을 선호하는 편입니다. 그럼에도 어제오늘(4월 25일, 26일) 대학 인근의 들판에 꽃이 만발한 풍경에 설레지 않을 수 없더군요. 가로수도, 잔디밭도 알록달록한 게 오랜만에 마음 속 한켠이 뭉클했습니다.

스스로도 내가 이런 사람이었던가 싶을 정도로 감성에 젖은 하루를 보냈던 거 같네요.

하늘에서 본 여수의 바다

임주리

　겨울 방학동안 여수에 놀러간 적이 있었다. 학기 중에는 시험과 여러 과제들, 할 일이 많아서 여행을 갈 기회가 없었는데 방학을 하고 친구와 함께 여행을 가게 되었다. 여행을 가기 전에 겨울 바다를 보고 싶다는 생각을 계속했는데 마침 여수하면 생각나는 것은 바다였다. 그래서 바다를 보기 위해 발걸음을 옮겼다.

　그래서 도착한 여수의 바다, 그리고 해상케이블카. 생각해 보면 바다를 바로 앞에서 직접 본 적은 많지만 해상케이블카를 타고 위에서 이렇게 넓은 바다의 모습을 본 것은 처음이었다. 위에서 보이는 탁 트인 바다의 모습과 서 있기도 하고 움직이기도 하는 배들의 모습, 그리고 반대편에 보이는 아파트와 여러 건물들의 모습. 한 번도 본적이 없는 위에서 바라보는 바다의 모습. 양옆으로 넓게 펼쳐진 바다를 보니 아래에서 직접 바다를 보는 것보다 훨씬 마음이 편안해지고 탁 트이는 느낌이 들었다. 직접 바다를 볼 때는 '보이지 않는 저 끝에는 무엇이 있을까?' '파도가 칠 때마다 바다 속은 어떤 모습일까?' 이런 생각이 들었는데 위에서 바다를 바라보고 있으니 마음이 편안해져서 그런 생각뿐만 아니라 예전에 바다에 놀러갔을 때 어떤 일이 있었는지, 나에게 어떤 추억이 있었는지… 이런 저런 생각을 하면서 그 시간만큼은 일상에서 벗어나 추억을 회상하는 아주 소중한 시간이 될 수 있었다.

또한 바다를 위에서 보았을 때도 물론 넓은 모습이었지만 아래에서 직접 볼 때처럼 너무 넓어서 눈에 다 담을 수 없을 것이라고 느끼는 것보다는 위에서 그래도 아래에서 보는 것보다는 더 멀리 더 많이 볼 수 있어서 더 기분 좋고 그 시간만큼은 마음 놓고 바다를 보고 내가 하고 싶은 생각을 맘껏 해보고 내가 지금 어떤 상황인지 또는 가지고 있는 고민 같은 것을 다 내려놓고 온전히 편안하게 여행을 즐길 수 있는 그런 시간을 보낼 수 있었던 것 같다.

그리고 위에서 보면서 여러 배들을 볼 수 있었다. 지나가는 배, 앞에 쭉 서있는 배들. 여태까지 내가 바다에 갔을 때 서 있는 배들을 보면 작은 배들이었고 위에서 배들을 보기보다는 앞에서 겉모습만 보았었는데 위쪽에서 배들을 보니 뭔가 색다른 느낌이었다.

또한 지나가는 배들이 저렇게 물살을 가로질러 가면서 하얀 물길을 만들어 내는 것도 굉장히 신기했다. 위에서 바라보고 있으니 여태까지 배를 타 보았던 일들과 추억이 생각나면서 아무리 그 추억이 좋지 않은 추억이었다고 하더라도 위에서 바라보는 배들은 내가 생각했던 아래에서 보는 배들과는 또 다른 모습으로 보이는 것 같아서 앞으로 더 좋은 추억, 더 좋은 일들을 생각나게 할 그런 배일 것 같은 그런 생각이 들었다.

또한 지나가는 배들을 바라보면서 나도 저 배에 타서 시원한 바닷바람을 맞아 보고 싶다는 생각도 들었다. 추운 날씨였지만 바닷바람을 맞으며 바다 한가운데를 가로질러 가다보면 위에서 보고, 앞에서 보는 것과 다르게 더 기분 좋고 상쾌하고 내가 마치 바다 한가운데에서 있는 듯한 느낌과 넓게 펼쳐진 바다를 향해 달려가는 듯한 느낌이 들 것 같아서 그 시간만큼은 다 잊고 행복하고 즐거운 상상만 하게 될 것 같은 느낌이 들었다.

이제 건너편에 있는 건물들의 모습으로 눈을 옮겨보면 우리가 일반적으로 상상하는 도시의 높고 빽빽하게 줄 지어 있는 모습보다는 낮고 조그만 집들이 모여 있는 모습을 볼 수 있었다. 내가 사는 지역에서 어딜 가도 바다를 볼 수 없어서 이런 분위기를 느껴보지 못하기 때문에 저렇게 바다를 바라보면서 바다 바로 앞에 사는 사람들의 삶은 어떨까 그 사람들은 어떤 생각을 하며 살까 이런 생각이 들면서 나도 가끔 삶에 지치고 고민이 있을 때 그 날만큼은 내 고민들 다 내려놓고 내가 하고 싶은 생각만 하고 아무 생각 없이 즐기고 싶을 때 찾아올 바다가 우리 곁에 가까이 있었으면 좋겠다는 생각을 하게 되었다. 아무리 힘들더라도 넓고 탁 트인 바다를 바라보거나 위에서 넓게 펼쳐진 바다를 잠깐만 바라보는 것도 이렇게 기분 좋고 행복한 일인데 바로 앞에서 바라볼 수 있고 얼마 가지 않아도 바다를 눈앞에서 볼 수 있는 사람들이 너무 부럽다는 생각이 많이 들었다.

그리고 어떻게 보면 내가 학교를 다니고 수업을 듣고 이런 일상생활을 하는 것처럼 여기에 사는 사람들도 일어나서 바다 소리를 듣고, 바다 냄새를 맡고, 바다를 보고, 배를 타고 하는 것들이 다 여기 사는 사람들의 일상생활이겠지만 가끔 이런 일상생활에 변화를 주고 싶고, 줄 수 있었으면 좋겠다는 생각을 그 짧은 시간동안 정말 많이 했던 것 같다.

이렇게 짧은 시간이었지만 일상에서 벗어나 그 시간만큼은 아무 걱정 없이, 아무 고민 없이 오로지 바다만 바라보면서 마음 편히 있을 수 있는 시간이었던 것 같다. 사진은 위에서 찍은 것이지만 바다를 직접 눈앞에서 보기도 하고 한 번도 본 적 없었던 위에서 바라보는 바다 모습을 보면서 오로지 내 눈에 넓은 바다의 모습을 꼭 차게 담을 수 있어서 기분 좋은 날이었다.

위에서 바다의 모습을 바라보는 것이 처음이라 약간 떨리고 무섭기도 했지만 넓게 펼쳐진 바다의 모습을 볼 수 있어서 마음이 편해지고 넓은 바다의 모습처럼 바라보고 있는 나의 마음도 넓어지는 듯한 느낌을 받을 수 있었던 것 같다.

이렇게 그때 찍은 한 장의 사진을 보면서 그때의 느낌, 그때 했던 생각들을 다시 떠올리며 그 당시 위에서 넓게 펼쳐진 바다를 볼 때 신기함과 자유로움, 편안함 등의 감정들을 다시금 생각 해 볼 수 있는 좋은 시간이었다. 한 장의 사진만으로 그 때의 행복했던 추억을 회상할 수 있는 좋은 시간을 가질 수 있다는 것에 다시 한번 행복한 시간이었다.

안녕하세요. 저는 청주대학교 간호학과 학생 임주리입니다.

저의 취미는 음악듣기, 퍼즐 맞추기입니다.

제가 생각하는 저의 장점은 친구들의 고민을 잘 들어주고, 도움이 필요한 사람들을 보면 주저하지 않고 저의 능력이 되는 정도까지 잘 도와준다는 것입니다. 저의 단점은 낯가림이 심해서 먼저 잘 다가가지 못하고 처음 보는 사람들과 말하는 시간까지 어느 정도의 시간이 걸린다는 것과, 노력하다 보면 스스로 할 수 있는 것도 다른 사람에게 많이 의지하는 경향이 있다는 것입니다. 저는 중학교 때부터 간호사가 되고 싶다는 생각을 하고 간호학과에 들어오게 되었습니다. 그래서 저는 환자들의 아픈 몸뿐만 아니라 마음까지도 치료해 줄 수 있는 간호사가 꿈입니다. 환자들의 아픈 마음에 먼저 다가가서 마음을 열고 상처받은 마음을 치료해 줄 수 있는 그런 좋은 간호사가 되고 싶습니다.

하늘을 날다

박종현

2015년 겨울방학 전, 친구들과 술자리에서 패러글라이딩 이야기가
나왔다. 한 친구는 무서울 것 같다고 했고, 한 친구는 꼭 한번 해보고

싶다고 하였다. 나는 '우리 결혼했어요'라는 프로그램에서 사람들이 패러글라이딩을 하는 것을 보고 패러글라이딩을 한번 해보고 싶었다. 그래서 한번 해보고 싶다는 친구와 겨울 방학 때 패러글라이딩을 하러 가자고 했다. 그 친구는 흔쾌히 승낙했다. 그리고 겨울방학이 다가올 쯤에 다시 그 친구와 패러글라이딩 이야기를 하였다. 그리고 패러글라이딩 하는 곳을 알아보고 가격도 알아보았다. 단양에 패러글라이딩을 하는 곳이 있었다. 가격은 싼 편은 아니지만 한번 해보고 싶었기 때문에 하기로 마음먹었다. 단양을 가는 것이면 차라리 1박 2일로 여행을 갔다 오자고 했다. 그래서 우리는 인터넷을 찾아보면서 여행 계획을 세웠다. 물론 패러글라이딩이 최우선 목표였다. 그래서 우리가 세운 계획은 처음에 단양에 가서 패러글라이딩을 하고 온천을 하고 밤에 동해바다를 가서 밤바다를 보고 다음날 양떼목장을 갔다가 집에 돌아오는 것이었다.

　그리고 마침내 여행 전날 밤이 되었다. 패러글라이딩을 한다는 기대감에 잠을 설치다가 새벽이 돼서야 잠이 들었다. 그리고 여행당일 아침 일찍 일어나서 친구와 만났다. 차를 타고 가는 길에 노래를 틀고 신나게 갔다. 그렇게 몇 시간을 가서 단양 패러글라이딩 장소에 도착했다. 높은 산이었고, 패러글라이딩을 하러 온 사람들, 실제로 패러글라이딩을 하고 있는 모습들이 보였다. 나는 가슴이 벅찼다. 우리는 가서 대기표를 받고 패러글라이딩 순서를 기다렸다. 패러글라이딩을 하려면 바람도 불어야 하고 날기까지 앉지 말고 계속 달려야 했다. 앞에 하는 사람들을 보고 있었는데 뛰다가 주저앉거나 못 뛰는 사람들이 꽤 많았다. 나는 꼭 잘 뛰어야지 생각했다. 그리고 순서를 기다리는 동안 앉아 보는 곳에서 사진도 찍고 부푼 마음으로 기다렸다.

　마침내 내 순서가 왔다. 패러글라이딩 기계를 차고 바람이 불기를 기다렸다. 막상 내 순서가 되니까 조금씩 떨리기 시작했다. 조금만 있으면 내가 하늘을 날 수 있다는 생각에 무섭기도 하고 설레기도 하였다. 그리고 마침내 바람이 불기 시작했고, 달리라고 아저씨께서 말하셨다. 나는 아무 생각 없이 달렸다. 바람과 패러글라이딩 무게 때문에 달리는 것이 쉽지는 않았지만 계속 달렸다. 그리고 마침내 발이 땅에서 떠올랐다. 떠오르는 순간 가라앉을지 모른다는 생각에 살짝 무섭기도 했고, 마침내 내가 하늘을 난다는 생각에 기뻤다. 그리고 조금 뒤 하늘 높이 날아올랐다. 사람들이 작게 보였고, 산이 내 밑에 있었고, 호수도 보였다. 무서움은 금방 사라졌고, 바람을 맞으면서 하늘을 나는 기분이 시원하고 속이 뻥 뚫리는 느낌이었다. 신나서 소리도 쳤고, 눈을 감고 바람을 느끼기도 했다. 하늘에서 본 그림은 정말 환상적이었다. 비행이 끝날 때쯤 무렵 곡예비행을 했다. 양 옆으로 계속 비틀기도 하고 빙빙 돌면서 내려왔다. 그 순간은 정말 짜릿했고, 신이 났다. 그리고 착륙을 하고 패러글라이딩 장비를 벗었다. 하늘을 나는 기분이 너무 좋았고, 곡예비행 때 짜릿함은 잊을 수 없었다. 나중에 기회가 되면 한 번 더 하러 오기로 그때 마음먹었다. 그렇게 패러글라이딩을 끝내고 우리는 온천에 가서 피로를 풀었다.

그리고 동해바다로 향했다. 친구는 피곤했는지 잠이 들어버렸다. 그렇게 또 몇 시간을 달려서 동해바다에 도착했다. 바다 냄새와 파도 소리가 우리들의 기분을 좋게 만들었다. 모래사장에 가서 바닷물을 손으로 직접 만지고 모래사장을 걸었다. 밤바다는 낮에 보는 바다와 또 다른 매력이 있었다. 고요함 속에 들려오는 파도 소리와 사람들 말소리, 폭죽 이런 것들이 모여 우리를 더욱 감성적이게 만들었다. 그리고 우리는 모래사장 바로 앞에 있는 횟집에 갔다. 바다 바람을 맞으면서 먹고 싶어서 우리는 야외에서 먹었다. 회를 먹으면서 친구와 아까 찍은 사진을 보며 패러글라이딩에 대해 얘기를 했다. 친구도 매우 만족하고 있었고, 다음에 기회가 되면 또 하고 싶다고 하였다.

나는 사진을 많이 찍는 편이 아니다. 평소에 나는 굳이 사진을 찍지 않아도 내 눈으로 보고 기억하면 된다고 생각했다. 그런데 이렇게 사진을 보면서 얘기를 하니까 사진을 찍기를 잘 했다고 생각했다. 그리고 내 기억은 변할 수도 있고 잊어버릴 수도 있지만, 사진은 변하지 않고 내가 지우지 않는 다면 없어지지도 않는다. 사진을 보고 추억하고 친구들과 얘기하면서 즐거워하는 것이 이렇게 좋다는 것을 알게 되었다.

다음날 우리는 양떼목장을 갔다. 내 생각에 양은 새하얗고 엄청 털이 솜털같이 복슬복슬할 것 같았다. 그런데 실제로 양을 처음 보니 회색과 하얀색의 중간 정도였고, 털의 느낌이 신기했다. 건초를 사서 양에게 직접 건초를 먹였다. 양들이 사람들을 많이 보아서 그런지 사람들에 대해 경계심이 없어 보였다. 그래서 나는 더욱 가까이서 양들을 볼 수 있었고, 양들과 사진도 많이 찍을 수 있었다. 대관령 산에 있어서 그런지 공기도 시원하고 좋았다. 그렇게 양떼 목장 구경을 마치고 우리는 다시 집으로 돌아왔다. 돌아오는 길에 차가 막혀서 친구와 얘기를 많이 하면서 왔다.

친구는 이번 여행이 너무 즐거웠고 좋았다고 하였다. 나도 다음에 또 기회가 되면 가자고 했다. 친구가 사진을 보여주면 이야기를 하는데 사진을 보니까 우리들의 표정에 너무 신나 있었고, 좋아하고 있는 것이 다 드러났다. 집에 도착해서 잠들기 전에 사진을 다시 보면서 여행 갔던 것을 생각했는데 너무 좋았고 사진을 많이 찍기를 잘했다는 생각을 했다. 그리고 기회가 되면 다시 여행을 꼭 가고 싶고 패러글라이딩도 또 하고 싶다.

저는 청주대학교 광고홍보학과 12
학번 박종현입니다. 본가는 인천이
고, 현재 청주대학교 근처에서 자취
를 하고 있습니다. 어렸을 적에 활
발하고 말썽도 많이 피는 사고뭉치
였습니다. 성인이 되면서 얌전해지
고 조용해졌습니다. 일부러 그렇게
한 것이 아니라 어쩌다 보니 자연
스럽게 바뀌게 되었습니다. 어떤 것
이 더 좋다고 말할 수는 없지만 차
분하면서 가끔씩 장난도 치고 그러
는 것이 필요하다고 느끼고 있습니
다. 그런데 가끔씩 장난하는 것이
어색할 때도 있습니다. 그래도 예전

친구들을 만나면 장난하는 것이 편하고 어색하지 않습니다.

그리고 저는 현재 청주대학교 중앙동아리인 파인애플에서 회장을 맡고 있습니다.
파인애플은 광고기획서를 쓰는 동아리입니다. 회장으로서 책임감과 맡은 일들을
최선을 다하려고 노력하고 있습니다. 물론 실수를 할 때도 있고, 힘들 때도 있습
니다. 하지만 저를 믿고 따르는 파인애플 사람들이 있기 때문에 힘을 내서 하려고
하고 있습니다. 처음에 대학교에 입학했을 때 광고홍보학과가 정확히 무엇을 하
는 과인지 몰랐습니다. 그저 지루하지 않을 것 같고 재미있을 것 같아서 지원하게
되었습니다. 그렇게 입학을 해서 학교생활을 하면서 광고란 것이 어떤 것이고 어
떤 일을 하는지 점차 알게 되었고, 광고홍보학과에 온 것을 잘 했다고 생각 했습
니다. 그리고 광고기획서를 쓰는 파인애플 동아리에 가입을 했고, 파인애플에서
학교 수업에서 배우지 못하는 것들도 배우고 공모전도 나가면서 더욱 알게 되었
습니다. 그래서 아직 정확한 꿈을 정하지는 못했지만 광고 쪽으로 할 것 같다는
생각을 가지고 있습니다. 뚜렷한 목표와 꿈을 정하고 싶지만 아직까지 정하지 못
해서 고민을 많이 하고 있습니다. 이번 1학기까지 정확하고 뚜렷한 꿈을 정하고

그 꿈을 이루기 위해 어떻게 해야 될지 생각하는 것이 가장 최우선 목표입니다. 저는 좋아하는 것들이 많습니다. 노래, 영화, 축구, 여행 등 제 인생을 사는데 있어서 원동력이 될 것들이 많기 때문에 저는 행복하다고 생각합니다. 그리고 저를 사랑해주시는 부모님과 형이 있습니다. 어렸을 때 형과 많이 다투기도 했었고 친하게 지내지도 않았습니다. 그런데 형이 군대에서 휴가를 나와서 갑자기 전화가 와서 둘이 밥을 먹자고 했습니다. 그때 순간 당황했었습니다. 형과 말도 많이 안하던 사이였는데 밥을 먹자고 먼저 전화 올지 몰랐었습니다. 알았다고 하고 형과 밥을 먹었고 그 뒤로 형과 많이 친해져서 현재 사이가 매우 좋습니다. 저는 모난 사람이 아니고 둥글둥글 한 사람이라서 모든 사람과 잘 지내고 사람들에게 편안하게 대해줄려고 합니다. 그래서 사람들을 기분 나쁘게 하지 않으려고 노력합니다. 나중에 사회생활을 하던 어떤 것을 하던 이것은 제 큰 장점이라고 생각합니다.

하숙

김종찬

▲ 2015.09.16. 청주 하숙집 옥상 일몰

　나는 하숙생이다. 입대 전 1학년과 2학년 1학기 때, 기숙사 생활을 하던 나는 전역 이후 동기가 살던 하숙집에 들어와 살게 되었다. 사실 나는 하숙보다 자취가 더 하고 싶었다. 허나 당신이 곁에서 직접 밥을 챙겨주지 못해 끼니를 거를까 하는 어머니의 노파심에 밥이 꼬박꼬박 나오는 하숙을 완강히 권유하시는 통에 결국 하숙생 처지가 되었다.

　나에게 있어 하숙이란 드라마나 영화에서 나오듯 한 단독 주택에서 방을 나눠 쓰는 개인 생활이 좀 부족한 이미지로 생각되어 왔는데, 실제 내가 사는 하숙집은 빌라식이고, 개인 생활이 어느 정도 보장된 구조였다. 식사와 빨래만 3층에서 공동으로 하게 되는 시스템이었다. 사실 조금 이기적인 면모일 수 있는데, 누군가와 공동으로 사용하고 지내야 한다는 것이 별로 달갑지만은 않았다. 군 생활을 하면서 이미 많이 겪었고, 다시 공동생활을 해야 된다는 게 처음에는 그렇게 유쾌하지만은 않았던 것이다. 또한 잘 모르는 타과생 사람들과 어울리고 친해지는 것도 걱정이었다.

　그렇게 걱정을 안고 하숙을 시작하였다. 역시나 사람들과 처음 식사를 할 때, 그 어색함은 이루 말할 수 없었다. 하숙집 이모와 다른 하숙생들에게 '안녕하세요'라는 인사를 하고 조용히 밥만 먹었다. 그러다가 학기가 시작한지 1~2주일 지날 무렵 '입방식'이라는 것을 이모가 말씀하셨다. 매 학기마다 그 입방식이라는 것을 하는데, 하숙집에 새로 들어온 사람들이나 기존에 있던 사람들끼리 학기를 시작하면서 인사하고 서로 친목을 다지는 회식이라고 설명해줬다.

　입방식은 예약한 고깃집에서 치러졌다. 거기 하숙집 이모와 모든 하숙생들이 서로 모여 고기를 구워먹고 술도 한잔 하면서 서로의 소개를 하고 인사 나누며, 대화를 주고받았다. 그렇게들 말문이 트이면서 서로의 어색한 기류는 수그러들었다. 그날 배부르게 회식하고 노래방까지 가서 서로 다들 즐겁게 놀았다. 그렇게 입방식이 있은 이후부터는 식사시간에 서로를 마주쳐도 화기애애한 식탁 분위기가 조성되었다. 그저 인사 이외에는 아무 말 없이 밥만 먹고 마는 분위기가, 입방식을 통해 즐겁고 반가운 식사 분위기로 바뀌게 된 것이다.

367

첫 하숙생활을 시작하며 적응하는 동안 하숙하기 전의 생각이나 고민들은 없어지게 되었다. 물론 신축에 좋은 시설의 자취방들은 우리학교 주변에 많지만, 부럽지 않았다. 시설은 좀 노후하고 방이 넓지도 않지만, 이모의 매 끼니 따뜻한 밥과 국, 정성 가득한 반찬은 하루도 쉬지 않고 식탁을 채워 나갔고, 그저 남이고, 친해질 생각도 없고, 친해질 것이란 기대조차 하지 않았던 나와 같이 하숙하는 우리 하숙집 식구들은, 말 그대로 남에서 식구가 되었다. 하숙을 시작하게 되면서 나는 많은 것을 느끼게 되었다. 군대를 갔다 오고 나서 '나도 이제는 진짜 컸구나.'라는 생각을 하고 있었는데, 그렇지 못했던 것 같다. 늘 새 것, 양질의 것이 최고가 아니라는 것을 알게 되었다. 최신식의, 최고의 시설은 아니더라도, 여유로운 생활공간이 아니더라도, 또 가족도 친구도 아닌 생판 모르는 사람들과 함께 하더라도, 나와 같이 한 찌개에 숟가락을 넣어 먹는 입들(食口). 결국 그들이 새로운 식구가 되고, 그들에게서 얻는 위로나 공감, 배움과 나눔은 나에게 다른 것을 잊게 해준다. 함께 공존하는 것, 전역 후 잊고 지낼 뻔했던 것들을 상기시켜 주었다. 서로 같지만 다른 목적으로 모인 타지 사람들과 한 하숙집에서 서로의 처지를 이해하고 공감하며, 끼니를 함께 할 수 있는 이런 하숙이 좋아져 버렸다.

나는 종종 저녁을 먹고 나면 하숙집 옥상에 올라가 이어폰을 꽂고, 음악을 몇 곡 들으며, 일몰을 보다가 내려오곤 한다. 그마저도 학교 공부와 과제, 일들로 바빠서 못할 때도 많지만……. 옥상에서 좋아하는 음악을 들으며 일몰을 바라볼 수 있는 그런 하숙집이 좋아져 버렸다.

이름 : 김종찬
본가 : 인천
현재 거주지 : 청주
학교 : 청주대학교
전공 : 국어국문학과

저는 김종찬이라고 합니다. 저는 정말 특별하게 말씀드릴 것 없이 아주 평범하게 살아왔습니다. 성실근면하시고 건강하신 부모님과 든든한 형 그리고 저 이렇게 네 가족이 화목하고 즐겁게 살아왔고, 살아가고 있습니다. 저 개인적으로 큰 성공도 큰 실패도 맛보지 못한 다소 밋밋한 삶을 살아왔습니다. 그렇지만 좌절 없이 행복하고 유쾌하게 살고 있는 대학생입니다.

저는 제 전공을 선택하게 된 이유를 말씀드리고 싶습니다. 단순하게 국어, 그리고 우리의 문학과 문화. 그것들에 너무 관심이 많았습니다. 처음 진학을 결정하게 되었을 때, 주변의 걱정과 만류가 많았지만, 믿어주시는 부모님과 저의 고집은 변하지 않았습니다. 그렇게 입학을 해서 벌써 국어국문학과 생활이 3년차입니다. 그러나 저는 입학하고 나서 주변의 걱정과는 반대로 점점 더 국어국문학과에 오게 된 것에 감사하게 되었고, 전공 자체가 더 좋아지게 되었습니다. 좋은 교수님들과 좋은 선후배 동기들을 만나게 되었고, 우리말과 우리글에 대한 관심과 이해, 애착이 더 생기는 좋은 시간들이었습니다. 사람들은 말합니다. "국문과는 예전부터 '굶을 과'라고 그랬어.", "취업 걱정 솔직히 되지? 안할 수가 없을 텐데……,"라고. 하지만 저는 그 사람들로부터 안일하다는 평가를 받을지언정 제가 배우는 것 또 소중하다고 생각하는 가치를 후회하고 싶지 않고, 실제로 그렇지 않습니다. 먹고 사는 문제, 취업 문제 모두 중요하지만, 돈보다도 정말 소중한 가치를 잊고 그 가치를 폄하하고 무시하며 사는 태도는 저와 맞지 않는 것 같습니다.

함께 가보지 않을래? 부산여행!

엄태일

▲ 부산의 The bay 101 건물의 외관-본인이 촬영

친했던 고등학교 친구들과 수능이 끝나고, 고등학생으로서 마지막
으로 맞이하는 겨울방학에 놀러가기로 했던 곳이 바로 부산이었다.
나에게 있어서 이 여행은 가족이 아닌 친구들과 함께 한 첫 번째 여
행이었기 때문에 가기 전부터 나에게로 다가오는 기대감과 설렘은 말
로 형용하기 힘들 정도였다. 이 여행을 가기 위해 친구들과 일정을

조절하던 과정에서 많은 고난이 있었고 (못갈 수도 있었다), 여행계획을 세울 때 나는 함께 자리하지 못했기에 어떻게 보면 나에게 있어서 이 여행은 계획도 모르고 떠난 여행이 되기도 한다. 사실 이 여행은 출발 전, 나와 한 친구만 몰랐던 계획이 숨겨져 있었으나 그것은 차차 이야기 해보도록 하겠다. 그럼 다사다난했던 나의 2박 3일 부산여행기 속으로 함께 빠져보자.

먼저, 우리가 해결해야할 문제는 기차표 구입이었다. 때마침 수험생 할인을 한다는 소식을 듣고 수원역으로 부산행 KTX 기차표를 예매하러 갔었다. 그런데 이게 무슨 일이람…? 내려갈 때 표는 있지만 올라올 날짜의 표는 매진이란다. 올라올 날짜에는 할인적용이 되지 않는 일반 표밖에 없다는 이야기를 듣고, 친구들과 나는 약간 충격에 휩싸였고 계획을 수정해야 할지, 아니면 올라올 때 다른 교통수단을 이용할지에 대해 상의해 보기로 했다. 그 후로 놀기도 하고, 어찌 해야 할지 고민하다 보니 어느덧 시간은 KTX표 구매 마감시간 10분 전이 되어 있었다. 우리는 표 값이 비싸더라도 이 방법밖에 없노라며 구매창구로 뜀박질을 시작했고, 그렇게 무사히 KTX 기차표는 우리의 손으로 들어올 수 있었다. 그렇게 떠나게 된 부산여행. 설렘 한 줌, 기대감 한 줌, 걱정 한 줌, 들뜬 마음 한 줌. 이렇게 다양한 감정을 끌어안고 이 여행이 드디어 시작되었다.

부산으로 가는 열차에서 친구들과 재잘재잘 떠들기도 하고, 바깥의 풍경을 구경하기도 하고, 피곤한 몸을 의자에 의지해 수면을 취하다 보니 어느덧 부산에 도착해 있었다. 초등학교 2학년 때 처음이자 마지막으로 와 봤었던 부산 그곳에 가족이 아닌 친구들과 함께 도착하여, 유명하다면 유명할 부산역의 전경을 바라보고 있자니 신기하면서도 가슴 벅찬, 오묘하고 낯선 감정들이 샘솟았다. 일단 우리는 배가 고팠기에 근처의 맛집을 찾아 헤매었고, "역시 부산이면 국밥이지!!" 하며, 돼지국밥집에 들어갔다. 우리 모두 국밥 한 그릇씩 뚝딱 해치우고 나오며, 경기도 촌놈티를 팍팍 내면서 "오오오오 맛있다."를 연발했던 것이 기억에 남는다. 그렇게 우리는 식도락(食道樂) 여행을 지향하며, "먹는 것이 남는 것이다." 라며 낄낄거리고는 숙소로 향했다.

　짐을 다 풀고 침대에 누워서 약 두 시간을 뒹굴뒹굴거리며, (호텔의 침대겠지만) 부산을 만끽하던 중 친구가 지금 이동하면 야시장에 도착할 때 쯤 날이 어둑어둑해지겠다며 이야기를 꺼냈고, 그렇게 본격적인 여행이 시작되었다. 먼저 도착한 곳은 부평 깡통 시장을 가기 전에 나오는 국제 시장이었다. 그런데 너무 아쉽게도 영화 국제 시장을 보지 않았던 터라 나에게는 그냥 전통 시장의 하나로밖에 느껴지지 않았고, '국제시장 영화를 보고 올걸' 하는 후회도 들었다. 친구들도 딱히 구경할 것이 없는지 우리는 금세 발길을 돌렸다. 그리곤 맞은편에 있는 부평 깡통시장을 가봤다. 먹거리가 가득한 그곳은 향긋한 음식 향기와 먹음직스러워 보이는 길거리 음식들, 인심 좋아 보이는 부산의 상인들이 우리를 맞이해주고 있었다. 부산 어묵, 맛집으로 소개된 통닭집, 파전, 가래떡 어묵 등등 부산의 명물이라 칭할 수 있는 다양한 것들을 맛보니 행복했고, 배까지 부르니 그 행복이 배가 되었다. 그리곤 시장 구경을 하며 정겨운 풍경들을 눈 속에 담은 뒤, 우리는 다시 숙소로 돌아왔다.

　숙소에서 잠시 휴식을 취하고 해운대를 지나 위의 사진에 실린 더베이 101로 우리는 발걸음을 옮겼다. 이곳은 요트유람, 고급스러운 상점 및 음식점, 펍 등이 있었고 우리는 운치 있어 보이는 펍으로 들어갔다. 고급스러운 모습에 한번 놀라고, 음식 가격에 또 한 번 놀라고, 맛있던 음식에 한 번 더 놀라게 했던 더베이 101은 이미 꽤나 유명한 곳이었다. 은은한 조명과 운치 있게 들려오는 (직접 악기를 불고 계시더라) 클래식 소리를 만끽하면서 마티니 한잔을 마시며, 친구들과 이런 저런 이야기를 하며 추억을 쌓아 나갔다.

다음날 아침이 밝고 우리는 간단히 식사를 해결한 뒤, 감천문화마을로 향했다. 처음 온 곳이라 버스노선이 익숙하지 않아서 많이 헤매기도 했었다. 우여곡절 끝에 도착한 그곳의 풍경은 상상 그 이상이었다. 그러나 수없이 많은 언덕은 우리에게 아름다운 모습을 주었지만, 그 그림과 같은 풍경 속으로 들어간 우리에겐 다리 아픔과 힘듦 이라는 시련이 되어 다가왔다. 그래도 한 바퀴를 모두 둘러보면서 계속 감탄을 내뱉었고, 그곳에 관련된 역사적 의의(6.25 피난민)를 알게 되니 더 뜻깊었던 추억이 되었다. 그리곤 조금 더 내려가면 있는 자갈치시장에서 맛있게 회를 먹고 (산지 직송이라 더 맛있었다), 한 번 더 야시장을 즐긴 뒤, 숙소로 돌아가기로 했다.

하지만 나는 숙소로 돌아가기 전에 더 놀고 싶었으나, ㅁㅁ이가 (OO이의 생일 파티를 위해) 바로 돌아가야 한다며 이번 여행의 목적이 바로 그것이라고 이야기했다. 그 이야기를 듣는 순간 무언가 표현할 수 없는 소외감이 들었고 (그 친구와 나의 생일은 2일 차이), '내 생일은 안 챙겨줘 놓고…'하는 섭섭한 마음도 들었었다. 때문에 감정을 다스리기 위해 나는 중간에 두 명의 친구와 함께 내렸었다. 잠시 역에서 시간을 보낸 뒤, 다시 숙소로 가는 전철을 타고 이동을 했다.

갑자기 초밥이 먹고 싶어져서 양손 가득히 초밥을 사들고 숙소에 들어서자, 역시나 아이들은 생일 케이크에 촛불을 꽂고 OO이를 축하해 주었다. "우리가 너한테 이거 준비해 주느라고 얼마나 힘들었는지 아냐"며 너스레를 떨었고, 나는 뒤에서 그저 흐뭇하게 바라만 보고 있었다. 그런데 친구들은 또 하나의 생일 케이크를 꺼내면서 나에게 건네주었고, 나는 '이게 뭐람?? ㅇㅅㅇ??' 하며 어리둥절해 하고 있었다. 그러자 친구들이 "미안해 너한텐 아까 그런 말 안했으면, 눈치 챌 것 같았어"하며 멋쩍게 웃고 있었다. 순간 나는 가슴에서 북받쳐 오르는 감정을 억누르지 못하고 눈물을 터트렸고, 친구들은 약간 당황하는 모습을 보이다 ㅁㅁ이에게 "아오, 그러게 너 그렇게 말하면 얘 상처받는다니까!!" "미안해ㅠㅠ 내가 나쁜 놈 될게"하며 나를 웃겨주었고, 덕분에 이 여행은 인생에서 잊히지 않을 추억으로 남게 되었다.

그렇게 다음날도 복작복작 수다를 떨며 시간을 보내다 KTX 기차를 타고 부산을 떠나 수원역으로 향하였고, 모두들 즐거운 마음으로 집으로 들어갔다. 마지막으로 나에게 이런 좋은 추억(중간에 투덕거림도 있었지만)을 만들어준 친구들아 정말 고맙고, 취업, 결혼, 출산 등등 수십 년이 지날 때까지도 함께하자!

1997년 1월 07일에 경기도 화성시에서 태어났으며, 이름은 엄태일이다. 현재 청주대학교 사범대학 국어교육과에 재학 중이며, 꿈은 국어교사이다. 나의 좌우명은 "피할 수 없으면, 즐겨라!" 이다. 학생들에게 많은 추억과 행복한 감정을 전달해 주기 위해 노력할 것이며, 믿고 의지할 수 있는 선생님이 되고자 노력할 것이다.

황혼이 아름다운 이유

김예은

　우리는 왜 황혼이 아름답다고 느낄까? 황혼이란 사전적으로 해석하면 해가 지고 어스름해질 때, 또는 그때의 어스름한 빛이라고 한다. 같은 태양 아래 있을 뿐인데 우리는 해가 우리의 머리 위를 밝게 비출 때보다 황혼녘을 더 아름답다고 느낀다. 태양이 지는 황혼이 아름답다면 우리의 황혼은 언제일까?

보통 우리를 황혼에 비유했을 때 황혼은 황혼기 즉, 사람의 생애나 나라의 운명 따위가 한창인 고비를 지나 쇠퇴하여 종말에 이른 때를 비유적으로 이르는 말을 뜻한다. 이와 비슷한 '황혼이혼'도 결혼생활을 20년 이상 동안 지속해 온 부부의 이혼을 뜻하는데 우리는 황혼을 우리의 인생과 비교했을 때 과연 아름답다고 느낄까? 쇠퇴하고 사라져가는, 종말에 이르는 인생을 아름답다고 느끼는 사람은 과연 몇이나 될까? 하루하루 저물어가는 황혼은 아름답고 열정은 식은 의리와 정만 남은 부부관계는 아름답지 않은 것인가?

가끔씩 그런 생각이 들 때가 있다. '저 사람처럼 늙지는 말아야지.' 혹은 '이 사람처럼 늙고 싶다.'라는 생각이 들 때가 종종 있다. 그런 생각과 동시에 황혼의 사진을 보면 누군가는 아름답다고 느낄 수도 있고 또 다른 누군가한테는 슬프게 느껴질 수도 있다. 또 전혀 아름답지 않다고 느끼는 사람도 있을 것이다. 모두에게 아름다울 수는 없지만 황혼 또한 그 자체로 빛나는 태양이다. 누군가가 평가해줘야 빛나는 것이 아니라 그 자체로도 아름다운, 정오의 태양과 황혼의 태양은 모두 하나의 태양이다. 뜨겁게 빛나느냐 혹은 은은하게 빛나느냐. 우열을 가릴 수 없이 둘은 하나의 태양이다. 젊었을 때의 나와 늙었을 때의 나 중 어떤 모습의 내가 더 아름다울까. 그 또한 우열을 가릴 수 없다. 모두 하나의 나이기 때문이다. 물론 보는 사람의 눈에 따라 다를 수 있을 것이다. 그렇지만 우열을 가리고 싶지도 우열을 가려서도 안 된다. 젊음만이 아름다운 것이라고 생각하지 않기 때문이다. 젊음을 나의 노력으로 얻은 상으로 생각하지 않듯 늙음 또한 나의 잘못으로 얻은 벌로써 생각하지 않아야 한다. 영화 은교에 나온 이적요의 명대사다.

아름답게 늙어간다는 것. 누구보다 밝게 빛나는 나이를 살아간다고 하지만 우리 모두가 찬란하게 빛나기에 아름다움의 우열을 가릴 수 없는 것이 아닐까? 또한 서로가 빛나기에 우리는 우리가 얼마나 빛나는지 알지 못한다. 하지만 늙어간다는 것은 다르지 않을까. 밝게 빛나던 우리는 없고 이제는 빛이 바래져 간다. 눈조차 뜰 수 없이 빛나던 것이 이제는 두 눈을 뜨고 볼 수 있고 빛나기 전과 색도 다르다. 하지만 우리는 밝게 빛나던 때보다 황혼을 더 사랑한다. 황혼을 마음에 담는다. '저물어가는 저 태양처럼 내 인생도 우리의 인생도 저물어가는 때가 오겠지. 우리의 황혼도 저렇게 아름다울 수 있을까?' 모두가 우러러보는 삶은 아니더라도 저물어가는 우리의 모습이 나 자신 혹은 내 곁의 내가 사랑하는 사람들이 아름답다고 느낄 수 있는 삶을 산다는 것. 그 삶은 매일매일 하루가 저물어 가는 태양보다 아름다운 삶일 것이다. 아름답게 늙어가기 위해서 우리는 모범이 되거나 혹은 모범이 아니더라도 자신들만의 행복한 황혼의 삶을 살아가는 부모님을 보면서 앞으로 우리가 어떻게 늙어갈 것인가에 대해 심오하게 고민해 볼 필요가 있을 것이다.

마지막으로 내가 생각한 황혼이 아름다운 이유는 저물어가는 태양이 주변에 있는 구름들까지도 붉게 물들이기 때문이다. 나 자신이 붉어지면서 주변 또한 붉게 물들이는 것. 내가 물들여 나와 닮아가는 주변 사람들이 있다는 것. 내가 사랑하는 사람이 나를 닮아 서로 같은 마음으로 사랑하는 것. 황혼이 아름다운 이유는 내 옆에 앉아 아름답게 빛을 내며 사라져가는 황혼을 같이 보고 느끼고 아름답다고 말하는 사람, 바로 내가 사랑하는 사람의 얼굴이 황혼처럼 또는 나처럼 붉게 빛나고 있기 때문은 아닐까.

저는 신문방송학과에 재학 중인 13학번 김예은입니다. 학업과 아르바이트를 핑계 삼아 수필을 포함하여 소설 또한 오랫동안 접하지 않아서 과제를 받고 조금 난감하지 않았다고 하면 거짓말이겠죠.

생각은 많지만 정리하여 글로 옮긴다는 것이 얼마나 어려운 작업인지 다시금 깨닫게 되는 계기였습니다.

간단히 저의 소개를 하자면 저는 모든 먹는 것들을 좋아하고 취미는 영화와 음악감상입니다.

장래희망은 영화와 관련된 모든 분야에서 써 주시기만 한다면 감사하겠지만 열정페이는 싫어합니다.

Remember 0416

황예은

　여러분은 이 사진을 보면 어떤 것들이 떠오르세요? 수학여행, 배 사고, 4월 16일, 세월호, 노란 종이배 등을 떠올리실 거예요. 맞아요, 이 사진은 '세월호 사건'에 대해 추모하고 잊지 말자는 의미에서 만들어진 추모 문화제에서 '세월호 사건'을 의미하기도 하는 노란색, 세월호를 의미하는 종이배에 한마디씩 적어 큰 배 모양 유리 안에 모아 넣어놓은 것을 찍은 것입니다. 우리는 사진을 보자마자 이 사진이 무엇을 의미하는지, 왜 종이배를 접었는지, 또 왜 그 많은 색 중에서 노란색인지, 그리고 리본을 보고 단번에 '세월호 사건'이라는 것을 알 수 있을 것입니다.

위 사진은 기호체계에서 도상, 지표, 상징 모두에 해당한다고 볼 수 있습니다. 우리나라 사람뿐만 아니라 외국인들도 알 수 있기 때문에 그 누가 이 사진을 봐도 '세월호 사건'에 대한 것이라는 것을 알 수 있기 때문에 기호와 대상 간의 관계가 유사성에 있어 도상이라는 것을 알 수 있습니다. 또 이 사진은 노란색, 배, 리본을 보면 '세월호 사건'을 잊지 말자는 의미임을 느낄 수 있기에 '세월호 사건'에 대한 지표라는 사진임을 알 수 있습니다. 그리고 '세월호 사건' 하면 배, 노랑, 리본을 곧바로 떠올릴 수 있기 때문에 상징성 또한 있다고 할 수 있습니다.

사람도 자신이 있는 환경에 의해 판단되고, 언어 또한 그렇다고 하는데 이에 비추어 보았을 때 '세월호 사건'이 있는 전후라든지, '세월호 사건'을 알기 전후로 전에는 '노란색' 하면 병아리, 개나리, 우산, '배' 하면 선장, 어부, 낚시, '리본' 하면 악세서리 등만을 떠올렸는데 그 후로는 '세월호 사건'에 대해 떠올릴 수 있게 되었습니다. 이로써 '노란색', '배', '리본' 각각은 '세월호 사건'으로 인해 새로운 기호로써의 가치를 지니게 된 셈입니다.

범국민적, 아니 국제적이라고도 말할 수 있는 '세월호 사건' 관련 사진을 가지고 에세이를 쓰는 것이 처음에는 부담스럽지 않을 수 없었습니다. 하지만 언어의 의미는 우리가 계속적으로 의미를 두고 이에 대해 끊임없이 다루고 연구하고 그것을 넓혀 나갈 때 더욱 가치가 커진다고 생각했기 때문에 이런 무거운 주제를 가진 사진을 일부러라도 다뤘습니다. '세월호 사건'과 관련하여 많은 집회들이 열리고 아직까지도 잊지 않기 위해 또, 이후에 이러한 똑같은 일이 일어나지 않길 바라는 마음에서도 팔찌를 하고 다니고, 모금을 하는 등의 일들이 끊임없이 있습니다. 이처럼 이 과제를 통해, 그리고 이 사진을 통해 '세월호 사건'과 관련된 언어 기호와 사진 기호에 대해 분석할 수 있는 시도와 분석하는 사고를 접할 수 있었습니다. 또 '세월호 사건'에 대해서도 다시 한번 생각할 수 있는 좋은 시간을 갖게 되었습니다. 생각의 결론이라면 우리에게 기호와 '세월호 사건' 모두 의미 있는 부분이 되었으면 이라고 바라고 있습니다.

안녕하세요, 저는 청주대학교 정치안보국제학과 4학년에 재학 중인 황예은입니다. 저는 미술관이나 전시회에 가는 것을 좋아합니다. 전시되어 있는 사진이나 그림을 보면서 보자마자 떠오르는 생각부터 깊게 생각했을 때 떠오르는 것까지에 대해 곱씹어 보는 것을 좋아합니다. 주로 긍정적으로, 개인적인 생각에 참신하다고 느껴지는 쪽으로 생각하는 편입니다.